Maria Lang · Nicht nur der Mörder lügt

Maria Lang

Nicht nur der Mörder lügt

Kriminalroman

*Aus dem Schwedischen
von Leena Flegler*

btb

MITWIRKENDE

Puck Ekstedt, Professorentochter, Studentin der Literaturwissenschaft und schwer verliebt in

Einar Bure, hochanständiger Historiker mit braunen Augen und Hang zur Kriminalliteratur.

Rutger Hammar, frischgebackener Doktor der Literaturwissenschaft sowie Besitzer eines Sommerhauses in Bergslagen.

Ann-Sofi Hammar, geborene Lilliebiörn, dessen blonde und hochsensible Gattin.

Carl Herman Lindensiöö, erfolgreicher zeitgenössischer Dichter.

Lil Arosander, geborene Arosander, extravagante Tochter des Geschäftsführers von A. B. Lyxfilm.

Jojje (George) Malm, aufgehender Stern am Lyxfilm-Himmel. Nordischer Adonis mit spektakulärem Körper und recht wenig Hirn.

Marianne Wallman, geheimnisumwobene, temperamentvolle Bildhauerin und Kunsthistorikerin.

Viveka Stensson, Studentin der Literaturwissenschaft, mit viel Sinn für Humor und wenig Sinn für ihre Examensarbeit.

Pyttan Hammar, siebzehnjährige Gymnasiastin aus Stockholm, die genau weiß, was sie will.

Christer Wijk.

PROLOG

An einem sommerlichen Frühstückstisch in Uppsala.

Bedächtig breitete Johannes M. Ekstedt, Professor der Ägyptologie, seine Stoffserviette aus. Über die Brillengläser hinweg warf er seiner einzigen Tochter einen besorgten Blick zu.
»Liebes, irgendwie gefällt mir das nicht. Du kennst diese Leute doch kaum. Und dann noch auf einer Insel fernab der Zivilisation…«
»Meine Güte, Bergslagen liegt doch mitten in Schweden. Und wenn du nicht ständig mit deinen alten Kopien beschäftigt wärst…«
»Es ging um einen neu entdeckten Hieroglyphentext, mein Kind! Der wirklich…«
»…wüsstest du, dass ich in letzter Zeit häufiger von Rutger Hammar erzählt habe.«
»Hammar? Hm. Ist das dieser Stockholmer, mit dem du in der Landings-Konditorei Kaffee getrunken hast, statt an der Carolina zu sitzen und zu studieren?«
»Darf ich dich an zwei Dinge erinnern? Rutger Hammar hat seine Doktorarbeit über Fredrika Bremer geschrieben. Deine Tochter versucht gerade – im Übrigen nicht sonderlich erfolgreich –, ihre Diplomarbeit

über ebendiese fantastische Schriftstellerin fertigzustellen. Und sollte diese Arbeit irgendwann einmal in ferner Zukunft geschrieben sein, dann nur dank Rutgers und meiner Cafébesuche im Landings. Abgesehen davon ist er ein schrecklich netter Kerl, und seine Frau ist ebenfalls wahnsinnig...«

»Ich wusste gar nicht, dass du sie kennst.«

»Doch, doch, von seiner Promotionsfeier.«

»Und jetzt haben die Hammars dich also in ihr Sommerhaus nach Bergslagen eingeladen?«

»Ja, und ich begreife wirklich nicht, was daran so schlimm sein soll. Ich fahre mit dem Zug bis nach Forshyttan, und dort holt Rutger mich mit dem Boot ab. Lillborgen befindet sich auf einer Insel mitten im See. Ansonsten ist die Insel unbewohnt...«

»Und bis zum nächsten Nachbarn sind es zig Kilometer! Ich finde ja, das klingt nur bedingt bequem. Wie in aller Welt kommt man auf die Idee, sich ein derart abgelegenes Sommerhaus anzuschaffen?«

»Rutgers Eltern wohnen ein paar Kilometer hinter Forshyttan auf Borg. Und Ann-Sofi stammt auch aus der Gegend.«

»Und was ist mit den anderen Gästen? Wer ist sonst noch eingeladen?«

»Oh, einen von ihnen dürftest du sogar kennen, auch wenn er eher in meinem Alter ist: Carl Herman Lindensiöö.«

»Hm. Mit dem hast du's wohl. Verquere Verse über die Natur und die Liebe...«

»Die sind überhaupt nicht verquer! Carl Herman Lindensiöö ist derzeit der beste zeitgenössische Dichter, den wir haben! Außerdem ist er Doktor der Literaturwissenschaft, auch wenn ich mich frage, wie er das geschafft hat, er kann ja noch nicht einmal dreißig sein... Na ja, und dann kommen noch zwei Studenten aus Stockholm. An Lil Arosander kann ich mich ehrlich gesagt nicht mehr allzu gut erinnern, ich weiß nur noch, dass sie rote Haare hat und irrsinnig gut aussieht. Und dann dieser Bure, Einar Bure.«

»Aha?«

»Ja, ja. Er saß bei der Promotionsfeier neben mir. Ich glaube, er kennt Rutger noch aus Kindertagen. Groß, schlank, braune Augen... sehr braun... Was gibt's denn da zu lachen?«

»Nichts, Liebes, gar nichts. Fahr nur, ich hör schon auf. Aber es wird einsam werden ohne dich.«

»Du bist ein Schatz! Du verstehst doch, dass ich es bei dieser Hitze kaum erwarten kann, aus Uppsala rauszukommen? Mach dir mal keine Sorgen. Auf Lillborgen ist es um einiges ruhiger und schöner als in einem dieser schicken Badeorte.«

Der Professor steckte seine Serviette zusammen und meinte dann prophetisch: »An deiner Stelle wäre ich mir da nicht so sicher...«

ERSTES KAPITEL

Es war unerträglich heiß, und ich wusste, dass mein Gesicht glänzte, meine Frisur im Eimer war und mein Kleid völlig zerknittert, als ich am Mittwochnachmittag endlich in Forshyttan ankam. Der altersschwache Zug hielt mit einem Ruck und einem tiefen Seufzer an, und mein Herz tat einen Sprung, als ich auf dem Bahnsteig neben Rutger den braun gebrannten, lächelnden Einar entdeckte. Sie hatten beide weiße Shorts und kurzärmelige Hemden an. Rutger, ohnehin schon groß gewachsen, sah in dieser Aufmachung ziemlich massiv aus. Er hatte mal erwähnt, dass er »nur« eins neunzig groß war, aber er hatte nie davon gesprochen, wie viel er wog. Ich nehme an, zu viel, denn auch wenn er trotz allem sportlich und gut durchtrainiert wirkte, hatte er im Verhältnis zu seiner Körpergröße ein paar Kilo zu viel auf den Rippen. Während er in seinem weißen Dress auf mich zuschritt, schoss mir kurz durch den Kopf, wie ungeheuer anstrengend es für ihn sein musste, diesen enormen Körper in Gang zu setzen, und auf einmal begriff ich, weshalb er hin und wieder diese für ihn so charakteristische Antriebslosigkeit an den Tag legte. Die außergewöhnlich hellgrauen Augen in seinem großen Gesicht waren allerdings überaus wach und rege, als er mir ein fröhliches Willkommen entgegenrief. Er sah beneidenswert frisch und ausgeruht aus. Sein glattes, dunkles Haar war akkurat zurückgekämmt.

Einar sah dünner aus als bei unserer letzten Begegnung, da hatte er einen Frack getragen, aber es mochte genauso gut an dem Gegensatz zu Rutgers überwältigender Gestalt liegen. Selten hatte ich mir so sehr gewünscht, ein paar Zentimeter größer zu sein. In meinen flachen Sandalen reichte ich keinem der beiden Herren auch nur bis zur Schulter.

Wir bogen in einen Waldweg ein, und während ich lachte, sie löcherte und ihre Fragen beantwortete, versuchte ich mir darüber klar zu werden, weshalb ich mich beim bloßen Anblick von Einars braunen Augen fühlte wie ein frisch verliebtes Schulmädchen. Wir hatten uns zuvor erst ein einziges Mal getroffen – auf Rutgers Promotionsfeier –, und da hatte sein Verhalten wirklich keinen Anlass zu irgendwelchen romantischen Fantastereien gegeben; im Gegenteil, wie ich mit einer gewissen Enttäuschung, Kummer und einer ordentlichen Portion gekränkter weiblicher Eitelkeit eingestehen musste: Er hatte nicht einmal den Versuch unternommen, mich zu küssen, obwohl wir einander bis fünf Uhr morgens nicht von der Seite gewichen waren. Und sofern die universitären Umgangsformen in der Hauptstadt sich nicht gänzlich von denen in Uppsala unterschieden, war dies wohl ein unmissverständliches und niederschmetterndes Zeichen. Hier, unter den hohen Kiefernkronen, war ich trotzdem aufgekratzt und glücklich, dass ausgerechnet *er* sich hinter mir mit meiner Reisetasche abplagte …

Ich konnte den Gedanken nicht zu Ende bringen, denn ganz plötzlich traten wir unter den Bäumen hervor, und vor meinen entzückten Augen breitete sich der spiegelblanke, einladende Uvlången aus, und nur wenige Augenblicke später saß ich bequem in Rutgers elegantem Motorboot, das in dem ruhigen Wasser kleine Wellen hinter sich herzog, während wir auf ein dunkles Ufer auf der anderen Seite des Sees zuhielten, das ich zunächst für das gegenüberliegende Festland hielt, das sich aber als Rutgers Insel entpuppte.

»Wie heißt sie eigentlich?«

»Es ist die einzige Insel im See, daher heißt sie hier in der Gegend einfach nur Insel. Im Verhältnis zum See selbst ist sie erstaunlich groß. Wir haben dort sowohl Berge als auch Wald...«

Rutger fuhr fort, von der Insel zu erzählen, und der Stolz und die Liebe zu ihr waren seinen wohlbedachten, ein wenig trockenen Worten deutlich anzuhören. Noch ehe ich auch nur einen Fuß auf die Insel gesetzt hatte, war ich über ihre Besonderheiten und die Sehenswürdigkeiten der Umgebung bestens informiert.

Wie ich erfuhr, war der Uvlången ein in mehrfacher Hinsicht außergewöhnlicher See. Seine Kontur entsprach der einer riesigen Birne, wobei das nördliche Ufer, das wir gerade hinter uns gelassen hatten, die Spitze darstellte. Dort floss der Forshytte in den See, dort war die größte Siedlung. Ein Stück weiter das Ufer hinab stand ein uralter Hof, Uvfallet; und ein paar Kilometer tiefer in den Wald hinein befand sich, wie ich bereits wusste, das Dorf Forshyttan mit dem Bahnhof, der Post, einem Telefonhäuschen und einem kleinen Lebensmittelladen. Die übrige Uferlinie war dicht bewaldet und unbebaut. Der Uvlången erstreckte sich schnurgerade gen Süden, und tief im Südosten öffnete der See sich zu einem weiteren kleinen Flüsschen, der sich wiederum nur wenige hundert Meter tiefer im Wald in den sogenannten Lillsjö ergoss: eine wahre Goldgrube, sowohl was Fische als auch was Krebse anging.

Der Uvlången war insgesamt fast zehn Kilometer lang. Dennoch gab es eigenartigerweise nur die eine große Insel, die im südlichen Teil des Sees lag. Die Insel erstreckte sich fast über die gesamte Breite des unteren Endes des birnenförmigen Sees; von keinem der Seeufer – sei es in südlicher, östlicher oder westlicher Richtung – war sie mehr als achthundert Meter entfernt. Dafür war es von Uvfallet bis zur Insel umso weiter – gute fünf Kilometer.

Das Motorboot hatte mittlerweile ordentlich Fahrt aufgenommen, und die Felsen am Nordufer der Insel türmten sich immer höher aus dem Wasser auf. Von einem »Berg« zu sprechen, wie Rutger es getan hatte, war nicht übertrieben gewesen. Lächelnd deutete er zu der Steilküste hinüber.

»Es ist wirklich ganz leicht, sich auf der Insel zurechtzufinden – im Großen und Ganzen ist sie nämlich fast viereckig, wenn man von ein paar wenigen kleinen Buchten und Landzungen absieht. Und um es unseren Gästen so einfach wie möglich zu machen, haben wir die Sehenswürdigkeiten in alle vier Ecken verteilt. Dort drüben in der nordwestlichen Ecke siehst du den Aussichtsberg. Von dort hat man einen fantastischen Blick über den gesamten Uvlången. Im Nordosten gibt es einen noch schrofferen Berg namens Steilhang. Pass auf, gleich fahren wir daran vorbei. Und unten im Südosten liegt mein kleiner Hafen.«

Wie angekündigt umrundeten wir in diesem Moment die steile nordöstliche Spitze der Insel, und verblüfft, sogar ein wenig erschrocken, schrie ich kurz auf. Direkt vor uns erhob sich eine jähe Felswand aus dem Wasser, und Einar schien direkt darauf zuzuhalten ... Erst als ich zu ihm hinüberblickte und seinen amüsierten Gesichtsausdruck wahrnahm, schwante mir, dass er einen kleinen Extraschwenker gemacht hatte, um mir einen Schrecken einzujagen. Aber da war es schon zu spät, da hatte ich bereits geschrien.

Wir umrundeten eine weitere Landzunge und fuhren sachte in eine große, windgeschützte Bucht hinein. An einem langen Bootssteg lag ein hinreißendes kleines Segelboot Seite an Seite mit einem weiß gestrichenen Ruderboot.

Ein schmächtiger Mann mit einem dunkelblonden Lockenkopf blickte uns vom Bootssteg aus entgegen. Er hatte lediglich graugrüne Shorts an, und mit seinen auffallend weichen Gesichtszügen und den jungenhaften blauen Augen sah er sehr jung und ganz und gar nicht berühmt aus. Sofort empfand ich die gleiche spontane Sympathie und fast schon zärtliche Bewunderung für Carl Herman Lindensiöö, die ich auch seinen Gedichten entgegenbrachte. Mit aufrichtiger Freude ergriff ich seine Hand, die mich behutsam auf den Steg zog.

»Willkommen im Zauberwald, Puck!«

… Wir gingen bereits eine ganze Weile, als mir etwas in den Sinn kam.

»Rutger, welche Sehenswürdigkeit befindet sich eigentlich in der vierten Ecke deiner Insel? In der südwestlichen? Die hast du vorhin überhaupt nicht erwähnt.«

»Wenn du diese Straße hier ein Stückchen weiterwanderst, siehst du es mit eigenen Augen.«

Carl Herman legte mir den Arm um die Schulter. »Hast du bemerkt, Puck, dass Rutger sich hier und da ein wenig merkwürdig ausdrückt? Wenn er von ›Straße‹ spricht, meint er tatsächlich den Pfad, auf dem wir gerade wandeln und der sich vom Bootssteg hinauf zum Sommerhaus schlängelt. Sehr unpraktisch im Übrigen, das Boot ganze zwei Kilometer vom Haus entfernt anzulegen! Manchmal spricht er auch von den zwei Inselwegen; der eine führt zum Aussichtsberg, der andere zum Steilhang, aber versuch bloß nicht, sie zu finden, wenn du in deinen jungen Jahren noch Zukunftspläne haben solltest!«

»Mich wiederum interessiert etwas ganz anderes«, warf Einar ruhig ein. »Woher nimmst du eigentlich die Inspiration für deine sogenannte Naturlyrik? Sicher nicht aus der Natur, oder sehe ich das falsch?«

»Seine Liebesgedichte sind leichter verständlich«, fügte Rutger grinsend hinzu.

Auf einmal ging die »Straße« direkt vor einer großen Eberesche zu Ende, und mir ging auf, dass Rutger sich das Beste für zuletzt aufbewahrt hatte. Die gesamte Landzunge, die vor uns lag, war dicht von weichem Gras bewachsen. Ein riesiger ziegelroter Sonnenschirm warf nur unzureichend Schatten über einen grünen Tisch, um den ein Sofa und Stühle gruppiert waren, und locker über den sattgrünen Rasen verteilt leuchteten ebenfalls ziegelrote Liegen und Sonnenstühle wie große Blumen inmitten des Grüns. Ganz oben am Waldrand stand Lillborgen, ein einstöckiges, solide gebautes, wunderschönes Sommerhaus aus dunkel gebeiztem Holz. Mit dem Nadelwald im Rücken und dem Rasen und dem Wasser davor wirkte es auf mich wie der wahr gewordene Traum eines Sommersitzes. Ich blickte in Rutgers erwartungsfrohes Gesicht.

»Wow!«

Der Neid in meiner Stimme, so viel war klar, stellte den stolzen Besitzer voll und ganz zufrieden.

Wir waren in der Bucht unterhalb von Lillborgen schwimmen gewesen und saßen nun auf dem breiten Steg und plauderten, als ich plötzlich bemerkte, dass Ann-Sofi weg war.

»Ich habe sie doch gerade noch gesehen. Wo ist sie denn abgeblieben?«

»In der Küche natürlich. Es ist immerhin schon nach sechs Uhr.«

»Und ihr lasst sie dort einfach so alleine vor sich hinwerkeln?«

Ich warf den drei Kerlen einen verächtlichen Blick zu und stapfte den weitläufigen Rasen hinauf. Ohne an meine nassen Badesachen zu denken, umrundete ich das Haus und stürmte zu Ann-Sofi in die Küche.

»Warum hast du denn keinen Ton gesagt? Kann ich dir helfen?«

Ann strich sich eine blonde Strähne aus der Stirn und lachte. »Nein, in ein paar Minuten ist alles fertig – wenn ihr so weit seid…«

Sie hatte etwas sehr Frisches an sich, wie sie da so stand in ihrem Rock mit Blumenmuster und den von der Ofenhitze geröteten Wangen. Ann-Sofi Hammar war so schwedisch-blauäugig, blond und langbeinig, wie ich es immer schon hatte sein wollen. Wenn ich sie ansah, hatte ich Tegnérs Romanfigur Ingeborg vor Augen: die gleiche kühle nordische Schönheit, aber auch die gleiche unbestimmte, schwer fassbare Persönlichkeit oder vielmehr Nichtpersönlichkeit. Nichts, was sie in meiner Anwesenheit bislang getan hatte, hatte mir einen Einblick in ihr Innenleben gewährt. Zweifelsohne war sie die Stillste von uns allen, aber es war schwer zu sagen, ob dies daran lag, dass sie schüchtern oder zurückhaltend war, oder ob sie schlicht und ergreifend nichts zu sagen hatte. Irgendwie passte sie nicht wirklich zu uns und unserem Universitätsgerede, und ich konnte sie mir ehrlich gesagt nur mit Mühe als Rutgers Ehefrau vorstellen.

»Du hältst dich lieber in deiner Küche auf, nicht wahr?«, versuchte ich, ein Gespräch anzuknüpfen.

»Das ist ja auch meine Aufgabe. Ich bin nicht so intellektuell und künstlerisch begabt wie ihr. Ich bin eher bodenständiger Natur. Du kennst das sicher noch aus der Schule: die Mitschülerin mit den mittelprächtigen Noten; ein Englandaufenthalt, und dann ab in die Hauswirtschaftsschule. Außerdem lasse ich nur ungern Gäste in meine Küche – in mein Heiligtum. Du brauchst also kein schlechtes Gewissen zu haben.«

Nachdem sich mein Einsatz, Ann-Sofi beim Zubereiten des Abendessens zu helfen, darauf beschränkt hatte, eine große Pfütze auf ihrem blitzblanken Küchenboden zu hinterlassen, zog ich mich zurück, um mir etwas Trockeneres, Anständigeres anzuziehen.

Etwa fünfzig Meter hinter Lillborgen verbargen sich zwischen den Kiefern zwei kleinere Nebengebäude. Das linke diente als Holz- und Vorratsschuppen, das andere beinhaltete drei schlichte, gemütlich und praktisch eingerichtete Gästezimmer mit je zwei Betten. Die Zimmer hatten alle einen eigenen Eingang; es gab keine Verbindungstüren dazwischen. Einar und Carl Herman hatten den hintersten Raum in Beschlag genommen und mir die Wahl zwischen den beiden anderen überlassen, und aus einem vagen Gefühl heraus, dass der Wald hinter dem Fenster tief und dunkel war, hatte ich mich für das mittlere Zimmer entschieden. Es wirkte am geschütztesten, und außerdem befand ich mich darin in unmittelbarer Nähe der beiden Männer. Die Wand, die die beiden Räume trennte, war gerade so dick, dass ich ihre beruhigenden Stimmen und ihr Lachen hören konnte.

Ebendieses Lachen klang im Übrigen noch heiterer als sonst, als ich das Gästehaus betrat, um mein nasses Badezeug auszuziehen. Sie verstanden sich offensichtlich außerordentlich gut, die beiden, und ich lächelte glücklich in mich hinein, während ich in meine sonnengelben Shorts stieg und eine weiße Bluse überstreifte. Der Mann, in den ich verliebt war, und der große Dichter, den ich bewunderte, atmeten, gingen und lachten keine zwei Meter von mir entfernt. Das Leben war wunderbar und die unmittelbare Zukunft voller Verheißungen.

Hoffnungsfroh nickte ich dem Mädchen im Spiegel zu. Das Bild, das ich vor Augen hatte, erfüllte mich zumindest im Moment einigermaßen mit Zufriedenheit. Ich hatte mich schon seit Langem damit abfinden müssen, dass ich ein paar Zentimeter zu klein war, um je als gut aussehend durchzugehen. Aber ich hatte eine gute Figur, und das gestand ich mir sogar selbst ein, ohne dass mir dies irgendein Mann hätte ins Ohr säuseln müssen. Nach ägyptischen oder griechischen Maßstäben ginge mein Gesicht nicht als klassisch schön durch, aber meine Nase war gerade, und die Augen – seit Kindertagen mein ganzer Stolz – waren so dunkelblau, dass sie manchmal sogar für schwarz gehalten wurden. Vermutlich waren es ausgerechnet meine Augen – und eine gewisse Wildheit –, die meinen Vater, als ich klein war, an Shakespeares unberechenbaren kleinen Waldgeist erinnert hatten, woraufhin er meinen steifen Taufnamen durch den Kosenamen ersetzt hatte, mit dem ich seither angesprochen wurde. Ich wickelte mir ein weißes Tuch um die kurz geschnittenen schwarzen Locken und stellte zufrieden fest, dass meine Gesichtshaut den gleichen warmen, dunklen Teint angenommen hatte, der mich manchmal fragen ließ, ob nicht auf irgendeine mystische Weise doch ägyptisches Blut in meinen Adern floss. Obwohl mein Teint nicht annähernd so dunkel war wie der von Einar...

Carl Herman trällerte ein Lied über eine Sommerverlobung, und ich verließ mein Zimmer, noch ehe er an der

Stelle angelangt war, da der November allem ein Ende setzte.

Ich folgte dem schmalen Trampelpfad hinauf zum Sommerhaus und umrundete es im Osten. Hinter dem Giebel lagen Anns und Rutgers Schlafzimmer – ich meinte, Rutgers Schultern hinter dem Fenster vorbeihuschen zu sehen – sowie die kleine Bibliothek mit den bücherbestandenen Wänden. Als ich die Rasenfläche vor dem Haus erreichte, blieb ich kurz stehen, um die wunderbare Aussicht in vollen Zügen zu genießen. Das Gras funkelte grün, das Wasser blitzte dunkelblau, und der Himmel war schier unbegreiflich hoch und klar. Die Bäume am gegenüberliegenden Ufer wirkten unfassbar nah.

Ann trat in die Tür. »Ich habe den Tisch drinnen gedeckt. Ich dachte, es wäre zu kühl draußen. Kommt ihr?«

Der größte Teil von Lillborgen wurde von dem geräumigen, überaus gemütlichen Aufenthaltsraum eingenommen. Zwei große Fenster gingen – mit Blick auf das Gästehaus zwischen den Bäumen – gen Norden; breite Schiebetüren öffneten sich zur südlichen Seite und zum Wasser hin. Wenn diese Türen wie jetzt gerade zur Seite geschoben waren und auch die Fenster sperrangelweit offen standen, war es tatsächlich beinahe kühl. Zu beiden Seiten des großen offenen Kamins an der östlichen Wand führten Türen ins Schlafzimmer beziehungsweise in die Bibliothek. Dieser Wand gegenüber lagen die Küche und eine kleine Kammer.

Wir anderen hatten uns bereits über Ann-Sofis Leckereien hergemacht, als endlich auch Carl Herman zu uns stieß. Er sang »I never was kissed before«. Für einen tiefsinnigen, ernsthaften Dichter besaß er eine bemerkenswert gute Kenntnis zeitgenössischer, nicht allzu tiefsinniger Schlager.

In seiner hellgrauen langen Hose und dem grauen Seidenhemd mit einer koketten kleinen Fliege in der Farbe seiner leuchtend blauen Augen war er auffällig warm und förmlich gekleidet. Im Gegensatz zu ihm wirkten wir anderen mit unseren bloßen Hälsen und Beinen fast schon nackt.

»Warum in aller Welt…«, setzte ich an. »Hast du das Thermometer falsch abgelesen?«

Rutger lachte. »Er hat sich rausgeputzt, weil er nach Forshyttan fährt, um einzukaufen und die Post abzuholen… und Lil.«

»Aber…«

»Du kennst Lil noch nicht«, seufzte Einar und streckte sich nach einem neuen Bier. »Dafür kennt Carl Herman sie umso besser.«

Zu meiner großen Verwunderung sah ich, dass Carl Herman errötete. Einmal mehr wirkte er wie ein schüchterner, ein wenig linkischer Schuljunge, und plötzlich hatte ich den Verdacht, dass wir ihn zu grob behandelten.

»Meine Meinung von Einar scheint sich gerade ins Gegenteil zu verkehren«, sagte ich. »Ich dachte immer, er wäre ein ernsthafter, sachlicher Wissenschaftler, aber er scheint mir ein veritables Lästermaul zu sein. Oder wie verhält es sich genau – ihr kennt ihn besser als ich.«

Carl Herman warf mir einen dankbaren Blick zu und antwortete: »Armes, unwissendes Ding! Du kennst

Einars dunkles Geheimnis nicht. Du weißt nicht, dass er tief im Innern ein perverser Mistkerl ist, dessen morbide Neigungen zum Himmel stinken! Um der Wahrheit die Ehre zu geben, führt er so etwas wie ein Doppelleben – Doktor Jekyll und Mister Hyde, *you know*.«

»Die Ähnlichkeit ist wirklich verblüffend«, warf Rutger ein und lachte. »Kommilitone Bure und Herr Ejnarskog. Simsalabim!«

Ich verstand sekündlich weniger, wovon sie sprachen, und wandte mich direkt an den besagten Doppelherren. »Worum geht es hier eigentlich? Drehst du durch, wenn Vollmond ist, und rennst hinaus und beißt jungen Mädchen in den Hals? In diesem Fall möchte ich ausdrücklich darum bitten, nicht länger Wand an Wand mit dir wohnen zu müssen. Oder hast du etwa bei irgendeiner Gelegenheit einmal versucht, den hinreißenden, arglosen Carl Herman zu erdrosseln?«

Einar seufzte. »Es ist wohl an der Zeit für die grausame Wahrheit. Allerdings finde ich es wirklich unfein von euch, meinen schlechten Leumund bis nach Uppsala zu verbreiten. Die Sache ist die… also… ich habe im vergangenen Jahr einen Kriminalroman herausgebracht.«

Rutger sprang ihm zur Seite. »Einen richtig heftigen, wenn wir mal ehrlich sein wollen! Unter dem Pseudonym Ejnar Ejnarskog.«

»Moment mal«, sagte ich atemlos, »den kenne ich doch! Der Titel lautete…«

»*Mord in der Sternwarte*. Ich habe ein Jahr als Lehrer in der Provinz gearbeitet und hatte dort keine Möglichkeit, meine Promotion voranzubringen, da habe ich mir die Zeit mit diesem Roman vertrieben. Ich hatte schon immer eine Schwäche für Krimis. Außerdem ist einer meiner besten Freunde Kriminalkommissar, und mit ihm habe ich diverse Dinge diskutiert. Natürlich wollte ich ihn nicht unter meinem richtigen Namen veröffentlichen. Wir haben zwar einen einigermaßen fortschrittlichen Professor, aber man schreibt nicht erst einen Krimi und meuchelt darin acht Menschen und widmet sich dann seiner Doktorarbeit über die Offenbarungen der Heiligen Birgitta, wenn Letzteres ernst genommen werden soll. Und jetzt versuche ich eben, meine mörderischen Instinkte ein wenig zu beherrschen und mich Birgitta von Schweden zuzuwenden.«

»Du scheinst dich trotzdem nach diesen weniger hehren Sphären zurückzusehen«, sagte Rutger mit einem breiten Grinsen.

Carl Herman seufzte. »Schaut euch Puck an, wie sie dasitzt und ihn anhimmelt! Was nützt all die Anstrengung, Gedichte über die Liebe und den Wachtelkönig zu verfassen, wenn man von so einem Schreiberling aus dem Rennen geworfen wird?«

So ging das Abendessen beschwingt weiter. Irgendwann machte sich Carl Herman zum Aufbruch bereit, ausgerüstet mit langen Einkaufslisten und noch längeren Ermahnungen vonseiten Anns, die offenbar von seinen praktischen Fähigkeiten nicht allzu viel hielt. »Denk dran: Milch und Eier bekommst du bei Larssons auf Uvfallet, dann holst du das Paket im Laden ab und lässt diese Liste dort, damit wir übermorgen unsere Bestellung abholen können. Nimm die Hintertür, weil er sicher schon zugesperrt hat. Und die Post...«

»Und Lil! Vergiss Lil nicht!«, rief Einar dazwischen.

Die Sonne sank bereits über den Horizont, und unter dem großen ziegelroten Sonnenschirm draußen auf dem Rasen servierte Ann Kaffee. Carl Herman war kaum verschwunden, als das Gespräch erneut auf Lil kam.

»Ich muss zugeben«, sagte Ann, »ich habe ein bisschen Bammel, diese ach so berühmte Lil hier bei uns zu haben. Ich frage mich, ob sie nicht einen Hauch zu extravagant für uns ist.«

»Mach dir keine Gedanken«, sagte Rutger. »Wenn sie an der Rolle des Naturkinds Gefallen findet, spielt sie sie sogar *con amore*!«

»Ihr kennt sie also alle?«, fragte ich. »Und nur ich weiß mal wieder nicht, was mir bevorsteht. Gebt mir wenigstens ein paar Hinweise zur Vorbereitung!«

Ann schüttelte den Kopf, und ich meinte, ihre Stimme klinge ein wenig kühler als sonst, als sie antwortete: »Ich kenne sie eigentlich gar nicht. Ich habe sie überhaupt erst ein einziges Mal getroffen, und das war bei Rutgers Promotionsfeier.«

Ich sah sie mit großen Augen an. Und dann fügte Rutger etwas hinzu, was das Ganze noch merkwürdiger machte: »Sie gehört zu unserem engsten Freundeskreis in Stockholm. Eje ist zwar immer ein bisschen fies zu ihr und denkt sich so das Seine, aber ich glaube, sogar er muss zugeben, dass es mit ihr nie langweilig wird. Lilian Arosander ist ein Wirbelwind...«

»Ja, ja«, murmelte Einar, der sich darauf konzentrierte,

seine Pfeife zu stopfen. »Doch wohl eher ein Orkan. Natürlich wird einem damit nicht langweilig. Man muss ja ständig alles um sich herum festhalten, damit es einem nicht um die Ohren fliegt.«

Ann lachte. »Jetzt bist du aber ungerecht, Eje!«

Einar wirkte, als würde er Miss Lilian alles zutrauen. Aber nun war meine Neugier vollends geweckt.

»Wie alt ist sie denn? Und womit verdient sie ihren Lebensunterhalt? Ich nehme an, dass sie ihre Zeit nicht im Lesesaal der Königlichen Bibliothek verbringt?«

»Man fragt nicht nach dem Alter einer Frau«, ermahnte mich Einar. »Und in Lils Fall lohnt sich das noch weniger als sonst. Sie sieht aus wie zweiundzwanzig, aber aller Wahrscheinlichkeit nach ist sie deutlich älter. Sie hat einen Abschluss in Philosophie – einen guten im Übrigen! –, war verheiratet, hat sich scheiden lassen...«

»Oh ja«, unterbrach ihn Rutger, »diese Ehe war von denkbar kurzer Dauer.«

»Mit wem...«, fragten Ann und ich wie aus einem Mund, und die Herren, denen klar geworden war, dass sie unsere niedersten Instinkte geweckt hatten, seufzten.

»Genaueres weiß ich auch nicht«, sagte Einar und klopfte behutsam die frisch gestopfte Pfeife wieder aus, »aber ich erzähle euch gerne, was ich weiß. Lil – oder Lilian, wie sie eigentlich heißt – ist die Tochter des Chefs von A. B. Lyxfilm. Der alte Arosander ist stinkreich, und sie ist seine einzige Tochter. Ohne Zweifel hat sie Talent, aber vor allen Dingen ist sie über die Maßen verwöhnt. Sie ist es gewöhnt, alles zu bekommen, worauf sie mit dem Finger zeigt, insbesondere *in eroticis*, aber sobald sie ihr Spielzeug bekommen hat, verliert sie die Lust daran. Vor rund zwei Jahren war es ein Diplomforstwirt, der ihr vor die Flinte geraten ist; weiß der Himmel, wo sie den aufgetan hatte. Ein langer, stattlicher Kerl, braun gebrannt und mit der Mystik des Waldes im Blick. Lil gab keine Ruhe, bis er sie endlich heiratete und sie zu ihm in die romantische Wildnis zog. Bestimmt haben sie sich in den ersten drei Monaten rund um die Uhr geliebt. Er war der Typ, der sie zu nehmen wusste...«

»Eje!«, ermahnte ihn Ann mit aufrichtiger Empörung, und Einar lächelte ein wenig reumütig.

»Nach weiteren zwei Monaten war Frau Arosander allerdings zurück in der Hauptstadt, wo sie mittlerweile die Theaterwissenschaften unsicher macht und gleichzeitig Werbefilmchen für Papa dreht. Und ehrlich gestanden ist sie ganz bestimmt die beste Werbung für diese Lyxfilm-Firma.«

Wenn Einar glaubte, meine Neugier wäre damit gestillt gewesen, irrte er sich gewaltig. »Und wie passt Carl Herman ins Bild? Er schien ziemlich mitgenommen...«

»Die beiden sind in letzter Zeit häufig in Stockholm ausgegangen. Aber...«

Plötzlich sprang Rutger auf und ging ein paar Schritte über den Rasen. »Lil hat eine ungeheure erotische Ausstrahlung«, sagte er nachdenklich. »Aber sie ist eine Wildkatze.«

Und mit diesen Worten beendete er das spannende Thema und begann, über den Sonnenuntergang zu sprechen.

Ann schlug vor, dass wir einen Spaziergang machen

sollten, während sie abspülte, und auf ihre gewohnt milde, wenn auch bestimmte Weise bekam sie ihren Willen.

Mich überkam Entdeckerfreude, und am liebsten wäre ich einmal um die ganze Insel spaziert, doch Einar redete es mir aus. »Das sind mindestens zehn Kilometer. Und zehn Kilometer über dieses Gelände und bei diesen Temperaturen? Nein danke. Lass uns einen von Rutgers Spazierwegen nehmen, da bekommst du schon ausreichend Bewegung.«

Er hatte ja so recht. Noch bevor wir den höchsten Punkt des Aussichtsberges erreicht hatten, war ich gelinde gesagt erledigt. Doch die Aussicht vom Felsplateau über den abendstillen Uvlången war eine echte Belohnung für die Mühe. Weit und dunkel und beidseits von Wald gesäumt lag der See vor uns. Der Wald stand so dicht am Ufer, dass einige der Bäume geradezu aus dem Wasser zu wachsen schienen.

Und noch während meine Sinne die fast unwirkliche Schönheit dieses grandiosen Ausblicks aufsogen, fühlte ich plötzlich, dass diese Größe und diese Stille mir auch Angst machten. Der schwedische Sommer hatte für mich immer für Lächeln und Licht gestanden; aber die Naturgewalt, die mich hier und jetzt umgab, war verschlossen und mit einer unerklärlichen Schwermut verbunden. Rutger, der wohl ahnte, was in mir vorging, legte beschützend seinen Arm um mich und sagte leise: »Diese Gegend kann einem gefährlich werden, wenn man nicht in sich ruht und glücklich ist. Die Sommernächte hier oben bringen häufig schwere, merkwürdige Gedanken zum Vorschein…«

Mich überkam ein Frösteln, und er fuhr eilig fort: »Du frierst. Wir gehen besser zurück.«

Der Abstieg erwies sich als deutlich leichter und weniger anstrengend als der Aufstieg. Mir war immer noch kalt, und sobald wir Lillborgen erreichten, ging ich in mein Zimmer, um mir etwas Wärmeres überzuziehen. Mit einer gewissen Erleichterung tauschte ich meine Sommerkleidung gegen eine neue, leuchtend rote Hose und einen weißen Angorapullover aus. Im Nachbarzimmer pfiff Einar ein Liedchen, das wohl »E lucevan le stelle« darstellen sollte.

Als ich wieder draußen war, stand Rutger auf dem Rasen und sah aus, als würde er einem Geräusch lauschen. Und richtig: Aus der Ferne war das stetige Tuckern eines Bootsmotors zu hören. Rutger machte sich auf den Weg hinunter zum Anleger, ich ließ mich auf einem der ziegelroten Liegestühle nieder und versuchte, mir einzureden, dass Ziegel- und Knallrot unter bestimmten Voraussetzungen eine ausgesucht moderne Farbkombination darstellten.

Nach einer Weile kamen auch Ann und Einar heraus zu mir, und wir genossen schweigend die Schönheit und Ruhe um uns herum. In Gedanken schrieb ich meinem Vater einen Brief: »Du ahnst nicht, wie herrlich und ruhig es hier ist...«

Einar hielt mir wortlos eine Zigarette hin, und ebenso wortlos beugte ich mich zu ihm vor, als er mir das Feuer hinhielt – bis er mit dem brennenden Zündholz auf halber Strecke innehielt. »Herr im Himmel«, murmelte er, und sein verwunderter Blick wanderte hinüber zu der

Eberesche oder zu irgendetwas anderem in dieser Richtung.

Und die Stille des Abends verflog wie Dunst über dem Wasser, als die zärtlich trillernde Stimme einer Frau erklang. »Hallo, meine Lieben! Ihr habt doch sicherlich nichts dagegen, dass ich Jojje mitgebracht habe.«

ZWEITES KAPITEL

Lil Arosanders Auftritt war wirklich vom Feinsten, da waren wir uns alle einig, und niemand, dessen Augen auch nur halbwegs funktionierten, hätte leugnen können, dass auch sie selbst eine über die Maßen auffällige Erscheinung war.

Ob nun gefärbt oder nicht – ihr rotgoldenes Haar machte andere Frauen blass vor Neid. Es war mit einem schlichten Band zusammengebunden, und nur im Nacken hatten sich vereinzelte Strähnen daraus gelöst. Ihre Frisur erinnerte an Kameen aus dem frühen neunzehnten Jahrhundert; ihr elegantes Profil unterstrich diesen Eindruck. Ihre Haut schimmerte blass, und plötzlich kam mir meine Bräune, auf die ich gerade noch so stolz gewesen war, fürchterlich gewöhnlich und unweiblich vor. Sie hatte schön weit auseinanderstehende Augen, und als sie näher kam, sah ich auch, dass sie alles andere als nur grün waren; sie schillerten golden wie warm leuchtender Bernstein. Sie war normal groß und hatte eine umwerfende Figur.

Bei einer wirklich schönen Frau legt man sein Augenmerk erst auf den zweiten Blick auf die Kleidung – Lil jedoch trug etwas überaus Auffälliges, Schulterfreies, grün Gemustertes, das erkennbar nach einer der besten

Boutiquen Stockholms aussah. Palmen wogten bei jedem ihrer Schritte sanft hin und her, und Äffchen kletterten munter über ihren Oberkörper. In den Händen trug sie einen riesigen, gefärbten Strohhut, der genauso gut als Strandtasche hätte durchgehen können.

Und doch waren es vermutlich nicht Lil und ihre Ausstrahlung, die Einar erstarren ließen, als er von meinem Streichholz aufgeblickt hatte. Nachdem ich meine sieben Sinne endlich wieder beisammen und einen Teil meiner Aufmerksamkeit auf Lils sorgsam inszeniertes Gefolge gerichtet hatte, sah ich es auch: den Schatten eines irritierten, verwirrten Rutger und einen verbissenen Carl Herman, die gemeinsam eine Unmenge Taschen wuchteten – wie lange gedachte diese Frau denn zu bleiben? –, und noch jemanden, an dem mein Blick haften blieb wie eine Fliege an Fliegenpapier. »Jojje« war wirklich sehenswert.

Er trug schier unglaubliche Shorts, auf denen muntere Fische in blauen Wogen herumtollten, und darüber ein noch verspielter gemustertes Hemd und stand auf unserer friedlichen Wiese wie ein junger Gott. Etwas Schöneres hatte ich noch nie zuvor gesehen.

Die Waden und Schenkel, Arme und der Hals – einfach alles, was man unter all den Fischen sah oder erahnen konnte – waren formvollendet und verwirrend schön. Seine Haut schimmerte braun wie matte Bronze, die Augen waren samtig blau und die Locken auf seinem betörend attraktiven Kopf sehr, sehr blond. Er war das Inbild körperlicher Vollkommenheit – und mir war zum Lachen zumute, während ich gleichzeitig albern weiche Knie hatte.

»Das ist Jojje«, flötete Lil und ließ sich auf einem Liegestuhl nieder. »Ich konnte mich einfach nicht von ihm trennen, also hab ich ihn mitgebracht.«

Jojje schenkte der Runde ein blendend weißes Lächeln und wurde dann von Rutger in Beschlag genommen. Die beiden brachten Lils Gepäck ins Gästehaus. Fasziniert starrte ich dem Sprungbrett und den badenden Wassernymphen auf seinem Hemdrücken nach.

Ann machte sich aus dem Staub, und Einar und ich blieben allein mit Lil zurück. Einar schien sich sichtlich zu amüsieren.

»Wo in aller Welt hast du den denn aufgegabelt? Als Siegfried auf einer Opernbühne wäre er eine echte Sensation – als starker, aufgewühlter Germanenjüngling in bestem Wagnerstil!«

»Er singt aber nicht«, entgegnete Lil ernst.

»Zum Glück für Svanholm.«

»Außerdem könnte er sich die Arien nie im Leben merken. Er hat tatsächlich nicht allzu viel im Kopf...« Dabei lächelte sie – ein kleines, verschmitztes Lächeln.

»Solche Zuchthengste haben selten was im Kopf. Aber was hast du denn nun mit ihm vor?«

»Er soll den neuen Liebhaber bei Lyxfilm spielen. Paps hat ihn noch nicht zu Gesicht bekommen, aber er wird begeistert sein. Jojje wird ihm Millionen einbringen.«

»Er heißt doch nicht wirklich Jojje?«

»Nein, nein. Er heißt George Malm, aber da fällt uns noch was Besseres ein.« Lil blies einen Rauchkringel in die Luft und sah ihm verträumt hinterher. »Er ist wirklich niedlich, findest du nicht? Ich bin total in ihn verschossen.«

Aus irgendeinem Grund sah Einar misstrauisch aus.

An diesem Punkt im Gespräch entschied sich Lil überraschenderweise, ihre Aufmerksamkeit meiner Wenigkeit zuzuwenden. Mit der Zigarette zeigte sie vage in meine Richtung, die Frage allerdings war nicht an mich gerichtet. »Und dieses hübsche, dunkeläugige Mädchen, das da sitzt und die Zähne nicht auseinanderkriegt, ist also deine neue Flamme? Freut mich, sie kennenzulernen.«

Ich war so verblüfft, dass ich noch nicht einmal rot wurde, was einer solchen Situation angemessen gewesen wäre. Selbst Einar war ausnahmsweise sprachlos.

Der Rest des Abends verlief nicht besonders glücklich. Von den sieben Personen, die draußen auf der Wiese Kaffee tranken und urlaubsbedingt eigentlich gute Stimmung hätten verbreiten sollen, wurden im Laufe der Zeit mindestens vier zusehends übellaunig.

Carl Herman unternahm nicht einmal den Versuch, seinen Missmut zu überspielen. Er wechselte mit dem armen Jojje nicht ein einziges Wort und antwortete selbst dann nur mit Widerwillen, wenn Ann-Sofi oder Einar ihn direkt ansprachen. Die Situation wurde auch nicht gerade besser dadurch, dass Lil – die erst eine halbe Stunde zuvor verlautbart hatte, wie verliebt sie in den schönen Filmjüngling sei – ihn nicht im Geringsten beachtete. Geschickt hatte sie sich selbst neben Rutger platziert und ihn und sich anschließend gut fünf Meter von der restlichen Gesellschaft wegmanövriert. Die grünen Palmen leuchteten vor dem Ziegelrot der Liegestühle, und die einschmeichelnde Stimme schien eine Menge amüsanter Dinge berichten zu können, denn Rutgers graue Augen und sein düsteres Gesicht strahlten regelrecht, wie ich es noch nie zuvor erlebt hatte. Ich hatte vermutet, dass der ruhige Rutger auch in seinem Verhältnis zum weiblichen Geschlecht eher träge und desinteressiert wäre, aber als ich ihn so beobachtete, wie er sich zu Lil hinüberbeugte, als könnte er auf diese Weise ihren goldschimmernden Blick besser einfangen und festhalten, begann ich zu bezweifeln, dass er tatsächlich so gleichgültig war – und so ungefährlich –, wie ich es mir ausgemalt hatte.

Carl Herman fuhr sich in einem fort mit den Fingern durchs Haar. Es war klar, dass es nicht mehr lange dauern würde, bis ihm der Kragen platzte. Sein sonst so weiches Gesicht, das überdeutlich seine Gefühls- und Stimmungslage widerspiegelte, war jetzt verbittert und abweisend, und es tat mir in der Seele weh, ihn so zu sehen. Am liebsten hätte ich ihm über die Wange gestreichelt und zugeflüstert: Sie ist es nicht wert! Aber so etwas tat man nun mal nicht. Ich schluckte schwer und versuchte, mich stattdessen auf das Gespräch zu konzentrieren, das Einar und Ann-Sofi tapfer aufrechterhielten und das sich um die erhoffte Pilzausbeute in diesem Herbst drehte, während sie beide zweifellos an ganz andere Dinge dachten als an Pfifferlinge und Butterpilze. Anns ratloser Blick wanderte immer wieder zu Rutger, und ich hatte den Eindruck, als suchte sie irgendetwas Unerhörtes, Unbegreifliches zu verstehen. Ich für meinen Teil wäre an ihrer Stelle nie und nimmer einfach so dagesessen und hätte artig Konversation über die besten Pilzgründe gemacht.

Was ich allerdings nicht verstand, war, was in Einar vorging. Er paffte verbissen auf seiner Pfeife vor sich hin und wirkte ungewohnt nervös. Mich behandelte er wie Luft, was dazu führte, dass auch meine Laune zusehends schlecht wurde. Was ging hier eigentlich vor? Wie konnte ein einzelner Mensch eine solche Unbehaglichkeit und so viel Ärger verbreiten? Der Einzige, der sich erstaunlicherweise kein bisschen von Lils Gurren mit Rutger und von der übrigen eisigen Stimmung beeinträchtigen zu lassen schien, war der unglückselige Jojje. Er machte einen kleinen Spaziergang und erkundete die Umgebung, und als er wiederkam, setzte er sich zu meinen Füßen ins Gras. Sein Lächeln war fast schon schüchtern.

»Entschuldigen Sie, ich habe vorhin nicht mitbekommen, wie Sie heißen.«

»Wollen wir uns nicht auch duzen? Ich heiße Puck.«

»George. Sehr angenehm.«

Er hatte seinen Namen mit einem gewissen Nachdruck ausgesprochen; vermutlich war er dankbar dafür, zum Ausdruck bringen zu können, dass er seinen wenig männlichen Spitznamen nicht annähernd so gern mochte wie Lil.

Aus der Nähe betrachtet war Georges gutes Aussehen noch einschüchternder. Es hätte geradezu sämtlicher Superlative der Boulevardpresse bedurft, um diesen nordischen Adonis auch nur annähernd treffend zu beschreiben. Seine Wimpern – bestimmt zwei Zentimeter lang – rahmten stechend blaue Augen ein und ließen sie noch dunkler erscheinen, als sie in Wirklichkeit waren. Seine Zähne schimmerten weißer und ebenmäßiger als in jeder Zahnpastawerbung.

Er hatte ein männlich markantes, harmonisch geschnittenes Gesicht. Er war nichts weniger als die Inkarnation aller sowieso schon perfekten Sagengestalten und Filmhelden, und während ich dieses Wunderwerk der Schöpfung staunend betrachtete, wurde mir in meiner Unvollkommenheit klar, dass ich es nicht ertragen würde, diese Schönheit tagaus, tagein ansehen zu müssen. Es wäre einfach zu deprimierend und irgendwie auch viel zu unnatürlich.

Ich fragte mich, wie er seine einzigartige Situation selbst einschätzte. Eigentlich wirkte er nicht besonders selbstbewusst – obwohl mir das wenig einleuchtend vorkam. Frauen pflegten Kerle, die nur einen Bruchteil seiner Vorzüge aufwiesen, vom Hof zu jagen, sobald sie aus den Windeln heraus waren. Als er eine ungewöhnlich lange Pause in der angestrengten Pilzunterhaltung nutzte und in die Runde fragte, ob jemand eine kleine Nachtwanderung mit ihm unternehmen wolle, stand ich daher nur zu gerne auf. Alles war besser, als sitzen zu bleiben und zusehends schlechte Laune zu bekommen.

Die Dämmerung war schon fortgeschritten, und zwischen den Bäumen war es bereits dunkel. Wir folgten dem Trampelpfad zum Hafen hinunter. Hier konnte man gerade noch so zu zweit nebeneinandergehen. George war nicht besonders gesprächig, und nachdem wir übers

Wetter, den Weg und die Mücken gesprochen hatten, senkte sich Schweigen über den dunklen Weg. Irgendwann hielt ich es nicht mehr aus. »Wie fühlt es sich an, wenn man so gut aussieht wie du?«

Er lachte ein wenig verwundert, aber ohne jede Überheblichkeit oder Verlegenheit. »Mein Körper mag ganz okay sein, und dafür bin ich auch dankbar, aber ansonsten würde ich viel darum geben, beispielsweise mit diesem grimmigen Typen mit der Pfeife tauschen zu können.«

Der Junge war ja richtig sympathisch. Mit wachsendem Interesse setzte ich die Befragung fort: »Was machst du eigentlich? Ich meine, wenn du nicht gerade als aufgehender Stern am Lyxfilm-Himmel herumgezeigt wirst.«

»Ich habe in Stockholm Schauspiel studiert, aber das war nichts für mich. Blankverse zitieren und dergleichen liegt mir einfach nicht. Jemanden im echten Leben gernzuhaben ist kein Problem, aber wenn ich anderer Leute Emotionen nachstellen soll, fühlt es sich einfach nur noch verkehrt an. Dann habe ich an der Kunsthochschule Modell gestanden, das war schon besser. Dort habe ich im Übrigen auch eine Bekannte von Lil und ihrer Clique kennengelernt – Marianne Wallman. Sagt dir der Name etwas? Nein? Sie ist wirklich die bezauberndste Frau, die ich je kennengelernt habe.«

Er war also doch ganz gesprächig! Doch dann verfiel George prompt wieder in verträumtes Schweigen.

Unten am Strand jedoch – in der verzauberten Schönheit weicher Konturen und nachtschwarzen Wassers – schienen Georges animalische Instinkte ihm wohl einzuflüstern, dass eine real existierende Frau verlockender sei als zehn noch so bezaubernde, von denen er lediglich träumte. Ich ahnte, was nun kommen würde, aber es dauerte am Ende doch ein bisschen länger als gedacht. Wir hatten uns bereits auf den Rückweg durch den Wald gemacht, als er seinen Arm um meine Taille legte und seinen geschmeidigen, muskulösen Körper an mich drückte. Wie schon zuvor bei seinem Anblick bekam ich weiche Knie, und mir war klar, dass sich meine Körperteile ihm nur allzu gerne nähern wollten, auch wenn der Rest von mir eine Mischung aus Gleichgültigkeit und Verachtung an den Tag legte. Ob sich allerdings die Verachtung gegen dieses Bild von einem Mann richtete, der gerade alles daransetzte, mich zu küssen, oder gegen mich selbst, war mir nicht klar. Mit einer enormen Kraft- und Willensanstrengung gelang es mir schließlich, mich aus seiner Umarmung zu befreien, und ich sagte mit relativ ruhiger Stimme: »Nein, George, tu das nicht. Es wäre mir lieber, wenn du das nicht machst.«

Ohne auch nur im Geringsten beleidigt oder böse zu sein, zog er sich von mir zurück. Es war sogar fast so, als würden wir uns danach noch besser verstehen. Zumindest liefen wir das letzte Stück wie zwei ausgelassene Kinder Hand in Hand den Weg hinauf.

Auf Lillborgen waren die anderen bereits drauf und dran, sich in ihre Zimmer zurückzuziehen. Sie hatten George das Kämmerchen neben der Küche zugewiesen, sodass ich zu meiner Erleichterung nun doch nicht mit Lil das Zimmer teilen musste.

Als ich mich kurze Zeit später umziehen wollte, stellte

ich fest, dass ich meinen Armreif verloren hatte – einen wunderschönen ägyptischen Goldreif, der mit Sicherheit eine Menge wert war, was aber in diesem Fall meine geringste Sorge war. Zu meinem Leidwesen bin ich ziemlich abergläubisch, und seit ich den Armreif trage, bin ich felsenfest davon überzeugt, dass er mich vor allem Bösen beschützt. Papa hat mich diesbezüglich immer ausgelacht und behauptet, ich hätte wohl den Aberglauben der einstigen Trägerinnen übernommen – dabei ist er selbst auch nicht viel besser, wenn es um solche Dinge geht. Dann riet er mir, nie jemand anderen den Armreif tragen zu lassen, wenn ich sichergehen wollte, dass er seine schützende Funktion behielt. Ich hätte lieber sieben Spiegel zerschlagen, als meinen Glücksarmreif zu verlieren – noch dazu inmitten dieser finsteren, gruseligen Wälder! Der Abend war wirklich in jeder Hinsicht unglücklich verlaufen.

In dieser Nacht konnte ich zum ersten Mal seit vielen Jahren nicht schlafen. Einar und Carl Herman unterhielten sich leise im Nachbarzimmer; bei Lil drüben war es mucksmäuschenstill. Ich wälzte mich auf dem Laken hin und her und wickelte mich darin ein, bis ich aussah wie eine Mischung aus Mumie und Kohlroulade, und grübelte darüber nach, warum es immer die falschen Männer waren, die einen küssen wollten. Irgendwann bemerkte ich, dass die Stimmen im Nachbarzimmer verstummt waren – und dass es in meiner Kammer allmählich schon wieder heller wurde. Ich musste daran denken, was Rutger zu Lil gesagt hatte, bevor sie ins Bett gegangen waren: »Wenn du nicht schlafen kannst, empfehle ich dir meine kleine, aber feine Bibliothek. Wir lassen hier draußen immer alle Türen offen, du kannst also einfach hineinspazieren.«

Statt wach zu liegen, wollte ich mich lieber einer literaturhistorischen Abhandlung widmen. Auf Zehenspitzen machte ich mich auf den Weg. Über der Wiese lag bereits der Morgentau, und das Licht mochte sich noch nicht recht zwischen Dunkelheit und Helligkeit entscheiden. Die Schiebetüren zum Aufenthaltsraum standen halb offen, und ich schlich hinein zur Bibliothek. Mit einem vierhundert Seiten dicken Wälzer über die mittlere Schaffensperiode des Dichters Atterbom unterm Arm machte ich wieder kehrt. Auf halbem Weg blieb ich wie angewurzelt stehen. Zehn Meter von mir entfernt zwischen ein paar Kiefernstämmen befand sich George Malm in einer Situation, die mir nur allzu vertraut vorkam – nur dass die Frau, die er gerade so leidenschaftlich zu küssen versuchte, niemand anderes war als Ann-Sofi Hammar.

Nachdem ich mich unbemerkt an ihnen vorbei in mein Zimmer geschlichen hatte, hörten die Gedanken in meinem Kopf nicht auf zu kreisen. Hatte ich mich wirklich so sehr in der kühlen Ann-Sofi getäuscht? Oder war sie vor Eifersucht schier von Sinnen? Und Rutger – lag er im Bett und schlief, während seine Frau sich mit einem anderen Mann vergnügte, oder war auch er auf der Jagd nach einem Abenteuer draußen in der Sommernacht?

Irgendwann schlief ich auch ohne Atterboms Hilfe ein und erwachte am Donnerstagmorgen erst, als sich Lils aparte Erscheinung halb durch mein Fenster lehnte.

»Schläfst du immer so lange, Schätzchen? Es ist schon halb elf, und wir verhungern alle, wenn wir nicht bald frühstücken können!«

Sie hatte einen albernen kleinen grünen Fez auf dem rotblonden Haar und schien blendender Laune zu sein, und sowie ich den Aufenthaltsraum betrat, stellte ich fest, dass sich die allgemeine Stimmungslage über Nacht merklich verbessert hatte. Carl Herman, der jetzt wieder Shorts trug, war zwar ein bisschen zu aufgesetzt fröhlich, aber selbst aufgesetzte Fröhlichkeit war allemal besser als die düstere Stimmung des Vorabends. Eine ruhige, völlig normal wirkende Ann trug Eier mit Speck aus der Küche herein. George, der heute anstelle von Fischen und Nymphen ein rot-violettes Hawaiihemd trug, ging ihr dabei untertänigst zur Hand. Lil mit ihrem Fez und einem Faltenrock aus wassergrüner Wildseide sah atemberaubend schick aus – was sie obenherum trug, war allerdings keiner Erwähnung wert. Sie schien ihre Aufmerksamkeit gerecht auf die vier Herren zu verteilen. Einar schenkte mir sein sonnigstes Lächeln und schimpfte mich freundlich eine Schlafmütze, und alle verhielten sich gerade so, als hätte es den vorangegangenen Abend nie gegeben.

So machten wir uns über das Frühstück her. Einar versicherte mir, dass mir die Bräune hervorragend stehe, Lil mutmaßte, dass es in der Sonne sechsundfünfzig Grad haben müsse, und verkündete, sie werde vor Sonnenuntergang keinen Fuß vor die Tür setzen, was wiederum Carl Herman dazu inspirierte, Almquist, de Lorca und eine Handvoll weiterer Mondscheinpoeten zu zitieren. Er war immer noch ganz und gar in Lyriklaune, als er Anns

Protesten zum Trotz zusammen mit Lil und George die Küche stürmte, um beim Abspülen zu helfen.

Die Hitze raubte einem wirklich den Atem, sobald man hinaus auf die Wiese trat. Eilig rannte ich zum Pfad, der hinunter zum Hafen führte. Dort musste ich meinen Armreif verloren haben. Bestimmt war der Verschluss bei dem kleinen Handgemenge mit George aufgegangen. Ich war fest entschlossen, den ganzen Weg abzusuchen, um ihn wiederzufinden.

Im hellen Sonnenlicht war der Wald kein bisschen gruselig mehr, im Gegenteil: Die Kühle und Stille um mich herum verliehen ihm fast schon etwas Liebliches. Auf dieser Seite der Insel standen überwiegend Fichten; die dunklen, dichten Nadelbäume waren hier fast so groß wie Kiefern. Zwischen den Stämmen konnte ich moosbedeckte Steine entdecken – und plötzlich, am Fuß eines Hügels, sogar etwas Goldbraunes. Wenn das mal nicht die ersten Pfifferlinge waren! Die graue Theorie vom Vorabend war mit einem Mal Wirklichkeit geworden, und wie ein kleines Kind freute ich mich darüber und kehrte mit ein paar kleinen Pilzen in der Hand zurück auf den Pfad.

»Schau einer an! Ein Mensch! Und wir dachten beinahe schon, die Insel wäre ausgestorben!«

Nach Georges plötzlichem Auftauchen hätte ich wohl vor weiteren Überraschungen gewappnet sein müssen. Trotzdem ertappte ich mich dabei, irritiert und misstrauisch zu reagieren. Eigentlich hätte man doch annehmen sollen, dass man hier vor allen mehr oder minder erwünschten Besuchern sicher wäre – und doch schien auf dem Uvlången mehr Publikumsverkehr zu herrschen als im Studentenwohnheim in Uppsala. Dass dieser neuerliche Überraschungsbesuch böse Folgen haben würde, war mir im selben Moment klar, als ich die beiden Frauen erblickte. Oder vielmehr – um genau zu sein – eine der beiden Frauen.

Auf dieser kleinen Insel hatten sich auch so schon viel zu viele attraktive und verführerische Menschen eingefunden, als dass man sich noch richtig hätte wohlfühlen können. Doch die dunkle, schlanke Dame, die mich jetzt ins Visier nahm, als wäre ich diejenige, die in ihr Revier eingedrungen war, stellte vermutlich eine noch größere Gefahr für den Seelenfrieden der anwesenden Männer dar, als es die schillernde Lil je vermocht hätte. Rechts hatte sie sich das glatte, schwarzglänzende Haar hinters Ohr gesteckt, doch auf der anderen Seite fiel es ihr offen über die Schulter. Ihr ovales Gesicht schien lediglich aus dunkelrot geschminkten, vollen Lippen und vollendet mandelförmigen, grün-schwarzen Augen zu bestehen. Trotz der zerknitterten Hose und der schlichten Hemdbluse sah sie aus, als wäre sie direkt irgendeinem exotischen Liebesroman entsprungen, und wäre ich ein Mann gewesen, hätte ich mich wohl auf der Stelle in den Staub geworfen und sie auf Knien angebetet.

Umso erleichterter war ich, als ich sah, dass zumindest ihre Begleiterin einfach nur menschlich und alltäglich aussah. Sie schien etwas über dreißig zu sein, mager, fast schon knochig, und hatte kurzes braunes Haar und kluge blaue Augen, die mir bekannt vorkamen. Gerade tupfte sie sich die Stirn mit einem groß karierten Taschentuch ab, das sie zuvor aus der Tasche ihrer verschlissenen Hose gezogen hatte.

»Wir waren zufällig in der Gegend, und da dachten wir, wir schauen mal vorbei und sagen Hallo. Schau nicht so erschrocken, *ma petite*! Genau genommen sind wir alte Bekannte. Viveka Stensson heiße ich. Ich studiere Literaturgeschichte – und das ist auch das Einzige auf der Welt, wofür ich geeignet bin. Wir sind uns schon mal auf einer Promotionsfeier begegnet.«

Oh ja, ich erinnerte mich. Sie hatte mir im Gillet gegenübergesessen, und Einar und sie waren sehr vertraut miteinander umgegangen. Aber wer…

»Das hier ist Marianne Wallman«, erklärte Viveka, als hätte ich die Frage laut gestellt. »Sie ist Kunsthistorikerin und eine aufstrebende junge Bildhauerin.«

Du lieber Himmel – Georges Traumfrau! Das alles wurde ja immer abstruser. Marianne Wallman streckte mir die Hand entgegen, doch meine Begrüßungsfloskel brach auf halbem Wege ab. Um das Handgelenk trug sie meinen ägyptischen Armreif!

Sie fing meinen Blick auf und lächelte. »Den habe ich hier am Weg gefunden. Gehört er dir?«

Ich nickte stumm. Eine unerklärliche Wut auf dieses arrogante Frauenzimmer stieg in mir auf, auf diese Frau, die mein Glück vom Weg aufgeklaubt hatte und jetzt umherspazierte, als wäre es ihres. Dennoch folgte ich den beiden Besuchern hinauf zum Haus und betrieb brav Konversation mit ihnen.

Einar und Rutger standen auf der Wiese, als wären sie regelrecht versunken in das Studium der roten Sonnenschirme. Dann drehten sie sich zu uns um…

Rutger hätte blasser nicht werden können, hätten sich zwei Tote vor ihm aus ihren Gräbern erhoben und ihn ins Visier genommen. Jegliche Farbe schien aus seinem Gesicht zu weichen, und für einen Augenblick dachte ich, er würde ohnmächtig werden. Er klappte den Mund auf, als wollte er etwas sagen, atmete dann aber doch nur hörbar ein. Einar sah verwundert von den Neuankömmlingen zu Rutger und beeilte sich dann zu sagen: »Wenn das mal keine Überraschung ist. Wo kommt ihr denn her? Haben sie euch mit dem Fallschirm abgeworfen? Oder haben wir es mit einer Fata Morgana zu tun?«

Schnaufend ließ sich Viveka auf die Wiese sinken. »Nein, nein, es gibt uns wirklich. Und das ist mir nur allzu bewusst. Ich hatte vorhin schon Schmerzen in den Beinen, aber jetzt habe ich auch noch Blasen an den Händen! Und das alles nur, weil diese Verrückte« – sie winkte mit ihrem rot karierten Taschentuch in Mariannes Richtung – »darauf bestanden hat, einen Zwischenstopp hier bei euch auf Lillborgen einzulegen, weil wir gerade zufällig in Bergslagen waren. Allerdings hat sie mit keinem Wort erwähnt, dass Bergslagen ungefähr so groß ist wie Tibet und nur aus Steigungen besteht – mal ganz abgesehen davon, dass ihr Dutzende von Kilometern weit draußen wohnt und sie sich in einem Ruderboot nicht sonderlich geschickt anstellt. Ich sag nur eins: Zurück rudere ich uns nicht! Wenn ihr uns nicht früher oder später zurückbefördert, werdet ihr mit uns vorliebnehmen müssen bis ans Ende aller Tage.«

Ihr kantiges, nicht gerade hübsches Gesicht glühte vor Hitze und von der Anstrengung. Marianne Wallman indes sah so gelassen und erholt aus, dass es mehr als offensichtlich war, dass Viveka den ganzen Weg alleine hatte rudern müssen. Ihr schöner, eigensinniger Mund verzog sich zu einem schelmischen Lächeln, als sie sich an Rutger wandte: »Du siehst nicht sonderlich begeistert aus… Wir kommen doch nicht etwa ungelegen?«

Bevor Rutger antworten konnte, ertönte vom Haus her Georges verliebte Stimme: »Ist das denn die Möglichkeit? Marianne Wallman!«

Mit langen Schritten eilte er näher, und die Freude und die Bewunderung in seinen blauen Augen waren nicht zu übersehen. Marianne lächelte amüsiert, und Viveka stöhnte: »Du lieber Himmel! Was macht der denn hier?«

Inwiefern Lils Begeisterung so aufrichtig war wie die von George, konnte ich nicht ausmachen. Sie rief abwechselnd *Darling* und *Chérie* und überhäufte Marianne mit Küsschen an schier jeder Stelle, an die sie herankam. Carl Herman klopfte Viveka auf die Schulter und gab Marianne einen Handkuss, eindeutig in Anerkennung ihrer jeweiligen Persönlichkeiten. Ann-Sofi in ihrer verbindlich liebenswerten Art ließ indes in keiner Weise erkennen, was sie von dieser erneuten Invasion in ihr Revier tatsächlich hielt.

Rutger hatte sich in der Zwischenzeit wieder gesammelt und versicherte Viveka nachdrücklich, dass sie selbstverständlich willkommen seien und natürlich ein paar Tage bleiben müssten. Viveka bedankte sich aufrichtig. Die schöne Bildhauerin schenkte ihm ein Mona-Lisa-Lächeln, das wie alle vagen Gesten weder ein Ja noch ein Nein ausdrückte. Ann brachte Saft aus der Küche, und Viveka berichtete mit trockenem Witz von der Radtour, die die beiden durch Dalarna und Värmland geführt hatte. Inzwischen waren sie wieder auf dem Rückweg nach Stockholm, wo der Auftrag irgendeines vermögenden Konsuls auf Marianne wartete und Viveka ihre Arbeit an einer langwierigen Recherche über »Pfarrgärten in der schwedischen Literatur« wieder aufnehmen wollte. Ich lachte und erkundigte mich, ob sie für ein solches Thema denn die geeigneten Qualifikationen mitbringe, und da seufzte sie und sagte, sie sei in Hälsingland als Pfarrerstochter aufgewachsen – »Sieht man mir das nicht an?« – und folglich deutlich besser qualifiziert, über dieses Thema zu schreiben, als Rutger über Fredrika oder Einar über die Heilige Birgitta. »Und du? Worüber schreibst du deine Abschlussarbeit?«

»Über Fredrika Bremer und die Männer.«

Das Gejohle, das darauf folgte, war ganz und gar respektlos, sowohl mir als auch der großen Schriftstellerin gegenüber. Dass ich vergleichbare Werke anführte – »Goethe und die Frauen«, »Die Frauen um Tegnér« –, schmälerte die allgemeine Heiterkeit kein bisschen, und Einar fragte mit einem spitzbübischen Blitzen in den Augen, wie es sich denn mit meinen Qualifikationen für ein derart delikates Thema verhalte. Die schlechte Laune, die ich bei der Ankunft der neuen Gäste für einen Augenblick gehabt hatte, war jedenfalls im Nu verflogen.

Die nachfolgenden drei Stunden gehörten zu den friedlichsten, die ich auf Lillborgen verbringen durfte. Einar schlug vor, auf den See hinauszurudern und schwimmen zu gehen. Ich war sofort Feuer und Flamme. Wir ließen die übrige lärmende Gesellschaft hinter uns und schlenderten den Pfad hinunter zum Hafen. Zum ersten Mal überhaupt war ich alleine mit dem Objekt meiner Träume, und ich merkte selbst, wie aufgeregt und nervös ich war und dass ich nur noch Blödsinn von mir gab. Erst ganz allmählich hörte das Blut auf, durch meine Adern zu rauschen, und ich empfand Einars Anwesenheit als angenehm.

Der Hafen machte seinem Namen wirklich alle Ehre. Die Felsen in der lang gezogenen Bucht bildeten eine Art natürlichen Steinkai, und daran lagen nicht weniger als vier Boote vertäut: Rutgers zierliches Segelboot, das Motorboot, ein weiß gestrichenes sowie ein altes, grauschwarzes Ruderboot, in dem vermutlich Viveka und Marianne übergesetzt hatten. Einar machte das weiße Boot los, und wir ruderten hinaus auf den unbewegten, spiegelglatten See. Wir sprangen ins Wasser, sonnten uns, faulenzten und unterhielten uns, und entweder war mein braunäugiger Gondoliere tatsächlich makellos, oder aber die Liebe hatte mich bereits blind gemacht – jedenfalls fand ich alles, was er sagte oder tat, einfach nur großartig. Ich hatte nicht das geringste Bedürfnis, auf die Insel und zu all den schwarz- und rothaarigen Sirenen zurückzukehren. Trotzdem waren wir gegen fünf Uhr wieder dort. Während unseres gesamten Ausflugs hatten wir die anderen nicht mit einem Wort erwähnt. Aus irgendeinem Grund hatten wir beide das wohl vergessen.

Und es schien fast, als hätten sie wirklich aufgehört zu existieren – jedenfalls auf Lillborgen. Denn als wir zurück zum Haus kamen, war dort weder draußen noch drinnen irgendjemand zu sehen. Einar ließ sich unter einem Sonnenschirm nieder, während ich einen kleinen Abstecher in mein Zimmer machte. Dort herrschte eine geradezu entzückende Unordnung. Fünf Paar Schuhe – eines reizender als das andere – lagen über den ganzen Boden verteilt herum, und auf beiden Betten häuften sich unzählige Kleider, Röcke, BHs, Taschen und Badeanzüge. Ich schob ein Paar schwanenfederbesetzter Pantoffeln zur Seite und ließ mich auf einen der beiden Stühle fallen. Das hatte ich nun wirklich nicht ahnen können, als ich am Vormittag zu Lil gesagt hatte, sie dürfe gerne in mein Zimmer ziehen, um ihr Gästezimmer für Marianne und Viveka frei zu machen.

Und genau da hörte ich von dort Stimmen: eine tiefe, dunkle Männerstimme und eine Frauenstimme. Letztere klang fürchterlich aufgeregt, und mit einem Mal drangen ihre Worte mit erschreckender Klarheit durch die dünne Zwischenwand: »Glaubst du wirklich, für mich ist es leichter? Siehst du nicht, dass du unser beider Leben zerstört hast? Wenn du nicht…«

Ich eilte nach draußen. Die Tür zum Nachbarzimmer war geschlossen. Was in aller Welt ging da vor sich? Ich hatte durchaus damit gerechnet, dass unsere Urlaubslaune durch kleinere Streitigkeiten und den einen oder anderen unbedachten Flirt mit der falschen Person in Mitleidenschaft gezogen werden könnte, aber was ich soeben mit angehört hatte, hatte deutlich ernster geklungen. Die Stimme aus dem Nachbarzimmer hatte gebebt vor Verzweiflung und Schmerz, und ich fragte mich, wem sie gehört hatte. Marianne? Lil? Die humorvolle Viveka konnte es doch nicht gewesen sein. Oder... hatte ich etwa einen Streit zwischen Ann und George mit angehört? Wieder sah ich die merkwürdige Szene aus der vergangenen Nacht vor mir, und mich beschlich ein mulmiges Gefühl.

Als ich aus der Tür trat, war Einar nicht mehr da, und ich war froh, für einen Moment allein zu sein. Wie lange ich dort draußen gedankenversunken saß, weiß ich nicht mehr, aber zum Glück ließen sich irgendwann Rutger und Einar wieder blicken, und ein wenig später gesellten sich auch alle anderen hinzu. Ann bereitete in Rekordzeit das Abendessen zu, und im Nu versammelten wir uns im Aufenthaltsraum. Verstohlen beobachtete ich meine Tischnachbarn. Es war nicht zu übersehen, dass die Zeichen wieder auf Sturm standen, auch wenn sich alle die größte Mühe gaben, ihre wahren Gefühle ein wenig besser zu verbergen, als ihnen das am Vorabend gelungen war. Anns Wangen glühten, und Lil war unnatürlich schweigsam. Statt sich wie sonst für die Herren zu interessieren, zerkrümelte sie ihr Brot. Marianne, die einen blutroten Seidenschal über ihre weiße Bluse drapiert hatte, was regelrecht exotisch an ihr aussah, war umso gesprächiger. Für alle sichtbar flirtete sie mit George, der ihr am Tisch genau gegenübersaß und ihr Spielchen bereitwillig mitspielte. Hin und wieder wanderte ihr Blick allerdings hinüber zu Carl Herman, der kaum ein Wort von sich gab. Die Einzigen, die für Unterhaltung am Tisch sorgten, waren Einar und Viveka, und als das Abendessen endlich vorüber war, waren alle zutiefst erleichtert. Es bildeten sich kleine Grüppchen. Ich sah, wie Marianne die Hand nach George ausstreckte und ihn lachend zu einem Spaziergang zu locken versuchte. An ihrem Arm blitzte schweres Gold. Mein Armreif, den ich immer noch nicht wiederbekommen hatte! Ich wollte gerade etwas sagen, aber da war die schlanke Gestalt schon in Richtung Wald verschwunden. Der rote Seidenschal schimmerte in der Dämmerung.

George und Marianne? Allmählich verstand ich überhaupt nichts mehr. Aber um ehrlich zu sein, interessierten mich die Spielchen der anderen auch gar nicht – solange Einar Bure sich nicht daran beteiligte…

DRITTES KAPITEL

Am Freitagmorgen wachte ich mit heftigen Kopfschmerzen auf. Ein Gewitter grollte über dem Berg, und der helle Sonnenschein der vergangenen Tage war einem tiefen, bleigrauen Himmel gewichen, doch es fiel nicht ein Tropfen Regen aus den dichten Wolken, und die drückende Schwüle presste sich wie ein Eisenband um meine Schläfen. Ich quälte mich aus dem Bett und fand nach einigem Suchen zwischen Lils Puderdöschen und Cremetiegeln eine Schachtel Kopfschmerztabletten. Zum Glück war Lil selbst bereits ausgeflogen. Offenbar war sie eine Frühaufsteherin, auch wenn sie abends lange wach blieb – ich hatte sie zumindest weder ins Bett gehen noch aufstehen gehört.

Am Frühstückstisch schien es, als sei ich nicht die Einzige, die unter dem Wetterwechsel zu leiden hatte. Alle wirkten ermattet, Lil gähnte in einem fort und wirkte angeschlagen, und sogar Viveka war blass und schlapp. Ann hatte Migräne und sah aus, als würde ihr jedes Geräusch Höllenqualen bereiten. Die einzige – ein bisschen nervige – Ausnahme war George, der vor Gesundheit zu strotzen und ganz und gar mit der Situation zufrieden zu sein schien. Es waren wohl schwerere Geschütze notwendig als nur ein kleines Unwetter, um diesen vitalen Körper in Mitleidenschaft zu ziehen.

»Wenn man nichts im Kopf hat, kann da eben auch nichts wehtun«, murmelte Viveka, als George mit unbändiger Energie, die uns allen auf die Nerven ging, aufsprang und hinüber zum Erdkeller eilte, um für Getränkenachschub zu sorgen.

Als sich das Frühstück dem Ende zuneigte, ließ Marianne die Bombe platzen: »Ich reise heute noch ab«, sagte sie ganz ruhig und fixierte mit ihren mandelförmigen Augen einen Punkt oberhalb von Georges hübschem Kopf. »Es wäre nett, wenn jemand mich aufs Festland bringen würde.«

Die absolute Stille, die folgte, wurde jäh unterbrochen von zersplitterndem Glas, und Carl Herman sah verwirrt auf das kaputte Wasserglas in seiner Hand. »Das war ich«, murmelte er.

Während wir die Scherben aufkehrten und Carl Hermans Finger untersuchten, einigten wir uns darauf, dass George Marianne im Motorboot übersetzen sollte, damit sie rechtzeitig zum Drei-Uhr-Zug zum Bahnhof käme. Erst da setzte sich mein von der Kopfschmerztablette immer noch halb benebeltes Hirn wieder in Bewegung.

»Mein Armreif…«

Marianne blickte auf ihr rechtes Handgelenk, und als sie sich zu mir umdrehte, war ihr sonst so arroganter Gesichtsausdruck verschwunden und einer verwirrten, aufrichtig bedauernden Miene gewichen. »Der Armreif… den muss ich verloren haben. Es tut mir wirklich leid!«

Wir erklärten den anderen, worum es ging. Marianne

gestand, dass sie derart in den ungewöhnlichen, schönen Schmuck vernarrt gewesen sei, dass sie sich davon ungern habe trennen wollen und irgendwie unbewusst »vergessen« haben müsse, ihn mir wiederzugeben.

»Hattest du ihn noch, als du dich gestern Nacht umgezogen hast?«

Sie zögerte einen Moment. Dann strich sie sich mit einer nervösen Handbewegung eine unsichtbare Haarsträhne hinters Ohr. »Nein... Nein, ich glaube nicht. Da muss ich ihn schon verloren gehabt haben.«

Viveka machte den Mund auf, als wollte sie etwas sagen, überlegte es sich dann aber offensichtlich anders und presste die Lippen so fest zusammen, dass sie nur mehr wie ein schmaler Strich aussahen. Doch dann meldete sich George zu Wort: »Ich weiß genau, dass du ihn noch hattest, als wir uns gestern Abend gegen elf zu unserem Spaziergang aufgemacht habe. Vielleicht liegt er ja draußen im Gras?«

Doch der Armreif war und blieb verschwunden. Für einen Augenblick hegte ich in meiner Wut den Verdacht, dass Marianne einfach nur eine Diebin war, die mit meinem Goldarmreif im Gepäck Reißaus nehmen wollte – bis mir klar wurde, dass es mir gar nicht mehr um den Armreif selbst ging. Seit Marianne ihn getragen hatte, vermochte er mir ohnehin kein Glück mehr zu bringen. Fast war ich froh, dass ich ihn nicht mehr sehen musste.

Das Donnergrollen schien sich zu entfernen, und Einar fragte mich, ob ich mit hinunter zum Badesteg kommen wolle. »Nach einem Gewitter ist es im Wasser am schönsten.«

Und es war wirklich schön. Endlich ließen auch meine Kopfschmerzen nach.

»Schaffst du es bis hinüber ans Festland?«

Ich versuchte einzuschätzen, wie weit es war, nickte, und wir schwammen los. Jenseits der Bucht war der Uvlången dunkel und eisig kalt, und ich blieb so nahe bei Einar wie möglich. Sein gebräunter Körper sah im Wasser noch dunkler aus, und sein Atem ging tief und regelmäßig. Am Ufer angelangt, suchten wir uns einen flachen Felsen, und ich legte mich keuchend auf den Rücken. »Das war herrlich! Alleine würde ich mir diese Strecke allerdings nicht zutrauen. Nicht, weil ich Angst hätte zu ertrinken – aber wer weiß, was da unten in der Tiefe lauert. Die Strömung fühlt sich irgendwie merkwürdig an und geheimnisvoll...«

»Du hast doch wohl keine Angst vor dem Neck?«, fragte Einar und zwinkerte mir zu.

»Nein, aber vor dem Uvlången selbst... Manchmal kommt es mir vor, als hätte er ein Eigenleben. Und wer weiß schon, was sich unter seiner ruhigen Oberfläche verbirgt?«

Mit einem Mal sah Einar ernst aus. »Du hast ja düstere Gedanken... Gespenster siehst du hoffentlich nicht?«

Hinter uns begann ein dichtes Waldstück. Irgendwann standen wir auf, um eine kleine Erkundungstour zu unternehmen. Fichtenzapfen und -nadeln stachen mir in die nackten Füße, doch von Zeit zu Zeit liefen wir auch über weiches Moos, während wir immer tiefer in eine Zauberwelt eintauchten. Einar kannte sich mit den Vögeln und Pflanzen erstaunlich gut aus, und ich fragte ihn, wie es komme, dass er mit dieser Märchenlandschaft so vertraut war. Er stamme ebenfalls aus Bergslagen, erzählte er mir, und zwar aus einer Kleinstadt namens Skoga, an der ich auf dem Weg nach Forshyttan vorbeigekommen war. Ich konnte mich noch gut an den altehrwürdigen, gemütlichen Bahnhof erinnern und an die hübsche Kirche, die am Ufer einer winzigen vorgelagerten Insel gestanden hatte. Dass der ausgeglichene, ruhige Einar gerade dort seine Wurzeln hatte, wunderte mich nicht. Begeistert erzählte er mir von dem Städtchen und seinen Einwohnern, von dem See, in dem er schwimmen gelernt hatte, und von der Schule, die er zusammen mit Rutger besucht hatte, und noch begeisterter – wenn das überhaupt möglich war – hörte ich ihm zu. Stunde um Stunde verstrich, und als wir schließlich wieder am Badesteg von Lillborgen ankamen, ahnte ich, dass es längst Zeit fürs Abendessen war.

Als wir die Wiese vor dem Haus erreichten, wankte George wie ein unglücklicher Geist auf uns zu und beklagte sich darüber, dass alle verschwunden seien. Doch als ich mich umgezogen hatte und in einem Pullover und einer langen Hose wiederkam, war auch er wie vom Erdboden verschluckt. Im Süden hatte sich der Horizont inzwischen schwarzblau verfärbt, und das Gewitter schien sich wieder zu nähern. Ich machte mich auf den Weg in den Aufenthaltsraum, als ich plötzlich hörte, wie Ann nach mir rief. Vorsichtig schob ich die Tür zu ihrem Schlafzimmer auf – und da kauerte am Boden eine leichenblasse Ann, die um zehn Jahre gealtert zu sein schien. Sie litt an fürchterlichen Kopfschmerzen und war zutiefst dankbar, als ich ihr versicherte, dass ich mich um das Abendessen kümmern würde.

Der Vorratskeller war gut bestückt, und ich nahm eingefrorene Hackbällchen und Dosenchampignons, Eier und Gemüse mit und schritt mit hausfraulicher Verantwortung zur Tat. Nach einer Weile gesellte sich Einar dazu, um mir zu helfen, und in der darauffolgenden Stunde wälzten wir Kochbücher, bereiteten ein Süppchen und Soßen vor und hatten dabei tatsächlich eine Menge Spaß. Und auch wenn Einar behauptete, dass kein Mann, der bei Sinnen sei, sich je mit einer Frau einlassen würde, die derart waghalsige Küchenexperimente unternahm wie ich, bekamen wir am Ende doch ein halbwegs ansprechendes Abendessen zustande. Um Anns Nerven zu schonen, deckten wir draußen ein, und unsere Laune war so überschwänglich, dass die mangelnde Begeisterung, die die anderen unserem Menü entgegenbrachten, uns nicht das Geringste ausmachte.

Die anderen stocherten nur im Essen herum. Sogar George hatte seinen sonst so gesunden Appetit eingebüßt. Hatte Mariannes Abreise ihn wirklich so hart getroffen? Ann blieb in ihrem Zimmer, und Rutger erschien erst, als wir schon beim Hauptgang waren. Er murmelte irgendetwas von seinem Motorboot und trug im Übrigen rein gar nichts zur Verbesserung der Friedhofsstimmung bei. Hätten Einar und ich zuvor nicht so viel Spaß gehabt, wäre auch unsere Laune im Nu gekippt. Doch so kehrten wir sogar fröhlich in die Küche zurück, um das Geschirr zu spülen.

»Was ist hier eigentlich los, Eje? Es kann doch nicht an der Hitze liegen, dass auf einmal alle so schlecht drauf sind?«

Ein Schatten legte sich über sein schmales Gesicht, und statt meine Frage zu beantworten, sagte er: »Kümmern wir uns einfach nicht darum. Wir könnten doch hoch an die Steilküste spazieren, wenn wir hier fertig sind?«

Das wollte ich natürlich gerne.

Der Weg dorthin führte nahezu diagonal über die Insel durch einen dichten Wald. Mir war zuvor nicht klar gewesen, wie groß die Insel wirklich war. Der Weg, den wir einschlugen, war sicher drei Kilometer lang. Doch als wir an unserem Ziel ankamen, erwies sich die Steigung als wesentlich leichter zu erklimmen als der Berg, den Rutger mich vor ein paar Tagen hinaufgeschleppt hatte. Vom höchsten Punkt aus war trotzdem klar, dass wir uns jetzt deutlich höher befanden. Hier oben stand kein Baum mehr, aber später im Jahr würden hier massenhaft Preiselbeeren wachsen. Spektakulär fiel der Fels vor uns senkrecht zum Wasser ab. Wir legten uns an der Kante auf den Bauch und blickten hinab in die Tiefe, und Einar amüsierte sich darüber, wie ich vor Schreck eine Gänsehaut bekam.

»Wenn das unter der Wasseroberfläche genauso steil weitergeht, müssen es doch mindestens hundert Meter bis zum Grund sein!«

Behutsam zog Einar mich wieder auf die Beine und empfahl mir, stattdessen die Aussicht zu genießen. »Blicke nicht länger in die Tiefe, Narziss. Sieh, über dir ist der Himmel blau«, deklamierte er mit ernster Miene.

Blau war der Himmel zwar nicht, dennoch war das Bild, das sich vor uns auftat, wirklich sehenswert. Der Uvlången hatte das Schwarzgrau des Himmels angenommen, und die gekräuselte Wasseroberfläche verriet, dass es nicht mehr lange dauern würde, bis der längst überfällige Regen einsetzte. Schweigend atmeten wir die frische See- und Waldluft ein – und schlagartig wurde mir wieder Einars Nähe bewusst. Ob er spürte, wie aufgewühlt ich war? Auch er schien tatsächlich ein wenig nervös zu sein. Das war ihm an der Art anzusehen, wie er in einem fort seine Pfeife anzündete und sofort wieder ausgehen ließ. Irgendwann steckte er sie mit einer fahrigen Handbewegung zurück in die Tasche und schlug stattdessen eine Art Orientierungslauf hinunter zum Hafen vor, der unmittelbar südlich vor uns lag.

Der Dauerlauf tat uns gut – bis ich mir den Fuß verknackste. Ich hatte den steilen Abstieg gerade ohne Probleme bewältigt und mich übermütig zu Einar umgedreht, um ihm zuzurufen, dass ich gewinnen würde, als ich mich plötzlich der Länge nach auf dem Moos liegend wiederfand und mein Fuß sich irgendwie taub anfühlte. Langsam setzte ich mich auf, doch da war Einar schon dabei, vorsichtig meinen Knöchel abzutasten. Ich schloss die Augen und genoss die Berührung seiner starken Hände.

Minuten später bebte die Erde, mein Herz setzte für einen Augenblick aus, und ich wusste, dass ich zuvor keine Ahnung gehabt hatte, was es bedeutete, geküsst zu werden.

Ich schlug die Augen wieder auf, und mir wurde klar, dass braune Augen am schönsten waren, wenn sie ganz schwarz aussahen.

»Lobet den Herrn«, entwischte es mir. »Und ich hatte schon gedacht, du würdest mich als eine Art keusche, unantastbare vestalische Jungfrau betrachten.«

»Genau das habe ich die ganze Zeit über versucht. Aber es ist mir wirklich schwergefallen... Und als du gerade so dasaßt – mit geschlossenen Augen und Lippen, die aussahen, als müsste man sie einfach küssen –, konnte ich... Oder hattest du es etwa genau darauf angelegt?«

»Ganz gewiss nicht. Ich glaube, ich hatte die Hoffnung inzwischen aufgegeben...«

Nach einer Weile fuhr ich fort: »Aber warum in aller Welt hast du dich dagegen gesträubt? Hast du Angst vor deinen Gefühlen?«

»Ach was... aber vielleicht Angst davor, dass damit gespielt werden könnte.«

»Dass du dir die Finger verbrennst?«

»Ich habe mitangesehen, wie andere sich verbrannt haben. Und zwar mächtig. Ich habe mir geschworen, mich oder irgendeinen anderen Menschen niemals leichtfertig in eine Sache hineinzuziehen, hinter der ich nicht mit ganzem Herzen stehe...«

»Und jetzt hast du deinen Schwur gebrochen.«

»Wie kommst du darauf?«

»Einar... Du hast mir doch nicht etwa gerade zwischen den Zeilen einen Heiratsantrag gemacht?«

»Wieso zwischen den Zeilen?«

Eine graue Wolke hing über den Fichtenspitzen, und ich hatte das Gefühl, in Tränen ausbrechen zu müssen. »Ich hab dich wirklich sehr, sehr gern, Eje...«

»Na ja, es war wohl eine ziemlich erbärmliche Liebeserklärung. Aber eigentlich ist es deine Schuld. In deiner Nähe bin ich einfach so unbeholfen und zaghaft...«

Und dann nahm er mich fest in die Arme, sodass mir

ganz schwindlig wurde und mir die Luft wegblieb. Ich war einfach nur überglücklich, wusste aber tief im Innern, dass dies alles viel zu überwältigend und wunderbar war, um wahr zu sein.

Fast schon resigniert nahm ich daher auch zur Kenntnis, wie knackende, zerbrechende Zweige und sich nähernde Schritte meinen Traum zerplatzen ließen. Ich gab Einar einen Kuss auf die Nasenspitze und stemmte mich langsam hoch, um zur Begrüßung einem über und über mit Angelutensilien bewaffneten Rutger zuzunicken, der uns mit kaum verhohlener Überraschung anstarrte. Sein Erstaunen war allerdings wenig verwunderlich angesichts der Verwirrung, die Einar an den Tag legte. Offenbar war er wirklich schüchtern, und die Situation entspannte sich mitnichten, als wir alle drei gleichzeitig bemerkten, dass ein Gutteil meines Angorapullovers auf Einars dunkelgrünen Outdoorjacke zurückgeblieben war. Doch Rutger war ganz Gentleman.

»Ich hab euch schon gesucht«, sagte er. »Ich dachte mir, vielleicht wollt ihr mir bei einer kleinen Angeltour Gesellschaft leisten. Es ist allerbestes Angelwetter.«

Er hatte recht. Es lag immer noch Regen in der Luft. Einar, dem entweder nicht klar war, was er da sagte, oder der tatsächlich so aufgeregt war, dass er fast schon Angst hatte, erneut mit mir allein zu bleiben, gab sofort zurück, dass er sich gar nichts Schöneres vorstellen könne, als jetzt hinauszurudern und zu angeln, während ich entgegenhielt, dass Frauen an Bord Unglück brächten, ich mich aber gerne der Hechte annähme, die in der Küche landen würden. Zufrieden machte sich Rutger auf den Weg hinunter zum Hafen, während Einar einen Moment lang hin- und hergerissen war. Dann blitzte es in seinen ernsten Augen, und im Bewusstsein, wie komisch die Szene gewirkt haben musste, beugte er sich zu mir hinunter und gab mir einen flüchtigen, zärtlichen Kuss. Ich spürte seine Nähe immer noch, als er längst zwischen den Fichten verschwunden war.

Ganz und gar in Gedanken versunken streifte ich langsam weiter durch den Wald. Einars Küsse und Berührungen hatten in mir Gefühle zum Leben erweckt, die mir in ihrer Intensität ein wenig Angst einjagten. Noch nie zuvor hatte ich mich so lebendig gefühlt und war so voller Erwartungen gewesen. Ich schlang meine Arme um einen weißen Birkenstamm und lauschte meinem Herzschlag.

Und da kam der Regen. Völlig unvermittelt fing es an, wie aus Kübeln zu schütten. Die Sicht betrug kaum mehr als einen Meter, als ich mich völlig durchnässt und durch den Wind auf die Suche nach dem Weg hinauf zum Haus machte. Vor lauter Glück hatte ich vollkommen verdrängt, wie dunkel der Wald und die Nacht werden konnten, und mit einem Schlag wurde mir angst und bange. Ich stolperte über Steine und blieb an rissigen Fichtenzweigen hängen, während die Abenddämmerung und der Regen die Konturen um mich herum zusehends verwischten und mich der Einsamkeit und dem Schrecken einer fremden, geisterhaften Umgebung preisgaben. Es heulte und wisperte zwischen den Bäumen, und der Wind zerrte an den Kiefern, als wären sie Schilfrohr.

Der Regen schlug um in einen Wolkenbruch, der nur mehr aus Hagel zu bestehen schien, und instinktiv wusste ich, dass ich in diesem düsteren Wald schleunigst einen

Unterstand würde finden müssen, um dort zu bleiben, bis das Schlimmste vorüber war. Ich sah mich nach einer größeren Fichte um – und da war sie. Ihre dichten Nadelzweige hingen fast bis auf die Erde herab. Darunter musste es sowohl trocken als auch sicher sein. Mit dem gleichen Gefühl, mit dem ein Kind sich die Decke über den Kopf zieht, um nichts mehr sehen oder hören zu müssen, hob ich einen der schweren Äste an und kroch darunter.

Es fühlte sich an, als wäre die Luft zu schwer zum Atmen, und mit einem Mal wusste ich, dass ich nicht allein unter meinem Fichtendach war. Ich hielt den Atem an und lauschte, konnte aber nur das Hagelprasseln und das Pfeifen des Windes hören. Nach ein paar Minuten streckte ich eine Hand aus – und berührte etwas Weiches. Einen Stoff. Ich tastete weiter – und mit einer Eiseskälte, die mich bis ins Mark traf, wurde mir bewusst, dass ich gerade das Gesicht eines Menschen berührt hatte. Ein unnatürlich unbewegtes, regloses, kaltes Gesicht.

Langsam zog ich mich bis zu der Fichtenwand zurück, und als das spärliche Dämmerlicht auf meine Entdeckung fiel, blickten meine schreckgeweiteten Augen in ein Paar noch weiter aufgerissene Augen. Nur mühsam verarbeitete mein Hirn, was ich in diesem Moment vor mir sah: eine dunkle Haarsträhne über einem nackten Arm, einen roten Seidenschal, der wie ein blutiges Seil um einen kreideweißen Hals lag, und ein Paar schwarzer Augen, die aus ihren Höhlen quollen.

Kein Zweifel. Marianne Wallman war tot – erdrosselt mit ihrem eigenen roten Schal, den sie sich immer über ihre schönen Schultern geworfen hatte.

VIERTES KAPITEL

Die Gestalt, die im strömenden Regen neben der Fichte stand und apathisch ins dichte Geäst starrte, hatte nichts mehr gemein mit Puck Ekstedt aus Uppsala. Ich bin mir sicher, dass Puck geschrien oder geheult und dass sie unter allen Umständen versucht hätte, mit anderen – mit lebenden Personen – in Kontakt zu treten. Die fremde Frau neben der Fichte tat jedoch nichts dergleichen. Sie stand einfach nur da und spürte, wie der Hagel auf ihre Haut prasselte und das Wasser an ihrem Körper hinabströmte. Als sie sich schließlich umdrehte und losmarschierte, waren ihre Schritte zwar zögerlich und unsicher, doch ohne darüber nachzudenken, ging sie in die Richtung, wo der Wald am lichtesten aussah, und stand nur wenig später wieder auf dem Weg, der vom Sommerhaus hinunter zum Hafen führte. Hier blieb sie stehen und warf einen Blick zurück, und es schien, als würde es sie einige Mühe kosten, die große Fichte im Regen und in der Dunkelheit noch einmal anzusehen. Dann setzte sie ihren Aufstieg langsam, fast schon widerwillig fort. Dunkelheit und Schatten umgaben sie zu beiden Seiten, doch sie bemerkte es nicht. Vor dem Haus blieb sie einen Augenblick lang stehen. Die Schiebetüren waren ordentlich zugezogen, und nur aus dem Fenster der Bibliothek schimmerte gelbes Licht. Trotzdem ging sie daran vorbei, und die Dunkelheit verschluckte sie von Neuem.

Ich glaube, ich kam erst wieder zu mir, nachdem ich mich mit der gleichen schlafwandlerischen Ruhe der durchnässten, klebenden Kleidung entledigt und mir die wärmsten Sachen angezogen hatte, die ich in meinem Gepäck finden konnte. Ich kämmte mein nasses Haar und versuchte, mithilfe einer tragbaren Petroleumlampe im Spiegel mein Aussehen zu überprüfen. Ein leichenblasses Gesicht schluchzte mir entgegen – und das war der Moment, in dem alle Dämme brachen. Ich spürte, wie mein Hirn zu arbeiten begann, während sich mein Magen zusammenzog und mir speiübel wurde. Und dann kam die Angst. Ich warf mir eine Regenjacke über und rannte kopflos hinüber zum Haus. Als ich die schwere Tür aufschob, teilte ein blauweißer Blitz den Himmel, und ich taumelte in den Aufenthaltsraum. Der ohrenbetäubende Knall ließ das ganze Haus erzittern.

Die Wärme und das Licht und die Gemütlichkeit, die ich dort vorfand, waren verwirrend und blendend zugleich. Lillborgen hatte wohl nie so wohnlich und heimelig gewirkt wie an diesem schrecklichen Abend. Ein Deckenleuchter mit Petroleumlämpchen sorgte gemeinsam mit zwei Tischlampen für mildes, behagliches Licht in dem großen Zimmer, und auf dem Sofa zwischen den Fenstern saßen Ann und George harmonisch nebeneinander, während Lil, Carl Herman und Viveka es sich auf den grünen Sesseln am Kaminfeuer bequem gemacht hatten. Mein Anblick musste sie in ihrem gemütlichen Beisammensein aufgeschreckt haben, denn ihre

Gespräche verstummten, und alle fünf starrten mich alarmiert an.

»Herr im Himmel, was ist denn in dich gefahren? Du siehst aus, als wärst du einem Gespenst begegnet.« Lils goldgesprenkelte Augen sahen am ungläubigsten aus, während Carl Herman mir die Regenjacke abnahm und mich behutsam zu seinem Sessel bugsierte. Dann ging er vor mir in die Knie und nahm meine eiskalten Hände. Ich spürte, dass sie alle auf eine Erklärung warteten, und ich strengte mich über die Maßen an, damit meine Stimme stabil klang.

»Ich... ich hab...«

Ein weiterer Blitz zerschlug die Finsternis vor den Fenstern, der fast zeitgleich folgende Donner zerrte an meinen ohnehin schon strapazierten Nerven, und ich schrie laut auf. Beruhigend legte Viveka mir die Hand auf den Arm und sagte nüchtern: »Ihr seht doch, dass sie Angst vor dem Gewitter hat. Und ehrlich gesagt wundert mich das nicht. Ich kann mir schönere Dinge vorstellen, als auf einer Insel inmitten eines großen Sees festzusitzen, während draußen ein Unwetter tobt.«

Carl Herman sah immer noch besorgt aus. »Sie zittert vor Kälte. Hast du vielleicht einen Kognak da, Ann?«

»Im Keller.« Doch Ann sah nicht danach aus, als behagte ihr die Vorstellung, nach draußen in die Dunkelheit zu gehen. »Vielleicht, wenn Rutger wiederkommt...«

Rutger... Erst da erinnerte ich mich wieder daran, dass ich mich schon vor einer Ewigkeit von Rutger und Einar verabschiedet hatte, die hinausrudern und angeln hatten gehen wollen. Unruhe machte sich in mir breit.

»Sind sie immer noch nicht zurück?«
»Zurück? Wer?«
»Eje und Rutger. Sie wollten aufs Wasser...«
»Aufs Wasser? Bei diesem Wetter?«
Es war nur allzu offensichtlich, was sie alle dachten, und mir war klar, dass ich viel mehr nicht würde ertragen können.

Doch als hätte er unsere Gedanken gelesen, tauchte keine Minute später von einem Regenschwall begleitet Rutger in der Tür auf.

Alle redeten wild durcheinander, und trotzdem musste Rutger meine geflüsterte Frage gehört haben, denn er verkündete in meine Richtung, dass Einar nur eben auf sein Zimmer gegangen sei, um sich umzuziehen. Ehe er das Gleiche tue, solle er bitte erst eine kleine Schnapsexpedition in den Keller machen, bat Ann. Er verzog das Gesicht und stürzte sich mit einer Taschenlampe ausgerüstet wieder hinaus in das Unwetter.

Ich zog die Beine im Sessel unter und schloss die Augen. Das Kaminfeuer knisterte beruhigend, und ich versuchte verzweifelt, einen gewissen Gedanken nicht in mein Bewusstsein vordringen zu lassen. Irgendwann hielt Carl Herman mir einen ordentlichen Kognak hin, und ich fühlte mich allmählich wieder normaler. Als dann auch noch Einar mit seinem vom Regen lockigen Haar hereinstapfte und sein Blick sofort den meinen suchte, wagte ich es endlich, den mahlenden Gedanken zu Ende zu denken. Ich wollte ihn Einar ins Ohr flüstern und dann nie wieder etwas damit zu tun haben.

Marianne ist ermordet worden. Und einer von uns muss der Mörder sein.

Doch in einem Raum mit acht Menschen gibt es nun mal keine Gelegenheit, Geheimnisse auszutauschen, und so musste ich mich damit zufriedengeben, dass Einar sich dicht neben mir auf einem Stuhl niederließ. Lil und Carl Herman erzählten ihm, dass ich mich angesichts des Gewitters fast zu Tode geängstigt hätte, und Einar sah mich zärtlich und irritiert zugleich an.

»Angst vor dem See und dem Wald und dem Gewitter und den Blitzen und weiß der Himmel – hattest du mal ein Kindermädchen, das dich terrorisiert hat, als du noch klein warst?«

»Es können doch nicht alle dein Nervenkostüm haben«, entgegnete Carl Herman leicht vorwurfsvoll. »Als ich an deinen acht Morden teilhaben musste, hab ich eine ganze Woche lang bei brennendem Licht geschlafen.«

Auch wenn Ann am anderen Ende des Zimmers mit etwas anderem beschäftigt gewesen war, hatte sie der Unterhaltung gelauscht und ging jetzt verärgert dazwischen: »Ich finde wirklich, ihr könntet über schönere Dinge reden. Dieser Abend ist über die Maßen scheußlich, und so ein Gewitter lädt doch nun wirklich nicht gerade zu Scherzen ein.«

»Kerle haben grundsätzlich einen etwas schrägen Sinn für Humor.« Viveka schüttelte ihren kurz geschorenen Kopf. »Wenn jetzt gleich auch noch Geister- und Gespenstergeschichten aufs Tapet kommen, bin ich zumindest weg vom Fenster.«

Daraufhin unterhielten sie sich und lachten weiter wie

immer. Und doch musste es außer mir noch jemanden geben, auf dessen Netzhaut eine dunkle Fichte und starre, tote Augen eingebrannt waren. Warum in aller Welt hatte dieser Jemand überdies eine Fichte gewählt, wo doch der ganze Uvlången mit seiner schützenden Oberfläche als Versteck dienen konnte?

Inmitten des Grauens und des Schreckens kam in mir ein weiteres Gefühl auf, das ich zunächst nicht einzuordnen vermochte, das ich aber alsbald beschämt als reine Neugier identifizierte. Meine eine Gehirnhälfte wies mich darauf hin, dass es sich hierbei mitnichten um einen von Einars Krimis handelte – während die andere in immer schnellerer Folge eine Reihe von Fragen aufwarf.

Marianne hatte allem Anschein nach ihren Drei-Uhr-Zug nie erreicht. War es nicht George, der sie aufs Festland hätte bringen sollen? Mit großen Augen starrte ich die griechische Schönheit an, die im Übrigen, wie ich jetzt erst feststellte, in ein Paar saubere, lange weiße Hosen und ein hellblaues Hemd gekleidet war. Wie schon zuvor sprang er Ann zur Seite, wo immer er konnte, und trat gerade auf das Kaminfeuer zu, um Grog auszuschenken. Ich holte tief Luft, und als er sich zu mir herunterbeugte, wisperte ich ihm halblaut sechs Wörter zu, die mir so gewaltig erschienen, dass ich sie kaum über die Lippen brachte: »Hat Marianne ihren Zug rechtzeitig erreicht?«

Das schöne Gesicht verfinsterte sich ein wenig. »Ich hab sie nicht gefahren«, sagte er kurz angebunden und hatte mir bereits im nächsten Augenblick wieder den Rücken zugekehrt.

Einar, der Georges Antwort mitbekommen hatte, sah mich fragend an. Während Lil und Carl Herman in unserer unmittelbaren Nähe mit den Gläsern, mit Kognak und Wasser beschäftigt waren, bat ich Einar in aller Eile: »Frag sie, was sie zwischen dem Frühstück und dem Abendessen gemacht haben!«

Ich konnte ihm an den leicht gerunzelten Augenbrauen ansehen, dass er nicht nur verdutzt, sondern regelrecht um meinen Geisteszustand besorgt war, aber ich hatte mit meiner Vermutung richtiggelegen, dass zwischen uns keine weitergehenden Erklärungen nötig waren. Er passte den Moment ab, als wieder die zufriedene Stille einkehrte, die sich üblicherweise über eine Gesellschaft legt, sobald sie die ersten Schlucke aus goldbraunen, gut gefüllten Groggläsern zu sich genommen hat. Ich hatte meinen Stuhl so zurechtgerückt, dass ich nicht nur Carl Herman und Lil, deren grüne Samtcordhose die gleiche Farbe hatte wie der Sessel, sondern auch die vier anderen auf der Eckbank hinter dem Esstisch im Auge behalten konnte.

»Puck und ich haben nach dem Frühstück eine kleine Schwimmrunde gedreht. Wir sind bis zur anderen Seite der Bucht geschwommen und dann im Wald spazieren gegangen.« Er gab noch ein paar amüsante Anekdoten zum Besten und fragte dann am Ende, als wäre es das Natürlichste auf der Welt: »Und was habt ihr am Nachmittag so getrieben?«

Lils Pupillen zogen sich zusammen, und ich war mir nicht sicher, ob sie Carl Herman anlächelte oder ihn – bildlich gesprochen – aufs Korn nahm. »Carl Herman hat mich einmal um die ganze Insel geschleppt, ihr wisst schon, bergauf, bergab über Wege, die gar keine Wege sind, nur um die ganze Zeit aufs Wasser blicken zu können. Ich hoffe nur, dass ich bei diesem Aufstieg zumindest drei Kilo abgenommen habe.«

Auch wenn die Unterhaltung etliche Haken schlug, erfuhren wir nach und nach, dass Ann mit Kopfschmerzen zu Hause geblieben und Rutger mit dem Motorboot hinausgefahren war. Viveka gestand bereitwillig ein, dass sie auf dem Sofa gelandet war, nachdem sie sich von Marianne verabschiedet hatte, und George vervollkommnete die Erzählungen der anderen, indem er berichtete, dass er sich stundenlang allein am Badesteg aufgehalten habe. Ich war also keinen Deut schlauer. Ich würde unter vier Augen mit Einar sprechen müssen. Allerdings donnerte und blitzte es immer noch, und wir saßen alle wie festgenagelt auf unseren Sitzen.

Erst gegen zwölf zog das Unwetter endlich weiter, und es wurde allmählich Zeit, ins Bett zu gehen. Es regnete allerdings immer noch, und ein Rendezvous unter freiem Himmel erschien mir nicht gerade verlockend. Während die anderen sich in die Küche zurückzogen, um den Abend mit einem letzten Schnaps und einem Butterbrot zu beenden, stahl ich mich daher in die Bibliothek, und auch diesmal hatte ich Einars Intuition richtig eingeschätzt: Binnen weniger Minuten folgte er mir. Vorsichtig schloss er die Tür, und dann fand ich mich in der Geborgenheit einer Umarmung wieder. Seine Lippen suchten die meinen, doch auch wenn ich mich mit jeder Faser meines Körpers nach ihm sehnte, war ich mit einem Mal ganz steif und trotz seiner Anwesenheit ungewöhnlich distanziert.

»Puck, Liebes, was ist los? Liegt es an mir? Hab ich dich überrumpelt?«

»Ach, Eje! Es ist ganz schrecklich! Marianne ist tot – sie liegt mit ihrem roten Seidenschal um den Hals draußen unter einer Fichte –, und ich hab sie gefunden! Verstehst du? Sie wurde erwürgt! Sie wurde von einem von uns ermordet!«

Die Tür ging auf, und wir stoben auseinander, als wären wir es, die bei einem Verbrechen ertappt worden waren. Als Rutger das Zimmer betrat, war ich bereits in eine interessierte Betrachtung der kleinen Statuette auf seinem Schreibtisch vertieft.

»Gefällt sie dir?«, hörte ich die ruhige, ein wenig träge Stimme hinter mir. »Das ist eine von Marianne Wallmans schönsten Arbeiten.«

Erst jetzt erkannte ich, wovor ich stand und was ich da vor mir sah. Es war eine rund fünfzehn Zentimeter große griechische Jungengestalt von eigentümlicher, geradezu wehmütiger Schönheit. Ein tief tragischer Ausdruck zierte das Gesicht, und von einer Hand hing eine Fackel, die zu Boden gerichtet war.

»Eros-Thanatos«, erklärte Rutger leise. »Ein Gott des Todes, der aber auch Züge der Liebe in sich trägt. Ich mag ihn wirklich gern.«

Ich wagte nicht, zu Einar hinüberzublicken, und so gingen wir schweigend wieder hinaus zu den anderen. Als wir jedoch unsere Jacken geholt hatten, um uns auf den Weg in Richtung Gästehaus zu machen, bemerkte ich, dass er versuchte, mich durch die durchsichtige Regenkapuze hindurch zu mustern, und ich nickte ihm in stiller Übereinkunft zu. Nicht einmal der Regen konnte mich jetzt noch davon abhalten, meine Erlebnisse und Überlegungen mit ihm zu teilen.

Während wir beide immer nasser wurden und uns immer kälter wurde und während der Uvlången irgendwo weit unter uns ächzte und stöhnte, erzählte ich Einar von meinem Erlebnis. Er hörte mir konzentriert zu, und als ich fertig war, kam er zu der einzigen Schlussfolgerung, die angebracht war, an die ich selbst komischerweise jedoch noch gar nicht gedacht hatte: »Wir müssen die Polizei rufen. Weiß der Himmel, wie das funktionieren soll. Ich vermute mal, dass man sich in so einer Angelegenheit an die örtliche Polizeidienststelle wendet. Dann machen wir uns wohl besser auf die Suche nach dem nächsten Revier.«

»Aber«, wandte ich ein, »dann wird hier auf der Insel einer von uns festgenommen! Einer deiner Freunde!«

Vermutlich war es ein glücklicher Umstand, dass ich Einars Blick nicht sehen konnte. Er überhörte meinen Einwand geflissentlich und überlegte stattdessen, wie er am unauffälligsten nach Forshyttan gelangen konnte, und mit einer gewissen Erleichterung stellte ich fest, dass Einar und irgendein Krimineller bereits auf dem besten Wege waren, mich von jedweder Verantwortung in dieser Angelegenheit zu befreien. Wir beschlossen – um genau zu sein, beschloss Einar – zu warten, bis es wieder ein wenig heller würde, und dann mit dem Motorboot ans Festland zu fahren, um dort die örtlichen Behörden zu alarmieren. Dass ich mit von der Partie sein wollte, schien ihm nicht sonderlich zu behagen, aber angesichts meiner hartnäckigen Bitten gab er schließlich nach, und nach ein paar regenüberströmten Küssen trennten wir uns vor dem Gästehaus.

Lil murmelte ein schläfriges Gutenacht und zog sich die Decke über den Kopf, und ich beeilte mich, so schnell wie möglich das Licht auszumachen und in mein Bett zu schlüpfen. Die Gewissheit, dass Einar sich auf der anderen Seite der Wand befand, verschaffte mir ein wenig Ruhe, und ich muss allen Ernstes sogar eine Zeit lang geschlafen haben, denn im Handumdrehen war es drei Uhr und die Nacht vorbei. Lil schlief tief und fest, während ich mich leise wieder anzog. Meine langen Hosen waren immer noch klitschnass, und ich konnte auf die Schnelle nichts Besseres finden als ein weißes Kleid und eine riesige gelbe Strickjacke, die recht jämmerlich meine Handarbeitskünste unter Beweis stellte.

Einar wartete bereits auf mich, und wir machten uns auf den Weg Richtung Hafen. Der Himmel war inzwischen wieder hoch und klar, und nur das nasse Gras zeugte noch von dem Wolkenbruch am Vorabend. Ich fror in der morgenkalten Luft, und als wir uns dem Punkt auf dem Weg näherten, von dem aus, wie ich wusste, eine gewisse große, dichte Fichte zu sehen war, war mir richtiggehend schlecht. Zu meiner Erleichterung kam Einar nicht auf die Idee, dass wir den Fundort unterwegs besichtigen sollten, und als er endlich das große Motorboot in Gang gesetzt hatte und im Eiltempo aus dem Hafen herausgefahren war, atmete ich für eine Weile merklich befreiter.

Erst als Uvfallet vor uns auftauchte, fragte ich ihn: »Was glaubst du, Eje?«

»Was Marianne angeht? Wie man es auch dreht und wendet, kommt es einem unlogisch vor. Natürlich war sie eine wirklich außergewöhnliche Frau, und sie konnte ganz sicher sowohl bei Frauen als auch bei Männern hitzige Reaktionen auslösen. Aber dass irgendjemand der sechs, die jetzt noch oben auf Lillborgen sind, sie so sehr gehasst haben soll, dass sie oder er sie hätte umbringen wollen, kommt mir wirklich unbegreiflich vor.«

»Kanntest du sie eigentlich gut?«

»Ja und nein… nur jemand, der einmal eine Beziehung mit Marianne Wallman hatte, kannte sie wirklich – und in dieser Situation war ich zum Glück nie.« Der Blick aus seinen braunen Augen war zutiefst ernst. Unvermittelt streckte er einen Arm nach mir aus und zog mich an sich.

»Eros-Thanatos«, murmelte er. »Liebe und Tod. Du musst einen schauerlichen Abend gehabt haben, Kleines.«

Wir legten am Ufer an, und für Liebesbekundungen blieb keine Zeit mehr. Es war gerade erst vier Uhr morgens, und Uvfallet schien noch nicht wieder zum Leben erwacht. Trotzdem klopfte Einar unerschrocken an eine Tür, und irgendwann erschien eine spindeldürre Frau in einem gestreiften Nachthemd vor uns. Ihr graues Haar fiel ihr in einem dünnen Rattenschwanz über den Rücken. Sie war erstaunlich freundlich und bestätigte uns, dass der zuständige Polizist namens Guss Olsson tatsächlich in Forshyttan wohne, dass sie ihn telefonisch jedoch nicht würde erreichen können, weil das Fernsprechamt nicht vor acht Uhr seinen Dienst aufnahm. Am Ende traute sie sich endlich, die Frage zu stellen, die ihr wohl von Anfang an auf der Seele gebrannt hatte: »Ist draußen auf der Insel irgendwas passiert?«

»Wir haben im Wald einen merkwürdigen Fund gemacht, und wir möchten, dass die Polizei ihn sich genauer ansieht«, antwortete Einar in einem Tonfall, als hätte er Frau Larsson soeben in seine intimsten Geheimnisse eingeweiht. Dann wandte er sich schnell ab und überließ sie ihren Gedanken, die nun zwischen Goldschätzen, geheimen Schwarzbrennereien, blutüberströmten Leichen und Kälbern mit vier Köpfen hin- und herwanderten. Nach einem zügigen Fußmarsch nach Forshyttan arbeiteten wir uns mit ein wenig Mühe bis zum Olsson'schen Hof vor und klopften auch dort an, doch auch wenn die Zeiger der Uhr inzwischen auf fünf vorgerückt waren, wirkte der mürrische, verschlafene Mann, der irgendwann an der Tür auftauchte, fast schon bedrohlich in seiner Morgenmuffeligkeit. Es dauerte eine Weile, ehe er seine kleinen, stechenden Augen so weit aufbekam, dass er uns erkennen konnte, und noch länger, bis er begriff, was wir von ihm wollten.

»Ein Mord. Ein Mord am Uvlången. Ah ja.«

Ich konnte mir kaum vorstellen, dass ein Mord zu seiner alltäglichen Routine hier in Bergslagen gehörte, doch sein gerötetes Gesicht zeigte keine andere Regung außer Missmut, weil wir ihn so unsanft geweckt hatten. Brummelnd verzog er sich wieder, um sich eine Hose anzuziehen, während wir in seinem üppigen Fliedergärtchen brav auf ihn warteten. Ich hatte meine Zweifel, ob dieser Dorfpolizist in der Lage sein würde, die verzwickten Probleme in Lillborgen zu lösen, und Einar gab seinem Verlangen nach einem gewissen Christer Ausdruck, der – wie mir erst nach und nach klar wurde – just jener Kommissar war, von dem er schon einmal erzählt hatte. Dass die Mordkommission in Stockholm sich bei ihren Mordermittlungen überhaupt noch anderer Mittel bediente als Christers Hirn, war Einars Lobrede zufolge nur schwer zu begreifen. Christer schien außerdem noch eine weitere herausragende Eigenschaft zu besitzen, die ihn von normalen Menschen unterschied: Er stammte ebenfalls aus Skoga.

Doch als der untersetzte, kleine Polizist uns auf dem Weg hinunter zum Ufer auf seine kurz angebundene, schroffe Art die ersten Fragen stellte, musste ich meinen Eindruck von »minderbemittelt und mürrisch« in »störrisch, aber schlau« revidieren. An Bord des Motorboots erzählte ich meine Geschichte von dem Regen, der Fichte und dem Fund zum dritten Mal – doch inzwischen klang sie verwirrend unrealistisch und theatralisch. Guss Olsson sah immer grimmiger aus, und er nahm weder meine noch Einars Erklärungen mit der geringsten Begeisterung zur Kenntnis. Überwiegend war ich es, die erzählte; Einar antwortete unüberhörbar einsilbig, wann immer er gefragt wurde, und widmete sich stattdessen die meiste Zeit ostentativ dem Bootsmotor und dem Navigieren, und hin und wieder dachte ich sogar, dass er dem wissbegierigen Polizisten gegenüber durchaus ein wenig entgegenkommender hätte sein dürfen.

Es war fast halb sieben am frühen Samstagmorgen, als wir am Steinkai an Land gingen. Die Sonne schien, aber es war windig und verhältnismäßig kühl – zumindest fröstelte ich trotz der Strickjacke, die ich eng um mich geschlungen hatte. Schweigend marschierten wir los: den beschaulichen Waldweg hinauf, hinein in den Wald und auf die große Fichte zu. Ich hätte den Weg selbst im Schlaf wiedergefunden, und allmählich schwante es mir, dass ich weder den Weg noch den Fundort selbst je wieder würde vergessen können. Meine Hand wies auf das dichte Astwerk, und dann wandte ich mich ab.

Ein leises Rascheln und ein paar schwere Atemzüge waren zu hören – und dann: »Was zum Teufel soll das? Wenn Sie mich auf den Arm nehmen wollen, wird Sie das teuer zu stehen kommen.«

Der Blick aus Olssons Augen war giftiger denn je, und ich zwang mich mit aller Macht, unter die hochgezogenen Äste zu spähen.

Die fichtennadelbedeckte Erde darunter war vollkommen leer.

FÜNFTES KAPITEL

Ich saß auf der Kante des Steinkais und wusste nicht, ob ich heulen sollte oder nicht. Das Boot hatte soeben die Landzunge umrundet und war aus meinem Blickfeld verschwunden, und keiner der beiden hatte auch nur gefragt, ob ich mitkommen wollte. Was mir wirklich zu schaffen machte, war jedoch nicht die ungeheure Verdrossenheit des kleinen Polizisten. Womöglich hatte er sogar recht gehabt, als er mich als überspannt, hypochondrisch und hysterisch bezeichnet hatte, aber von einem derart einfältigen, fantasielosen Mann war wohl nicht zu erwarten gewesen, dass er an eine Leiche glaubte, die er nicht mit eigenen Augen gesehen hatte. Mit Einar verhielt es sich jedoch anders. Er hätte mir ohne jeden Zweifel und loyal zur Seite stehen müssen, und selbst wenn er mich erst seit Kurzem kannte, hätte er doch wissen müssen, dass ich mich zwar im Dunkeln fürchtete, aber nicht zu denjenigen gehörte, die Fantasie und finstere Realität miteinander vermischten. Seine skeptische Distanziertheit und seine stille Übereinkunft mit Herrn Olssons Unterstellungen hatten sich wie ein Knoten in meiner Brust niedergeschlagen.

Was sollte nun werden? Sollten wir weiter schwimmen gehen und essen und flirten und einfach vergessen, dass wir je eine warmherzige, lebenslustige Frau namens Marianne Wallman gekannt hatten? Und da waren meine Gedanken auch schon wieder am Ausgangspunkt. Wo war sie – oder vielmehr diejenige, die einmal Marianne gewesen war? Im See – oder tiefer im Dickicht? Ich bereute zutiefst, dass wir an die ganze Sache nicht klüger herangegangen waren und zuerst die Höhle unter der Fichte untersucht hatten, ehe wir um halb vier die Insel verlassen hatten. Wenn die Leiche nach diesem Zeitpunkt fortgeschafft worden wäre, hätte dies jeder auf der Insel gänzlich unbemerkt tun können. Ann und Rutger teilten sich zwar dasselbe Schlafzimmer, aber nach Anns nächtlichen Aktivitäten zu urteilen musste dies ja nicht unbedingt bedeuten, dass sie die ganze Nacht über friedlich nebeneinanderlagen. Und zumindest die anderen waren nach Einars und meinem Aufbruch allesamt allein in ihren Zimmern gewesen: Carl Herman, Lil, Viveka und George, der seine Kammer entweder durch die Küche verlassen konnte oder aber – wenn er ganz sichergehen wollte, nicht die Aufmerksamkeit des Ehepaars Hammar auf sich zu ziehen – durch das große Fenster in der Vorderfront des Hauses. Ich versuchte, mir vorzustellen, wie eine geheimnisvolle Gestalt in der bleichen Sommernacht den Weg in Richtung der hohen Fichte einschlug und mit einer gruseligen Last über der Schulter wieder von dort verschwand, aber mit einem Seufzer und kopfschüttelnd schob ich den Gedanken wieder beiseite. Es war einfach zu unwirklich. Genauso gut hätte ich mir mich selbst oder Einar in dieser Situation vorstellen können.

Doch dann schlugen meine Gedanken eine neue Richtung ein. Was tat ich eigentlich hier am Steinkai? Warum wartete ich auf Einar, der heute früh doch unmissverständlich unter Beweis gestellt hatte, dass er es nicht wert war? Beherzt stand ich auf, um mich auf den Weg zu machen, doch meine Entschlossenheit schlug sofort ins Gegenteil um, sobald ich mich dem Weg und dem Wald zugewendet hatte. Nicht einmal im hellen Sonnenschein hatte ich das Bedürfnis, diesen vermaledeiten Weg ein weiteres Mal entlangzugehen, und als ich sah, wie das weiß gestrichene Ruderboot munter an seiner Vertäuung zupfte, eröffnete sich mir eine andere Möglichkeit. Ich machte das Boot los, ruderte erleichtert aus dem Hafen und den felsigen Strand entlang. Es war komplizierter, als ich es mir vorgestellt hatte – Uppsala war eben nicht gerade eine Kaderschmiede für Weltklasseruderer –, und hier und da hatte ich schon Angst, am gegenüberliegenden Ufer in Einars und meinem Märchenwald zu landen statt am Badesteg, aber mit glühenden Wangen erreichte ich schließlich mein Ziel.

Es war immer noch vor acht Uhr, und Lillborgen sah aus wie ein Sinnbild tiefsten Friedens. Auf einem der ziegelroten Liegestühle schlief ich ein und versank in einen herrlichen Traum. Erst ganz allmählich dämmerte es mir, dass ich jemanden küsste und dass ich ebendies als außerordentlich angenehm empfand. Ich setzte mich auf – und rumste mit der Stirn gegen Einar. Er lächelte mich an, und ich versuchte verzweifelt, mich daran zu erinnern, warum ich nicht zurücklächeln sollte.

Da rief Ann vom Haus herüber: »Was sehe ich denn da? Wieso seid ihr schon wach? Ist alles in Ordnung?«

Ausgeruht und aufgeräumt wie immer kam sie zu uns herüber. Ihr helles Haar bildete einen schönen Kontrast zu ihrem marineblauen Kleid. Neugierig sah sie uns aus ihren ruhigen blauen Augen an.

»Wir dachten«, kam prompt Einars ausweichende Antwort, »wir könnten vielleicht die ehrenvolle Aufgabe übernehmen und nach Forshyttan fahren, um für dich einzukaufen.«

Ich sah ihn verdutzt an, während Ann für einen Augenblick nachzudenken schien.

»Das ist wirklich nett von euch. Ich hab hier tatsächlich eine Menge zu tun. Allerdings ist es Samstag, und ich weiß nicht, ob ihr die ganzen Einkäufe und Erledigungen schafft...«

»Keine Sorge. Ich muss mich nur noch fertig machen. Aber es wäre toll, wenn du uns ein paar Brote schmieren könntest, bevor wir uns auf den Weg machen.«

»Na klar! Wenn Puck mit in den Keller kommt, schauen wir mal, was wir noch finden.«

Einigermaßen verwirrt lief ich Ann hinterher. Sie plauderte über gänzlich unbedeutende Dinge, warnte mich davor, mir auf der steilen Kellertreppe nicht den Hals zu brechen, und dachte laut darüber nach, was wir alles aus dem Laden mitbringen könnten. Und auch ich dachte fieberhaft nach – was war nur in Einar gefahren? Warum in aller Welt wollte er zum dritten Mal an diesem Samstagmorgen hinüber nach Forshyttan fahren? Während wir unsere Schinkenbrote vertilgten, musterte ich ihn aufmerksam und meinte, auch zwischen seinen Augenbrauen eine Sorgenfalte zu erkennen.

An Einars Arm schaffte ich es, mit geschlossenen Augen die kritische Stelle des Waldwegs zu passieren, doch auch danach schwieg er weiterhin hartnäckig, was seine Pläne anging. Nachdem er den Motor angeworfen und den kleinen Schlenker um die im Osten vorgelagerte Landzunge vollzogen hatte, warf er mir einen langen Blick zu. Mit einer leichten Falte auf seiner braun gebrannten Stirn steckte er dann die Hand in seine Hosentasche und zog etwas daraus hervor. Vor Überraschung und Widerwillen keuchte ich laut auf.

»Mein Armreif! Wo... wo hast du den gefunden?«

»Er lag auf meiner Kommode, als ich vor ein paar Minuten meine Pfeife holen wollte.«

»Auf deiner Kommode? Aber wie ist er dorthin gekommen?«

»Keine Ahnung. Carl Herman hat noch geschlafen, und ich war nicht zu einem Plauderstündchen aufgelegt, also hab ich mir Mühe gegeben, ihn nicht zu wecken. Vielleicht lag er ja schon da, als ich in der Nacht das Zimmer verlassen habe, und ich habe ihn vor Müdigkeit nicht gesehen – ich weiß es nicht. Ich weiß in Wirklichkeit überhaupt nichts mehr.«

»Aber der Armreif war doch schon verschwunden, bevor...«

»Vielleicht hat Carl Herman ihn wiedergefunden«, fiel Einar mir müde ins Wort, aber es klang nicht so, als würde er selbst an diese Theorie glauben.

Eine Stunde später rasten wir kreuz und quer durch Forshyttan und kauften wie für ein ganzes Regiment ein. All die geladenen und ungeladenen Gäste kamen die Hammars nicht gerade billig zu stehen. Schwer beladen mit Petroleumkanistern und Einkaufstüten voller Lebensmittel machten wir uns gegen elf wieder auf den gewundenen Weg hinab zum Seeufer. Ich hielt einen Moment inne, um noch einmal die Schönheit dieser großartigen Landschaft zu genießen. Doch meiner Naturverehrung wurde ein jähes Ende gesetzt.

Mitten im Bild saß nämlich ein Mann in groß karierter Sportkleidung. An sich störte er nicht, wie er mit seiner Pfeife im Mund dasaß und kontemplativ auf die blauen Wellen blickte. Es war nur, dass er das Bild regelrecht dominierte, das eigentlich aus Sonne, See und den Wäldern hätte bestehen sollen. Doch aus irgendeinem Grund war all dies angesichts der schlaksigen, karierten Figur nicht mehr möglich.

Einar murmelte ein »Gott sei Dank!« und bedachte den reglosen Pfeifenraucher mit einem geradezu liebevollen Blick – und intuitiv wusste ich, dass ich Kommissar Wijk aus Skoga nicht würde leiden können. Außerdem regte mich die theatralisch bedächtige Art auf, in der er die Pfeife aus dem Mund nahm, seine langen, hageren Gliedmaßen streckte und aufstand und schließlich – endlich – einen Gruß zustande brachte. Der Kerl strahlte vor allem eines aus: Überheblichkeit. Lediglich seine scharfen dunkelblauen Augen, die mich zu durchbohren schienen, wirkten auf mich ernst und sympathisch. Er schüttelte sich wie ein Riesenwelpe und sagte dann: »Tja, da bin ich also. Wo brennt's denn?«

»Es lodert ganz gewaltig«, antwortete Einar, »und zwar so sehr, dass ich dir am Telefon – wo die Fräuleins vom Amt bekanntlich bei jedem außergewöhnlichen Thema die Ohren spitzen – nichts davon erzählen wollte. Wie lange hast du noch frei?«

»Bis Mittwoch.«

»Hm. Ich weiß, es ist hart, dich für die letzten Urlaubstage aus Skoga fortzulocken, aber wenn du deinen Urlaub nur ein paar Kilometer von dem Ort entfernt verbringst, an dem deine eigenen Freunde und Bekannten sich gegenseitig abmurksen, kann ich leider nicht anders.«

»Ich hab mir so was schon gedacht.« Christer Wijks Stimme klang düster. »Das ist der Nachteil, wenn man zu lange auf der faulen Haut liegt. Wäre ich nur fünf Minuten eher aufgestanden, wäre ich längst aus dem Haus und draußen auf dem See gewesen, als du angerufen hast. Ich bin nicht sonderlich erpicht darauf, mich mit Mördern herumzuschlagen, auch wenn ich sie im Alltag zu meinen engsten Freunden zähle. Du hast es nicht zufällig schon bei der örtlichen Polizei probiert?«

Einar und ich sahen uns an, und zum ersten Mal seit langer Zeit mussten wir lachen. Wie dumm ich doch gewesen war, zu glauben, er hätte mich im Stich gelassen! In Wahrheit hatte er die ganze Zeit an unserem Problem gearbeitet. Offensichtlich hatte er sich mit Skoga in Verbindung gesetzt, sobald er den knurrigen Dorfpolizisten losgeworden war, und mit einem Mal war ich mir nicht mehr so sicher, ob ich die Anwesenheit des karierten Kommissars immer noch derart ungnädig beurteilen sollte.

»Der hiesige Polizist«, erklärte ich, »will mit der Sache nichts zu tun haben – zumindest solange ich zu den Lebenden zähle. Er glaubt, er hätte es hier mit irgendeinem unfassbar dämlichen Studentenstreich zu tun.«

»Setz dich ins Boot«, forderte Einar ihn auf, »dann erzählen wir dir die ganze Geschichte. Wenn du dich danach wieder ins Auto setzen und zurück nach Skoga fahren willst, werde ich dich nicht daran hindern. Aber hör uns erst mal an.«

Und Christer Wijk konnte zuhören. Einar manövrierte uns ein Stück weit auf den Uvlången hinaus, und während der leichte Nordwind uns immer näher auf die Insel zutrieb, erstatteten wir Bericht – einer nach dem anderen, zwischendurch auch beide gleichzeitig. Wijk stellte nicht viele Fragen, aber es war ihm deutlich anzusehen, dass sein Interesse wuchs, je mehr er erfuhr. Als wir bei der verschwundenen Leiche und somit beim Höhepunkt der Geschichte angekommen waren, pfiff er leise durch die Zähne und seufzte dann mit einem nicht allzu bedauernden Gesichtsausdruck: »*Alright*. Werfen Sie den Motor an, Herr Kapitän. Ich hab zwar das Gefühl, dass hier eine ganze Mordkommission vonnöten wäre, aber es ist wohl am besten, wenn ich mir erst einmal selbst einen Überblick verschaffe, bevor ich Alarm schlage. Aber sagt mir erst noch: Wer war gleich wieder dieser Filmbeau in diesem ganzen Drama?«

Das war die erste in einer Reihe von Fragen, mithilfe derer er uns in den nächsten fünf Minuten sämtliche

Überlegungen und Beobachtungen zu George Malm entlockte. Ich berichtete von unserer Nachtwanderung am Mittwoch und Georges unvermittelt aufflammender erotischer Begierde und sah mit einer gewissen Genugtuung, wie sich Einars Kiefer in eifersüchtigem Zorn verkrampften. Nach einigem Zögern erzählte ich außerdem von der Szene zwischen George und Ann aus derselben Nacht, und diesmal reagierten meine beiden Zuhörer mit unverkennbarer Verwunderung. Georges Schwärmerei für Marianne, ihrer beider Waldspaziergang am Donnerstagabend und schließlich sein Versprechen, sie nach Forshyttan zu bringen, schienen plötzlich eine erschreckend neue Bedeutung zu erhalten, und ich versuchte, Christer Wijks Blick aufzufangen. »Sie… Sie verdächtigen doch nicht etwa George?«

»Es ist noch zu früh, um irgendjemanden – wen auch immer – zu verdächtigen. Ich bin hinsichtlich des schönen Jojje nur deshalb so besonders neugierig, weil er der Einzige in der ganzen Gesellschaft ist, dem ich noch nie zuvor begegnet bin – mit der Ausnahme des werten Fräuleins Ekstedt natürlich.«

Einar murmelte irgendwas von »Puck« und »Christer«, und dann verschwanden meine Finger in einer warmen Hand, während wir die Landzunge umrundeten und mit ausgeschaltetem Motor auf den kleinen Hafen zuglitten. Mit der Rastlosigkeit eines Vogels erfasste Wijks Blick die Umgebung.

»Immer noch wie damals…«

»Du warst schon einmal hier?«

»Ich war vor zwei Jahren mal zum Krebsessen hier –

im Übrigen ausgerechnet in Gesellschaft von Marianne Wallman. Puck, würdest du mir bitte die Fichte zeigen?«

Als ich erneut die schweren Äste der Fichte anhob und in die Höhle darunter blickte, hatte ich mich bereits gegen eine neuerliche Überraschung gewappnet, doch unter dem Geäst war es immer noch leer – genau so, wie es der Dorfpolizist Olsson am frühen Morgen zu Gesicht bekommen hatte.

Zu meiner Erleichterung war Christer Wijk kein Sherlock Holmes, der prompt einzelne Haare oder Stofffetzen fand, die niemand sonst gesehen hatte. Er schüttelte den Kopf.

»Es ist wohl am besten, wenn wir erst einmal zu den anderen gehen. Und ich wäre euch sehr dankbar, wenn ihr Augen und Ohren offen halten würdet.«

Tatsächlich ließ ich mir ausgerechnet dazu sofort eine gute Gelegenheit entgehen. Einar und ich steuerten auf die Küche zu, um all unsere Tüten und Päckchen abzuladen, und verpassten so die Reaktion der Frühstücksgesellschaft, als Kommissar Wijk von der Polizei Stockholm auf den Plan trat. Vereinzelte Rufe des Erstaunens, aber auch des Misstrauens drangen zu uns herüber, doch als wir in aller Eile die Tür aufstießen und den Frühstückstisch in Augenschein nahmen, war es bereits zu spät, um in den sechs Gesichtern irgendetwas lesen zu können.

Lil, die wohl selbst auf dem Weg zu ihrer Hinrichtung auf einen neuen Mann in ihrem Umfeld entsprechend reagiert hätte, blinzelte mit ihren goldbraunen Augen und rief begeistert: »Herzlich willkommen, mein Lieber! Das ist ja schon eine Ewigkeit her! Wo warst du überhaupt, als Rutger seine Promotion gefeiert hat?«

»Vielleicht war er nicht eingeladen«, warf Carl Herman ein. »Vorsicht, Fettnäpfchen!«

»Ich weiß genau, dass er eingeladen war. Er hätte mein Tischherr sein sollen, aber ein paar Stunden vor der Feier hat er abgesagt.«

»Es tut mir leid, Lil« – Wijk klang höflich bedauernd –, »aber ich habe nun mal einen Job, der weder auf Abendveranstaltungen noch auf Urlaubszeiten Rücksicht nimmt. Wir hatten es mit einem Mord...«

Es dauerte eine ganze Weile, ehe dieses Wort erneut ausgesprochen werden sollte, doch als es dann so weit war, hatte es eine Wirkung wie Donnerhall. Wir hatten gegessen und abgespült und saßen mittlerweile draußen auf der Wiese, wo die Sonne und die leichte Brise ganz anders als die erstickende Hitze der vergangenen Tage für angenehme Temperaturen sorgten. Ich fragte mich minütlich mehr, welche Taktik Christer Wijk wohl einzuschlagen gedachte. Hatte er in absehbarer Zeit vor, von meinem Fund und dem wahren Grund für seine Anwesenheit auf der Insel zu erzählen? Im Augenblick wirkte es eher, als wäre beides in Vergessenheit geraten. Die Unterhaltung drehte sich einmal mehr um die Verständlichkeit von Lyrik, und er verteidigte seinen »gesunden Laienstandpunkt« mit Vehemenz.

»Ein Gedicht, das auf auf Assoziationen beruht, die so weit an den Haaren herbeigezogen sind, dass nur der Verfasser selbst und ein paar Eingeweihte sie verstehen, ist keine Kunst mehr, sondern reine Sprachgeschwulst. Diese Tendenz ist meines Erachtens genauso ungesund und abgehoben wie bei einigen dieser extrem religiösen Sekten...«

»Wenn irgendjemand arrogant ist, dann bist du das«, entgegnete Viveka ungewöhnlich erregt. »Du gehst vom völlig falschen Standpunkt aus, wenn du glaubst, dass das Wichtigste an der Lyrik ihre Verständlichkeit sein soll. Du verstehst doch auch ein Musikstück nicht gleich beim ersten Mal?«

Die Diskussion wuchs sich zu einem regelrechten Streit aus. Viveka stand auf verlorenem Posten, vor allem weil sie nurmehr Lil an ihrer Seite hatte, deren Argumente allerdings verhältnismäßig unsachlich waren: »*Meint Ihr den Jüngling dort mit langem Haar und blondem Bärtchen? Wie entzückend er doch ist!* Ich schwöre dir, Christer, Erik Lindegren ist wirklich faszinierend.«

Der scheue Dichter Carl Herman Lindensiöö, der zwischen allen Stühlen saß, entpuppte sich im Laufe dieses Schlagabtauschs als noch konservativer als Christer und Rutger zusammengenommen. Kühl und desinteressiert hielt Ann sich aus der Diskussion heraus, während George, der einmal mehr seine Frische zur Schau trug, einzig durch sein Antlitz überzeugte und dadurch, dass er weder Eliot geschweige denn irgendeinen der weniger erfolgreichen Vertreter des Modernismus kannte. Vivekas Wangen waren bereits rot gefleckt, und hitzig verteidigte sie ihre Ansicht, dass ein Gedicht besser sei, je länger man benötige, um es sich zu erarbeiten.

»Dann wären also die Herren der Vierziger größere Dichter als beispielsweise Tegnér?«

»Natürlich. *Natürlich*, und ich meine das wirklich so.«

Ihr kantiges Gesicht sah in ihrem Eifer richtiggehend schön aus, und Christer Wijks sonst so ironischer Gesichtsausdruck wich einem milden Lächeln.

»Du hast genauso radikale Ansichten wie Marianne. Da kann ich ja nur von Glück sagen, dass sie nicht auch noch hier ist und ihre Wortgewalt unter Beweis stellt.«

»Du bist einen Tag zu spät gekommen«, warf Ann unterkühlt ein. »Sie ist gestern abgereist.«

Christers karierte Gestalt richtete sich ein klein wenig auf, und dann sagte er ganz ruhig: »Ach, wirklich? Wann denn?«

Das Manöver war so schnell vonstattengegangen, dass ich im Geiste immer noch mitten in der literarischen Debatte steckte, und auch die anderen wirkten ein klein wenig verwirrt. Viveka starrte Wijk verdutzt an, und Rutger rutschte nervös auf seinem Stuhl herum. Am Ende war es Lil, die antwortete: »Da musst du Jojje fragen, mein Lieber. Er hat den aufopferungsvollen Pfadfinder gespielt und sie bei diesen Temperaturen über den See befördert. So verhält er sich gern gegenüber schönen Frauen.«

»Das habt ihr wohl falsch verstanden«, protestierte George, und mit einem Mal war die Aufmerksamkeit der gesamten Runde auf ihn gerichtet. »Diesmal habe nicht ich den Pfadfinder gespielt, sondern Rutger...«

In Rutger Hammars grauen Augen lag eine skeptische Ungläubigkeit. »Wie meinst du das? Hätte ich sie etwa...«

Einar und ich tauschten einen Blick aus, doch dann streckte sich Lil ungeduldig nach einer Zigarette und ging dazwischen: »Wollt ihr jetzt allen Ernstes darüber streiten? Ob ein oder zwei oder eine ganze Horde Männer Marianne nach Forshyttan gebracht haben, ist doch völlig unerheblich. Sie ist weg, und wenn ich ehrlich sein soll, bin ich froh, dass wir sie los sind.«

»Entschuldige bitte, Lil.« Christer Wijk schien immer noch die Ruhe selbst zu sein. »Es ist nicht annähernd so unerheblich, wie es dir auf den ersten Blick erscheinen mag. Marianne hat diese Insel nämlich nie verlassen. Sie wurde ermordet, noch ehe sie unten am Hafen ankam.«

Ich hätte nicht gedacht, dass neun Personen so erschreckend still sein können. Die Erste, die ihre Sprache wiederfand, war Viveka.

»Du lieber Himmel, Christer«, flüsterte sie, und ihre Finger schlossen sich reflexartig um seinen Arm.

George Malm starrte den Kommissar hasserfüllt an. »Wenn das ein Scherz sein soll, dann ist es ein verdammt geschmackloser.«

Rutgers sonst so rosiges Gesicht wirkte aschfahl, als er geistesabwesend vor sich hin murmelte: »Ich fürchte, das ist kein Scherz... in der Sekunde, in der ich Christer gesehen habe, wusste ich...«

Anns gleichmütiges Gesicht war mittlerweile noch blasser geworden, doch es zeigte sonst keinerlei Regung, und das Gleiche galt erstaunlicherweise auch für Lil. Die goldenen Augen erinnerten mich mehr denn je an klaren, harten Bernstein. Die heftigste Reaktion kam nicht etwa von einer der Frauen, sondern von Carl Herman. Er war vom Sofa aufgesprungen und rang mit kreidebleichen Lippen um Worte, doch er brachte nur einen Schluchzer hervor und brach dann laut stöhnend über dem Tisch zusammen. Lils schmale Finger streichelten ihm beruhigend über die blonden Locken, und ich spürte, wie sich mir die Kehle zusammenschnürte.

Christer Wijk, der die Reaktionen der anderen gewiss noch sehr viel schneller als ich erfasst hatte, löste behutsam Vivekas verkrampften Griff um seinen Arm und sagte dann fast zärtlich: »Warst du denn eng mit Marianne befreundet?«

Sie nickte wortlos. In diesem Augenblick wünschte ich mir, dass sie in der Lage gewesen wäre, Carl Hermans Tränen zu vergießen. Ihr leerer Blick aus den trockenen, ausdruckslosen Augen war einfach nur schrecklich.

»Ich habe schon einige Morde erlebt«, ergriff Wijk wieder das Wort, »aber keiner hat mich je so berührt wie dieser hier. Ich vermute mal, dass wir alle um Marianne trauern, und ich gehe davon aus, dass ich mit eurer Hilfe rechnen kann, wenn ich versuche, die Umstände ihres Todes aufzuklären.«

»Wie... ist sie denn gestorben?« Vivekas Stimme war so dünn, dass sie kaum mehr zu verstehen war.

»Sie wurde erdrosselt«, platzte es aus mir heraus. Mit einem Mal war ich vollkommen hysterisch. »Sie wurde mit ihrem eigenen Seidenschal erwürgt!«

Christer Wijk warf mir einen tadelnden Blick zu, und ehe es zu einer weiteren Darbietung schlechter Nerven kommen konnte, sagte er nüchtern: »Und jetzt möchte ich gern auf meine ursprüngliche Frage zurückkommen.

Wer hätte Marianne gestern Mittag ans Festland bringen sollen? Was haben Sie dazu zu sagen, Malm? Sie waren es doch, der sie hinüberfahren wollte?«

»Ja, so hatten wir es beim Frühstück ausgemacht.« Auf Georges braun gebrannter Stirn standen Schweißperlen. »Aber eine Stunde später kam sie zu mir und meinte nur, dass Rutger sie fahren würde. Ich… ich hatte den Eindruck, dass ich nicht erwünscht bin, also habe ich mich verabschiedet und bin hinunter zum Schwimmen gegangen. Danach habe ich sie nicht mehr gesehen.«

»Um wie viel Uhr haben Sie sich voneinander verabschiedet?«

»Gegen eins, würde ich sagen.«

Wijk wandte sich mit der unausgesprochenen Frage an Rutger, der nur den Kopf schüttelte. »Entweder lügt George«, sagte er matt, »oder Marianne hat ihn angelogen. Um eins war ich längst auf dem Wasser.«

»Mit dem Motorboot?«

»Nein, im Ruderboot. Ich wollte ein paar Netze auswerfen.«

»Und wie weit bist du hinausgerudert? Konntest du die Insel noch sehen?«

»Nein, ich bin hinüber auf den Lillsjö gerudert. Gegen vier war ich wieder da, hatte aber noch keine Lust, wieder heraufzukommen, also hab ich mir das Motorboot geschnappt und bin noch ein Weilchen herumgefahren.«

»Warst du zwischendurch irgendwann in der Nähe des Hauses?«

»Nein, ich habe kaum einen Fuß an Land gesetzt.«

»Und du hast niemanden gesehen? Und dich hat dort draußen auch niemand gesehen?«

»Nein... Es gibt niemanden, der bezeugen könnte, dass ich die Wahrheit sage, wenn es das ist, was du meinst.«

Eine Weile starrten die beiden einander unverwandt an. Es war Rutger, der als Erster den Blick abwandte. Wijk seufzte leise.

»Gibt es irgendjemanden von euch, der nach George noch mit Marianne gesprochen hat?«

Nicht einmal der Versuch einer Antwort. Trotzdem brachte Wijks routinierte Befragung nach und nach ans Licht, dass das Frühstück ungefähr um zwölf vorbei gewesen war. Einar und ich waren direkt im Anschluss zum Badesteg aufgebrochen und erst gegen fünf wiedergekommen. Ann hatte abgespült und in der Küche herumgewerkelt und war anschließend kurz nach draußen gegangen, wo sie Marianne und George neben der Eberesche bei einem hitzigen Streitgespräch erwischt hatte, und war sofort wieder im Haus verschwunden. Zwei Schmerztabletten und zugezogene Gardinen hatten ihre Kopfschmerzen ein wenig gelindert, womöglich hatte sie zwischendurch sogar geschlafen. Mehr konnte sie nicht sagen. Bei Viveka sah es ganz ähnlich aus: Sie hatte zusammen mit Marianne, George, Lil und Carl Herman draußen noch ein paar Zigaretten geraucht und war dann mit Marianne aufs Zimmer gegangen, um ihr beim Packen zu helfen.

»Sie war doch so unpraktisch veranlagt... Kurz vor eins ist sie gegangen, da bin ich mir ganz sicher, weil ich mich noch daran erinnere, dass ich auf die Uhr gesehen und gedacht habe, ich könnte mich noch ein Stündchen hinlegen und danach baden gehen. Aber dann bin ich sofort eingeschlafen, bis Lil mich ungefähr um sechs wieder geweckt hat. Die Hitze und die gute Luft müssen mich wirklich umgehauen haben.«

Carl Herman hatte sich in der Zwischenzeit wieder ein wenig beruhigt, lag aber immer noch mit dem Oberkörper über dem Gartentisch und hielt sein Gesicht vor unseren unbarmherzig forschenden Blicken verborgen. Lil ergriff für sie beide das Wort.

»Ja, wir saßen hier draußen und haben uns nach dem Frühstück noch ein Weilchen unterhalten, aber dann ging Marianne hinein, um zu packen – ich hab mich noch gewundert, was sie damit meinte, sie hatte schließlich keine Tasche dabei, als sie hier angekommen ist. Carl Herman wollte danach einen Spaziergang durch den Wald unternehmen, und naiv, wie ich nun mal bin, habe ich mich ihm angeschlossen und musste dann einmal um die ganze Insel wandern. Es hat Stunden gedauert, ich hab mir ein Paar Nylonstrümpfe für sechzehn Kronen zerrissen, und...«

»Wart ihr die ganze Zeit über zusammen?«

»Natürlich. Carl Herman musste mich das letzte Stück sogar tragen. Er hat es schwer bereut, sich darauf eingelassen zu haben.«

Ihre Bernsteinaugen blitzten in Carl Hermans Richtung, der jetzt sein gequältes, verzerrtes Gesicht hob und zu der schönen Sprecherin hinüberblickte. Er litt sichtlich unter Lils gleichgültigem, fast schon amüsiertem Tonfall.

»Welchen Weg seid ihr gegangen?«

»Tut mir leid«, sagte Lil und schüttelte energisch ihre roten Locken, »wir haben unterwegs wirklich nichts Spannendes beobachtet. Zuerst sind wir auf direktem Weg in Richtung Hafen spaziert. Was sagst du? Ah, das muss gegen halb eins gewesen sein. War es nicht so, Carl Herman, mein Lieber? Dann sind wir die Küste entlanggekraxelt. Carl Herman hat mal eine Zeit lang in der Schweiz gelebt, und er hat diese absonderliche Leidenschaft fürs Bergsteigen. Als wir den Steilhang erreicht haben, war ich schon völlig erledigt, aber da ging der Spaß erst richtig los. Auf jeden Fall haben wir keine Boote gesehen, weder welche, die zur Insel gefahren, noch solche, die von der Insel weggefahren wären, wenn dir das weiterhilft. Irgendwann haben wir dann den Pfad genommen, der zu den Außengebäuden heraufführt, und sind gerade noch rechtzeitig zu Pucks und Ejes vorzüglichem Abendessen eingetroffen. Willst du ein kurzes Protokoll hierüber?«

Wijk ging über die unangebrachte Bemerkung hinweg und zog stattdessen nachdenklich an seiner spindeldürren Pfeife, während ich mir darüber Gedanken machte, dass es sicherlich schwieriger wäre, einen Mordfall zu lösen, wenn keiner der Beteiligten ein Alibi hätte, als wenn zumindest einige mit einem wasserdichten aufwarten konnten. Tatsächlich waren es aber außer Einar und mir nur Lil und Carl Herman, die bezeugen konnten, womit sie in den entscheidenden Stunden beschäftigt gewesen waren...

Doch nicht einmal diese Gewissheit sollte mir vergönnt bleiben, als Einar, der schon eine ganze Weile wortlos im Hintergrund gesessen hatte, unvermittelt das Wort ergriff.

»Ich fürchte, Lil irrt sich an der einen oder anderen Stelle ein wenig. Als ich gegen fünf vom Steg gekommen bin, lag Carl Herman nämlich auf seinem Bett. Und er behauptete, Lil schon seit Stunden nicht mehr gesehen zu haben...«

SECHSTES KAPITEL

Christer Wijk schien diese jüngste Enthüllung fast schon gleichmütig hinzunehmen. Maximal seine Oberlippe verzog sich leicht amüsiert, als er in aller Seelenruhe Lils ungerührten Gesichtsausdruck betrachtete. Vielleicht stand er aus Prinzip der Wahrheitsliebe seiner Zeugen skeptisch gegenüber, vielleicht war er aber auch nur Lil Arosander gegenüber besonders misstrauisch – jedenfalls zeugte seine Miene eher von Siegesgewissheit als von Überraschung, während Lil in ihrer Arglosigkeit fast schon naiv wirkte.

»Eje, also bitte, hast du jetzt vollends deinen Sinn für Humor verloren? Kapierst du denn nicht, dass Carl Herman dich nur auf den Arm nehmen wollte? *Liebling*, sag dem Dummkopf, dass das nur ein Scherz war und dass wir die ganze Zeit zusammen waren!«

Ihre Stimme glich einem zärtlichen Gurren, und Carl Hermans Blick huschte hilflos zwischen ihr und Einar hin und her. Für einen Moment glaubte ich schon, er würde gleich wieder anfangen zu weinen, aber mit all seiner Kraft richtete er sich schließlich auf und machte seine Aussage: »Selbstverständlich waren wir zusammen. Ich konnte ja nicht ahnen, dass mein kleiner Anfall von Ironie derartige Folgen haben würde! Einar war mir zu neugierig und anzüglich, als er mich fragte, was Lil und ich denn so getrieben hätten, und daher habe ich behauptet, wir hätten uns kaum gesehen.«

Er hatte sich direkt an Wijk gewandt, der aber blieb unergründlich wie eine Sphinx. Er legte lediglich den Kopf ein wenig in den Nacken, als wollte er elegisch irgendwelchen Wildgänsen nachblicken, und schien unserem Mienenspiel und unseren Gefühlen nicht die geringste Beachtung zu schenken. Als er schließlich das Wort ergriff, sprach er gen Himmel: »Tja, man kann nicht gerade behaupten, dass wir uns der Lösung des Rätsels nähern würden. Wir wissen immer noch nicht viel mehr, als dass Marianne gegen eins von hier verschwunden ist. Kurz vor eins hat sie sich in ihrem Zimmer von Viveka verabschiedet, und ein paar Minuten später teilte sie Herrn Malm mit, dass er sie nicht nach Forshyttan zu bringen brauche, weil das Rutger übernehmen werde.«

Er ließ die imaginären Wildgänse ziehen und seinen Blick stattdessen auf einem von Georges beschwingtesten Fischlein ruhen.

»Wie lange dauerte Ihr Gespräch mit Fräulein Wallman?«

»Oh, allerhöchstens zehn Minuten, würde ich schätzen, aber so genau weiß ich es leider nicht.«

»Wo haben Sie sich getroffen?«

»Dort drüben auf der Wiese, wo der Pfad zum Hafen beginnt.«

»Dort muss Ann-Sofi Sie gesehen haben. Stimmt das, Ann?«

»Ja«, antwortete Ann, die immer noch unnatürlich

bleich aussah. »Ich bin mit dem Spülen nur langsam vorangekommen, es muss also schon eins oder kurz nach eins gewesen sein.«

»Was hatte Marianne an?«

»Ihre lange Hose natürlich.« Ann sah einigermaßen verdutzt aus. »Sie hatte schließlich nichts anderes dabei.«

»Sie ... Sie trug eine graue lange Hose und eine weiße Bluse und darüber einen leuchtend roten Seidenschal.« George überschlug sich geradezu, Anns Beschreibung zu ergänzen. »Und eine ziemlich große Schultertasche aus Schweinsleder.«

Typisch, dass ausgerechnet George mit seinen Shorts und Hawaiihemden sowohl ein Interesse als auch ein Gespür für Kleider und Farben hatte!, dachte ich beinahe amüsiert. »Außerdem hatte sie sich raffiniert frisiert. Das rechte Ohr lag frei, und sie hatte das Haar zur anderen Seite gekämmt. Es war wirkl... Zumindest sah sie beim Essen noch so aus«, sagte ich und verstummte, als Christer Wijk mir einen Blick zuwarf, der besagte, dass ich mit meinem Beitrag nur für Verwirrung sorgte.

Außerdem hatte George offenkundig noch mehr auf dem Herzen. Ohne danach gefragt worden zu sein, gab er nämlich völlig unerwartet eine neue Information preis: »Ich bin ihr zwanzig, dreißig Meter in den Wald hinein gefolgt – ungefähr bis zu der ersten Wegbiegung...«

Abgesehen von Wijk waren Einar und ich die Einzigen, die diese Verlautbarung einigermaßen beherrscht zur Kenntnis nahmen. Auf den Gesichtern der anderen lagen plötzlich Erstaunen und Misstrauen, und als ich erst Rutger und dann Lil anstarrte, begriff ich allmählich, was sie aus Georges Äußerung zu schließen schienen. Niemand außer uns dreien wusste, dass Marianne mindestens anderthalb Kilometer weiter den Weg hinunter ermordet worden war – oder vielmehr dass sie dort unter eine Fichte gelegt worden war. Sofern man Georges Worten Glauben schenken konnte, musste er also längst wieder zurück auf der Wiese gewesen sein, als Marianne ihrem Mörder begegnet war. Wie gesagt, sofern man ihm glauben konnte …

Doch es musste noch eine weitere Person außer uns dreien Bescheid wissen. War da also wirklich nur Überraschung in den Gesichtern rund um mich herum? War da keines, in dem Angst lag? Angst davor, dass George Malm womöglich zu viel gesehen haben könnte?

Rutger meldete sich als Erster wieder zu Wort, und es war nicht zu überhören, was er von seinem Sitznachbarn Jojje hielt: »Warum zum Teufel hast du sie dann nicht gleich bis zum Boot begleitet?«

»Weil sie mich zurückgeschickt hat! Weil sie ja dich treffen wollte!«

Rutgers Abneigung gegen George beruhte allem Anschein nach auf Gegenseitigkeit, und Kommissar Wijk goss mit seinem leicht schleppenden Tonfall noch mehr Öl ins ohnehin schon lodernde Feuer.

»Ich würde die Frage gern anders stellen. Warum in aller Welt sind Sie ihr überhaupt in den Wald hinein gefolgt? Sie hatten doch dort unter der Eberesche bei Ihrer kleinen Unterredung erfahren, dass Sie – wie Sie selbst es ausgedrückt haben – nicht erwünscht waren. Warum haben Sie da nicht auf dem Absatz kehrtgemacht und sind Ihrer Wege gegangen?«

George antwortete lediglich mit einem Schnauben, doch als Wijk weiterhin geduldig abzuwarten schien, murmelte er schließlich: »Wir haben uns nicht gestritten, wenn ihr das denken solltet. Und ich wollte mich gern an einer etwas weniger öffentlich einsehbaren Stelle von Marianne verabschieden als hier oben direkt vor dem Haus.«

»Aber Jojje, *Darling*, du wirst doch wohl auf deine alten Tage nicht schüchtern werden?« Lil sah mütterlich besorgt drein. Über das neuerliche Schnauben ihres schönen Schützlings hörte sie geflissentlich hinweg. Mir war sehr danach, aufzuspringen und ihr in Ermangelung einer anderen Waffe einen Gartenstuhl über den Schädel zu ziehen. Ihre mokante, teilnahmslose Art trieb mich zur Weißglut, und ich konnte mir gut vorstellen, wie sehr zumindest Carl Herman und Viveka darunter zu leiden hatten.

Zum Glück hatte Christer Wijk uns alle im Nu wieder im Griff.

»Marianne ist also kurz nach eins hinunter zum Hafen aufgebrochen, und keiner hat sie mehr gesehen, ehe Puck am Abend ihre Leiche gefunden hat.«

»Puck! Du warst das?« Jetzt klang Lil aufrichtig besorgt und mitfühlend. »Kein Wunder, dass du ausgesehen hast, als wärst du einem Gespenst begegnet! Und wir haben noch unsere Scherze gemacht! Aber *Schätzchen*, warum hast du denn nichts *gesagt*?«

Allmählich glaubte ich, dass Wijk all unsere belanglosen Einwürfe und Ausbrüche einfach ausblendete. Er zog an seiner dürren Pfeife und fragte einsilbig: »Wann?«

»Eine Weile, nachdem das Unwetter losgebrochen war. Ich ... Ich hatte keine Uhr an, ich weiß also nicht ...«

Von allen Seiten kam nun die Bestätigung, dass der Regen gegen halb neun eingesetzt hatte.

Wijk fing meinen Blick auf. »Und du sagst, zu diesem Zeitpunkt fühlte sie sich bereits steif und kalt an?«

Ich zog die Strickjacke ein wenig enger und nickte stumm. Das alles war so unwirklich, dass ich selbst kaum mehr daran glauben mochte. Mein Erlebnis dort bei der Fichte, Mariannes dunkles Haar und die toten Augen – hatte ich das alles nur geträumt? Hatte der griesgrämige Dorfpolizist womöglich recht gehabt? Wie sollte Wijk allein aufgrund meiner Aussage zu irgendwelchen Schlussfolgerungen kommen?

Und doch war er drauf und dran, genau das zu tun.

»In diesem Fall muss der Mord schon Stunden zuvor geschehen sein. Aber sicherheitshalber würde ich jetzt gerne hören, was ihr nach dem Abendessen gemacht habt.«

Das war ein Leichtes. Um kurz nach sechs hatte das Abendessen auf dem Tisch gestanden, und anschließend hatte die gesamte Gesellschaft – mit Ausnahme von Einar und mir – bis acht Uhr zusammengesessen. Dann hatte Rutger sich für seine Angeltour fertig gemacht, während der Rest draußen auf der Wiese geblieben war, bis die ersten Regentropfen fielen. Georges Vorschlag, gemeinsam im Regen schwimmen zu gehen, hatte keinen Anklang gefunden; stattdessen hatten sie sich samt und sonders in den Aufenthaltsraum zurückgezogen und den Kamin angefeuert, vor dem sie alle gesessen hatten, als ich dazugestoßen war.

Der entscheidende Zeitraum war also, wie zu erwarten gewesen war, zwischen ein und sechs Uhr.

»Es ist natürlich reine Spekulation«, sagte Wijk, »aber es ist wohl anzunehmen, dass Marianne schon sehr bald, nachdem sie sich auf dem Waldweg von George Malm getrennt hatte, mit jemand anderem zusammentraf, denn hätte sie weder unterwegs noch unten bei den Booten jemanden angetroffen, hätte sie garantiert kehrtgemacht und wäre wieder zurück zum Haus gekommen. Irgendjemand von euch, meine Damen und Herren, muss also ab etwa Viertel nach eins noch mit ihr gesprochen haben. Möglicherweise ist diese Unterhaltung in Streit ausgeartet, der letztlich in einem Mord endete. Wie dem auch sei, ich möchte gerne wissen, wer die Person war, derentwegen sie – nach Angaben von Herrn Malm – ihre Pläne geändert hat.«

Christer Wijk war mittlerweile aufgestanden. In seinen blauen Augen blitzte es.

»Lil und Carl Herman haben angegeben, dass sie von halb eins bis fünf zusammen waren. Das Gleiche gilt für Einar und Puck. Von euch anderen hat niemand ein Alibi. Und viel weiter«, fügte er nüchtern hinzu, »werden wir im Augenblick wohl auch nicht kommen.«

Die karierte Gestalt machte ein paar Schritte über die Wiese. Rund um den Gartentisch saßen acht Personen, die aussahen wie zu Salzsäulen erstarrt.

Ich wäre ihm am liebsten um den Hals gefallen, als er unverhofft die Eberesche ansteuerte und Einar und mir signalisierte, ihm zu folgen. Christer Wijk wollte offensichtlich den vielbesagten Weg hinab zum Hafen genauer untersuchen. Obwohl er verhältnismäßig einsilbig war, lehrte er mich bei diesem Spaziergang, meine Umgebung auf ganz neue Weise zu sehen und wahrzunehmen. Der »Weg« war nicht mehr als ein ungewöhnlich breiter, häufig genutzter Trampelpfad, der durch den Wald führte. Die ersten zehn Meter war er von schmächtigen Birken und Gebüsch gesäumt, die danach jedoch zunehmend Kiefern und Fichten wichen – Erstere hoch und schlank, Letztere eher erdig und düster. Dann beschrieb der Weg eine Biegung, und Wijk hielt inne, um die Distanz zur Wiese abzuschätzen.

»Dreißig Meter, das stimmte also«, sagte Einar, der Wijks Blick gefolgt war. »Hätten sie hier gestanden, wären sie nicht Gefahr gelaufen, vom Haus aus beobachtet zu werden.«

Ich versuchte, mir vorzustellen, wie Marianne und George sich hier voneinander verabschiedet hatten. Bezüglich George konnte es kaum einen Zweifel geben, wie es abgelaufen war. Andererseits – war es normal, sich mit Küssen und Liebkosungen von einer Frau zu verabschieden, die einen gerade erst wenige Minuten zuvor zutiefst verletzt hatte, indem sie ihm verkündete, dass sie Rutgers Gesellschaft und Dienste bevorzugte?

Wijks Gedanken schienen in eine ganz ähnliche Richtung zu gehen, denn er seufzte nur leise und setzte seine Wanderung fort. Es war eigenartig still im Wald. Entweder saßen in diesem Nadelwäldchen nirgends Vögel oder andere Tiere, oder aber sie machten alle gerade ein Nickerchen. Die Erde unter den Bäumen war bedeckt von weichem Moos, das selbst die Findlinge überwucherte, die es in Bergslagen im Überfluss gab und die unter ihrer Moosdecke rund und einladend aussahen. Der Weg, auf dem wir unterwegs waren, war indes hart und fest.

»Hier lohnt es sich sicher nicht, nach Fußabdrücken zu suchen«, sagte ich niedergeschlagen. Ich hatte mal einen Krimi gelesen, in dem der gewiefte Kommissar zwei komplizierte Giftmorde anhand von ein paar fast völlig unbrauchbaren Fußabdrücken gelöst hatte, die aber offenbart hatten, dass der Mörder auf der Außenkante seiner Schuhe gegangen war, die wiederum an der Innenseite abgescheuert waren. Also hatte der Kommissar nur noch denjenigen finden müssen, der über die Außenkante ging, sich aber Schuhe von jemandem geliehen hatte, der über die Innenkante abrollte. Aber so leicht war es in der Realität natürlich nicht.

Christer lächelte, Einar zerzauste mir die Locken, und auf einmal fiel es mir wieder leichter zu atmen. Gleich würden wir den Punkt erreichen, von dem aus die Fichte zu sehen war. Unmittelbar vor uns beschrieb der Weg seine schärfste Biegung, und jenseits davon konnte man bereits den Bootssteg und den See erkennen. Die Männer schätzten die Länge des Weges auf rund zwei Kilometer. Dann steuerte ich zum vierten Mal auf die Fichte zu.

Im Sonnenlicht und nüchtern betrachtet schien es regelrecht zwangsläufig, dass sowohl der Mörder sich just diese Fichte ausgesucht, als auch, dass ich während des Unwetters darunter Schutz gesucht hatte. Majestätisch erhob sie sich über ihre Nachbarn, und die dichten, fast schon schwarzgrünen Äste beschrieben über dem Erdboden einen weiten Bogen. Diesmal ging Christer Wijk gründlicher zu Werke. Erst kroch er unter und um die Fichte herum, und am Ende bat er mich, mein Erlebnis für ihn noch einmal aufleben zu lassen. Als er sah, welchen Widerwillen mir die Vorstellung bereitete, erneut unter das düstere Fichtendach kriechen zu müssen, schlug er mit einem schelmischen Grinsen im Gesicht vor, dass Einar sich dort hinlegen und die Leiche spielen solle. Ich schimpfte ihn eine schreckliche Person, tat dann aber wie geheißen.

Aus welcher Richtung genau ich in die Höhle hineingestolpert war, wusste ich nicht mehr, doch der Weg hinaus schien sich mir regelrecht eingebrannt zu haben. Ich kroch daher willkürlich an irgendeiner Stelle hinein und schilderte dann von dort aus jede meiner Bewegungen und jede Wahrnehmung, die ich am Vortag gehabt hatte. Dass das Ganze überhaupt erst einen Tag her war! Ein Schauder überkam mich, als ich die Hand nach der Gestalt an meiner Seite ausstreckte, doch Einars weiches, warmes Gesicht nahm mir so sehr die Angst, dass es mir zusehends schwerfiel, Christer die gewünschten Auskünfte zu erteilen. Wijk schob ein paar Zweige beiseite und sah uns aufmerksam an – und dann lachte er. »Die Leiche ist zu groß. Die Füße gucken raus!«

Als er die Zweige wieder fallen ließ, zog Einar mich sanft an sich. Der Blick aus seinen dunklen Augen war zugleich ernst und hungrig.

»Ich weiß, dass wir gerade nicht an so etwas denken sollten«, sagte er, »aber ich habe mich seit gestern so sehr nach dir gesehnt, Puck – zum Teufel mit Leichen und

Mord und dem ganzen anderen Mist! Ich will dich, jetzt, und alles andere vergessen.«

Es war nicht so, als wäre ich abgeneigt gewesen, aber inmitten unseres ersten leidenschaftlichen Kusses sah ich plötzlich ein anderes Augenpaar vor mir, und mir wurde eiskalt. Einar ließ sofort von mir ab, und im nächsten Moment standen wir beide wieder draußen vor der Fichte im Sonnenschein.

»Eros-Thanatos«, murmelte er. »Verzeih mir! Ich erkenne mich selbst nicht mehr wieder.«

Schweigend gingen wir zu Christer hinüber, der sich ein Stück entfernt auf einem Stein niedergelassen hatte. Nachdenklich stopfte er seine Pfeife, und selbst wenn er gesehen haben sollte, wie erregt wir waren, ließ er sich nichts anmerken.

»Nach dem gestrigen Regenguss ist alles schon wieder getrocknet«, sagte er. »Setzt euch und erzählt mir, was ihr über unser kleines Problem denkt.«

Einar versuchte, seinem Blick auszuweichen, und Christer gab ihm einen leichten Klaps auf die Schulter. »Eje, alter Kumpel, zum ersten Mal seit dreißig Jahren verschweigst du mir etwas.«

»Ach was!« Geistesabwesend zupfte Einar ein paar Heidelbeeren von einem Zweig und ließ sie ins Moos kullern. »Nein, ich verschweige dir wirklich nichts.«

»Sagen wir es so: Du weißt etwas, wovon du lieber keine Ahnung hättest. Und wovon ich deiner Meinung nach ebenso wenig erfahren sollte.«

»Wirklich nicht, Christer. Wenn ich irgendetwas wüsste, würde ich es dir und Puck sofort erzählen. Überleg doch mal: Ich war es, der dich hierhergebeten hat. Das Einzige, was ich beisteuern kann, sind ein paar vage Vermutungen. Aber du hast recht, wenn du behauptest, dass das Ganze in eine Richtung weist, die mir gar nicht behagt.«

»Rutger?«

Die beiden sahen einander an, und ich fühlte mich für einen Augenblick außen vor.

»Ich glaube, ich komme nicht mehr ganz mit«, sagte ich. »Warum sollte Rutger verdächtiger sein als die anderen? Es stimmt schon: George behauptet, dass Rutger es war, der Marianne über den See hätte bringen sollen. Aber wer garantiert uns, dass George die Wahrheit sagt?«

»Puck scheint noch verwirrter zu sein als ich.« Christer paffte beim Sprechen mehrfach aus. »Aber zumindest eine Sache weiß ich sicher – eine, die in der gegenwärtigen Situation zusätzlich gegen Rutger zu sprechen scheint: die Tatsache, dass er einmal mit unserer geschätzten Verstorbenen verlobt war.«

Mir blieb der Mund offen stehen.

»Verlobt? Rutger – mit Marianne?«

»Ganz genau. Und wenn Eje, Rutgers bester Freund, wirklich mit den Ermittlungsbehörden zusammenarbeiten will, sollte er uns jetzt erzählen, was er über diese Geschichte weiß.«

Schon als wir uns das erste Mal begegnet waren, hatte ich Einar als unerschütterlich rechtschaffen eingeschätzt, und ich hegte nicht den geringsten Zweifel, dass er sich richtig verhalten würde. Aber mir war ebenso unbehaglich wie ihm dabei, einen Freund zu verraten – selbst gegenüber einem derart wohlgesinnten Zuhörer wie Kommissar Wijk.

»Das meiste ist an der Uni Stockholm ohnehin ein offenes Geheimnis.« Einar klang einsilbig und widerstrebend. Inzwischen zupfte er die Blätter von seinem Heidelbeerzweig. »Rutger und Marianne haben sich vor rund sechs Jahren kennengelernt. Er war der Sprecher des Studententheaters, und sie war dort der Star. Sie sah atemberaubend aus, und ich glaube, dass Rutger sich auf den ersten Blick in sie verliebte. Wir, seine Freunde, waren nicht ganz so begeistert von ihr; sie wirkte auf eine merkwürdige Art gekünstelt und lebendig zugleich. Trotzdem waren die beiden im Handumdrehen unzertrennlich, und wenn wir mit Rutger in Kontakt bleiben wollten, mussten wir eben auch mit ihr vorliebnehmen. Mit der Zeit wurde sie auch wirklich netter – Rutgers Gesellschaft schien ihr gutzutun… Genau genommen waren sie nie offiziell verlobt, aber es war klar, dass die beiden heiraten würden, sobald Rutger mit der Uni fertig war. Marianne war mehrmals bei Rutger zu Hause auf Borg, und ein paar Sommer hat sie ja auch hier auf Lillborgen verbracht. Ich glaube im Übrigen, dass Rutger dieses Haus für sie gebaut hat… damit sie die Sommer über bei ihm blieb, meine ich. Denn eine Sache weiß ich ganz sicher: dass Rutger unsterblich in sie verliebt war…«

Einar hielt inne, und in seinem Blick lagen sowohl Schmerz als auch Nachdenklichkeit. Wir warteten beide darauf, dass er fortfahren würde, doch als er es nicht tat, sagte Wijk leise: »In etwa das war mir bekannt. Was ich mich aber immer schon gefragt habe, ist, was die beiden auseinandergebracht hat. Es ist schwer zu glauben, dass es Ann gewesen ist.«

»Sie war es auch nicht. Was es aber wirklich war, wissen vermutlich nur Marianne und Rutger selber.«

»Von einem auf den anderen Tag war es vorbei, war es nicht so?«

»Ja. Irgendetwas muss im vergangenen Frühjahr vorgefallen sein. Ich habe das Semester zuvor leider nicht in Stockholm verbracht und weiß daher auch nicht, wie sich ihre Beziehung im Herbst und Winter entwickelt hat. Aber in der Walpurgisnacht hab ich sie noch spontan besucht, und wir sind zusammen tanzen gegangen.«

Aus irgendeinem irrationalen Grund gefiel mir die Vorstellung nicht, dass Einar zu Walpurgis mit irgendjemand anderem als mir tanzen gegangen war. Doch seine nächsten Worte zerstreuten meine aufflammende Eifersucht sofort.

»Viveka war damals auch dabei. An jenem Abend hatte ich nicht den Eindruck, dass irgendetwas zwischen den beiden nicht so gewesen wäre, wie es hätte sein sollen. Marianne war noch auffälliger als sonst ganz in Weiß gekleidet, und Rutger hatte nur Augen für sie. Ich weiß noch, dass sie nach Paris reisen wollten, sobald sie sämtliche Papiere beisammen hätten … Danach habe ich Rutger erst wieder gesehen, als ich Anfang Juni nach Skoga zurückkam. Da rief er eines Tages an und fragte, ob ich mit ihm eine Radtour nach Borg unternehmen wolle. Ich sagte zu – und traf einen überaus beherrschten, aber sichtlich niedergeschlagenen, verzweifelten Rutger an. Natürlich habe ich mich sofort nach Marianne erkundigt, und da antwortete er nur – und ich glaube, ich kann es wörtlich wiedergeben, weil ich schon so oft darüber gegrübelt habe: ›Es ist Schluss zwischen uns beiden. Und wenn du mein Freund sein willst, Eje, dann versuche niemals herauszufinden, was passiert ist. *C'est tout fini.* Aber das Leben geht weiter.‹ Und dann hat er das Thema gewechselt, und wie ihr euch vielleicht denken könnt, habe ich ihm gegenüber den Namen Marianne nie wieder erwähnt.«

Als Einar aufhörte zu sprechen, blieb es eine Weile still. Irgendwo tiefer im Wald zwitscherte eintönig und nervtötend ein einsamer Vogel. Und als hätte Einar sich plötzlich wieder daran erinnert, dass die Geschichte noch nicht fertig war, ergriff er noch einmal zögerlich das Wort.

»Am selben Nachmittag kam Ann nach Borg. Die Lilliebiörns sind die direkten Nachbarn der Hammars, und Ann und Rutger kennen sich schon seit ihrer Kindheit. Ann war gerade erst aus England zurückgekehrt, wo sie drei Jahre lang gelebt hatte. Wir verbrachten einen echt lustigen Abend miteinander, aber ich sage euch, ich war wirklich schockiert, als ich einen Monat später die Verlobungsanzeige in der Lokalzeitung entdeckte.«

Christer nickte erst, dann schüttelte er kaum merklich den Kopf. »Und jetzt ist Marianne auf Rutgers Insel ermordet worden. Das sieht übel aus. Und trotzdem wissen wir leider immer noch zu wenig, um irgendwelche Schlussfolgerungen ziehen zu können.« Er schien einen Moment lang nachzudenken. Dann fragte er unvermittelt: »Was glaubt ihr, welche Gründe könnte es geben, um Marianne Wallman umzubringen?«

»Liebe, Eifersucht, Hass«, antwortete ich, ohne zu zögern, und Einar nickte finster.

»Ja, mit neunzigprozentiger Sicherheit liegt ihr richtig. Sie war eine ungewöhnlich attraktive Frau. Ich hätte mir beinahe selbst vorstellen können, um ihretwillen jemanden umzubringen.«

Zur Abwechslung klang Kommissar Wijk weder überheblich noch ironisch. Doch noch ehe ich seinen Gesichtsausdruck zu deuten vermochte, war er auch schon aufgesprungen und hatte uns wortlos signalisiert, es ihm gleichzutun.

»Dann sollten wir jetzt die andere Seite des Problems angehen. Stellt euch vor, ihr habt gerade eine schöne Frau ermordet. Ihr habt sie unter einer dichten, prächtigen Fichte versteckt, aber aus irgendeinem Grund entschließt ihr euch kurze Zeit später, sie fortzuschaffen. Wohin? Ich meine, wohin würdet ihr die Leiche bringen?«

»In den See«, antworteten wir wie aus einem Mund.

»Ist das denn ein besseres Versteck als der Wald? Wasserleichen treiben früher oder später irgendwo an Land.«

»Aber das kann dauern«, versicherte ihm Einar. »Außerdem ist der Uvlången sehr tief. Und hier auf der Insel gibt es keine einzige Stelle, an der die Erde so locker wäre, dass man auch nur eine tote Katze darin vergraben könnte. Und über der Erde könnte sie keinen Tag lang liegen bleiben, ohne bei dieser Hitze anzufangen zu riechen.«

Ich spürte, wie mir schwindlig wurde, und Christer stützte mich am Arm.

»Dann also runter zum Hafen und die Boote untersuchen! Denn ihr hättet sie wohl kaum direkt am Strand ins Wasser geworfen?«

Am Kai zupften zwei wunderschöne Boote an ihrer Vertäuung, und ein Stück weiter am Strand lag Vivekas und Mariannes hässliches, altes Ruderboot. Einar sah verdutzt aus.

»Wo ist denn das weiße?«

Das liege unterhalb des Hauses, beeilte ich mich zu sagen, ich sei dorthin gerudert, weil ich... weil ich zu viel Angst gehabt hatte, den Weg durch den Wald allein zurückzulegen.

Die Jungs sahen weniger verächtlich aus, als ich es erwartet hätte. Schnell waren sie sich einig, dass sie weder das Segelboot noch das lärmende Motorboot nehmen würden, um hinauszufahren und sich auf die Suche zu begeben. Folglich konzentrierte Christer sich auf das abgehalfterte Ruderboot. Er nahm zuerst die Außen-, dann die Innenwand in Augenschein und kippte schließlich das Regenwasser aus, das sich am Vorabend im Bootsbauch gesammelt hatte, um den Boden genauer zu untersuchen. Es kam mir wie eine Ewigkeit vor, seit ich Einar dabei zugesehen hatte, wie er für unsere nächtliche Fahrt nach Forshyttan Wasser aus dem Motorboot geschöpft hatte – und mit einem Schlag hatte ich weiche Knie und ließ mich am Ufer auf einen Stein fallen.

»Das weiße Ruderboot!«, japste ich. »Da war kein Wasser drin! *Jemand muss es heute Morgen vor halb sieben ausgeleert haben.*«

Es dauerte nur wenige Minuten, und Christer hatte uns in das alte Ruderboot beordert und in aller Eile Kurs in Richtung Badesteg genommen. Kurz darauf standen wir drei vor den weiß gestrichenen Planken des flachen Bootes. Sie waren in der Tat trocken. Sogar der geteerte Bauch unter den Bodenlatten war trocken. Christer hob eine nach der andern an; ich stand daneben im flachen Wasser, um sie für ihn zu halten. Da plötzlich sprang mir im Hohlraum unter der hinteren Ruderbank etwas ins Auge.

Es war eine kleine, längliche Haarspange in Form einer schwarzglänzenden Schlange, verhältnismäßig schlicht, aber bestimmt ziemlich wertvoll. Eine schwarze Haarspange? Mit einem Schauder reichte ich sie an Christer weiter.

Er pfiff durch die Zähne. »Schau einer an. Wir sind offensichtlich auf der richtigen Spur.« Ein paar Sekunden lang starrte er gedankenverloren hinaus aufs Wasser. Dann sagte er beinahe fröhlich: »Nach diesem Fund wissen wir zumindest eins: Unser Mörder hat Nerven wie Drahtseile. Oder was meint ihr – würdet ihr euch hinstellen und das Wasser aus diesem Kahn schöpfen, kurz bevor oder gleich nachdem ihr eine Leiche im See versenkt habt?«

SIEBTES KAPITEL

Der Aufstieg würde sich hinziehen, und es war verhältnismäßig steil. Von unserer derzeitigen Position aus war das Haus nicht zu erkennen. Die leichte Brise, die draußen in der Bucht die Wasseroberfläche zu einer Unzahl winziger Wellen kräuselte, trug Stimmen zu uns herüber. Unter Garantie saßen die anderen immer noch draußen auf der Wiese und diskutierten darüber, was vorgefallen war.

Obwohl Christer mit seiner Untersuchung des Ruderboots fertig war, schien er nicht die geringste Lust zu haben, zum Rest der Gesellschaft zurückzukehren. »Wir bringen die beiden Boote zurück zum Hafen«, beschloss er stattdessen und setzte sich auf die Ruderbank. Ich watete zu dem anderen Boot hinüber. Es lag nicht allein an Einar, dass ich lieber in dem schmutzigen, morschen Boot zum Anleger zurück wollte. Fast hätte ich meine Entscheidung bereut, doch dann überredete mich Einar, der nur seine Pfeife hatte anzünden wollen, schließlich doch, den Rudersitz für ihn frei zu machen. Das Boot mit unbefestigten Skulls vorwärtszubewegen entsprach schlicht und ergreifend nicht meinen Talenten, und als ich nach ein paar hilflosen Platschern auch noch eines der Ruder verlor, obwohl ich mich krampfhaft daran festgekrallt hatte, zollte ich Viveka insgeheim große Bewunderung dafür, dass sie sich über eine Strecke von fast fünf Kilometern damit abgeschuftet hatte. Christer sicherte das davontreibende Ruder, und irgendwann erreichten wir schließlich die Anlegestelle – wo uns gleich die nächste Überraschung erwartete.

Denn inmitten der glitzernden Wasseroberfläche tauchte plötzlich ein Paddelboot auf. Gerade noch hatte der See ruhig und verlassen vor uns gelegen, doch schon im nächsten Augenblick wurde er von schnellen, behänden Paddelschlägen durchpflügt, und eine fröhliche junge Mädchenstimme rief: »Hejsan, Eje, ich bin's!«

Einar gab so etwas wie ein Stöhnen von sich. »Das hat uns gerade noch gefehlt. Erst diese Geschichte… und jetzt auch noch Pyttan!«

Pyttan hatte in der Zwischenzeit mit einem eleganten Schwung den Kai erreicht und strahlte uns drei an: »Guten Tag, Herr Kommissar! Und hallo – Sie müssen Puck sein, nicht wahr? Ich bin Pyttan, Rutgers kleine Schwester.«

Die Erklärung wäre nicht nötig gewesen. Sowie sie sich hinaufgestemmt hatte, war die Ähnlichkeit nicht mehr zu übersehen: das gleiche dunkle Haar, die gleichen buschigen Augenbrauen, die grauen Augen und die ein wenig zu üppige Gestalt. Und auch wie alt sie war, lag förmlich auf der Hand: einen derart schwärmerischen Blick auf seine Umgebung hatte man einzig und allein im Alter von siebzehn Jahren.

»Irre, dass sogar Kommissar Wijk hier ist! Das wusste ich ja gar nicht! Ansonsten haben wir natürlich mitbekommen, dass hier auf der Insel eine regelrechte Invasion stattgefunden hat. Papa hat auf Uvfallet mit Larsson geredet, und der hat ihm erzählt, dass zuallererst eine schrecklich schrille Dame mit unendlich viel Gepäck und Plunder angekommen sei – das kann nur Lil gewesen sein – und in ihrem Schlepptau ein Typ, der aussah, als wäre er aus einem Zirkus ausgebüxt, und tags drauf seien noch mal zwei Damen angekommen, die nur Hosen am Leib trugen – was immer er damit gemeint hat. Waren die beiden irgendwie unanständig gekleidet? Jedenfalls hätten sie sich sein altes Ruderboot geliehen und immer noch nicht zurückgebracht. Als Mama das hörte, sagte sie nur: Arme Ann! Jetzt muss sie für so viele Leute in der Küche stehen – man weiß ja, wie diese Stadtmenschen sind. Die machen in der Küche keinen Finger krumm. Und dann meinte sie, ich solle doch rüberfahren und Ann ein bisschen zur Hand gehen. Also hab ich mir das Faltboot gepackt – und hier bin ich! Hier rüberzupaddeln war wirklich ein Kinderspiel. Ich hatte die ganze Zeit Rückenwind.«

Während sie vor sich hin plauderte, hatte sie den Inhalt ihres verblüffend geräumigen Gefährts auf dem Anleger ausgeleert und dann mit ein paar geschickten Handgriffen das Faltboot verstaut. Nachdem wir sie die ganze Zeit über wie die Idioten angestarrt haben mussten und ihr schweigend zugehört hatten, gab Eje sich schließlich einen Ruck.

»Liebste Pyttan, es ist ganz wunderbar, dich wiederzusehen, und wirklich hinreißend von deiner Mutter, dass sie sich um Ann Sorgen macht, aber ehrlich gesagt sind wir hier inzwischen so viele Leute, dass nicht ein einziger Schlafplatz mehr vorhanden ist. Glaubst du nicht...«

Pyttan strahlte ihn mit ihren grauen Augen an. »Ich hab Schlafsack und Zelt dabei – so ein modernes amerikanisches Nylonding, federleicht und absolut wasser- und mückendicht. Das ist also gar kein Problem. Worauf warten wir eigentlich noch? Wollt ihr nicht auch mit hinauf zum Haus?«

»Setz dich erst mal und hör uns fünf Minuten zu.« Einar klang ernst und sehr bestimmt. »Wir müssen dir erst noch ein paar Dinge erzählen.«

Pyttan reagierte gänzlich anders, als er es sich ausgemalt hatte. Sie war geradezu begeistert von der Aussicht, an einer echten Mordermittlung teilhaben zu können. »Das ist ja großartig! Da liest man jahrelang Hunderte schlechter Krimis – deiner war tatsächlich einer der besseren, Eje! –, und dann steckt man auf einmal selbst mittendrin! Wunderschöne Frau ermordet, Leiche wie vom Erdboden verschluckt, berühmter Krimiautor unter den Verdächtigen, und dann taucht der gut aussehende Kommissar am Tatort auf...«

»Pyttan!«, rief Einar erbost. »Hast du wirklich keinen Funken Mitgefühl?«

»Kein Mitgefühl... für Marianne, meinst du? Nein, da musst du entschuldigen, das hab ich wirklich nicht.«

Die helle Mädchenstimme klang auf einmal merkwürdig unterkühlt, und als Pyttan aufstand und nach ihrem Rucksack griff, versuchte keiner, sie daran zu hindern – im Gegenteil: Die Männer trugen das Gepäck des Fräulein Hammar pflichtschuldigst gen Lillborgen.

Ich fragte mich insgeheim, was Rutger wohl zu all dem sagen würde.

Er hatte allerhand dazu zu sagen, scheiterte aber auf ganzer Linie an Pyttans festem Entschluss zu bleiben.
»Sei doch nicht albern«, erwiderte sie, als Rutger darauf hinwies, welches Risiko ein junges, empfindsames Mädchen einging, wenn es in eine ernsthafte Morduntersuchung hineingezogen wurde. »Ich finde die ganze Angelegenheit schrecklich spannend, und wenn ich euch so sehe, seid ihr allesamt empfindsamer als ich. Und dass Ann Unterstützung braucht, sieht doch wohl jeder – außer vielleicht ein Kerl…«
Damit hatte Pyttan zweifelsohne recht, und innerhalb der nächsten halben Stunde war sie bereits in Anns blitzsauberer Küche zugange, während Ann bei zugezogenen Gardinen im Schlafzimmer lag. Es war mir peinlich, dass ich selbst nicht vehementer darauf bestanden hatte, Ann zu helfen, aber als ich mich hinüber in die Küche stahl und Pyttan mir beschwingt entgegenrief: »Willkommen! Sie können die Stachelbeeren ausputzen – Rutger liebt Stachelbeeren!«, fragte ich mich doch, ob Ann in Teilen nicht selbst daran schuld gewesen war. Sie hatte immer so distanziert und unzugänglich gewirkt, dass ich es schlicht vermieden hatte, allein mit ihr zusammen zu sein, aber mit Pyttan die Stachelbeeren von den Stielen zu befreien, war wirklich nett und geradezu erfrischend.
Während sie Kartoffeln schälte und den Herd einheizte, sodass ihr Gesicht glühte, erzählte sie mir, dass sie die Oberstufe eines Mädchengymnasiums in Stockholm

besuche.»Um genau zu sein, komme ich jetzt in die Abschlussklasse, sprich: noch ein Jahr, dann ...«

Nachdem wir uns darüber einig waren, dass Uppsala für jemanden, der Französisch studieren wollte, die wesentlich bessere Uni als Stockholm war, streng genommen aber dann doch Paris die einzig wirklich zweckmäßige Adresse und dass sie folglich nach Paris gehen sollte, was immer ihre Eltern und Rutger auch sagten, fühlten wir uns bereits wie beste Freundinnen. Pyttan hielt nicht damit hinterm Berg, dass sie ihren Bruder über alles liebte und verehrte, auch wenn sie es ihm immer noch nicht ganz verziehen hatte, dass er sie bei seiner Promotionsfeier nicht hatte dabeihaben wollen, weil sie seiner Ansicht nach zu jung dafür gewesen war. Einar verehrte sie fast ebenso sehr. Die beiden kannten sich schon eine Ewigkeit, und als sie im vergangenen Jahr noch in Västerås zur Schule gegangen war, war Einar ihr Geschichtslehrer gewesen. Die Superlative, mit denen sie ihn daraufhin bedachte, brachten mich fast schon stellvertretend in Verlegenheit, während ich mich gleichzeitig fragte, ob ein Lehramt nicht womöglich doch seinen Reiz haben mochte. Pyttans großes Herz hatte indes viele Zimmer, und das allergrößte bewohnte derzeit ihr absoluter Lieblingsdichter Carl Herman Lindensiöö. Ich entnahm ihrer Schilderung, dass sämtliche Mitschülerinnen aus dem Literaturkurs ihrer Schule seinen Gedichten und dem scheuen Lächeln verfallen waren – womöglich in umgekehrter Reihenfolge – und mindestens vierzehn von ihnen das Einzelreferat über Lindensiöö hatten halten wollen. Pyttan war als Siegerin hervorgegangen:

größtenteils weil sie sowohl dem Kursleiter als auch ihren Schulfreundinnen gegenüber nachdrücklich versichert hatte, dass sie während der Sommerferien die einzigartige Gelegenheit haben würde, dem großen Dichter persönlich zu begegnen. Ein schlimmer Verdacht regte sich in mir, und ich sah von der Schüssel auf, in der ich gerade die Zutaten für Hackbällchen verknetete: »Sag bloß nicht, dass du *deshalb* hergekommen bist? Dann verstehe ich auch endlich, warum dich unser kleiner Mord so kaltlässt.«

Sie sah mich mit ihren großen grauen Augen unschuldig an, fing an, die Melodie des Liebesduetts aus Lohengrin zu summen, und schnitt verträumt eine Zwiebel entzwei...

Als sie endlich wieder in die Gegenwart zurückgekehrt war, versuchte ich ihr zu entlocken, was sie denn insgeheim von den Damen in unserer Gesellschaft hielt, doch in dieser Hinsicht war Pyttan plötzlich nicht mehr annähernd so auskunftsfreudig. Lil sei ein bisschen verrückt, aber klasse, Viveka sei sie zuvor noch nie begegnet, und über Marianne wolle sie kein Wort verlieren. Aus den Äußerungen über ihre Schwägerin wurde ich nicht richtig schlau; ich erfuhr lediglich, dass man daheim auf Borg Ann lieber mochte als Marianne.

Irgendwann war das Abendessen fertig, und ein finster und verbissen dreinblickender George half uns, den Tisch zu decken. Wie hypnotisiert starrte Pyttan auf das federnde Sprungbrett auf seinem Hemdrücken, und sobald ich die Gelegenheit hatte, versuchte ich, aus ihr herauszukriegen, was sie denn über unsere männliche Schönheit dachte. Doch ihre Antwort klang überraschend gleichgültig.

»Er ist *zu* schön«, erwiderte sie. »Glaubst du, seine Zähne sind echt? Aber das Hemd ist einsame Spitze.«

Ohne Pyttan wäre das Abendessen unter Garantie zu einem Desaster geworden, und sie hatte zweifelsohne recht, als sie nach ein paar Blicken in die schweigende Runde am Tisch verkündete: »Eine Ansammlung von solchen Sauertöpfen hab ich ja noch nie erlebt! Ich verstehe ja, dass es nicht besonders lustig ist, wenn man des Mordes verdächtigt wird, aber das wird doch nicht besser, indem ihr alle derart griesgrämig aus der Wäsche schaut! Nehmt euch ein paar Hackbällchen, und dann unterhalten wir uns über irgendwas – nur nicht über den Mord.«

»Dieses Mädchen hat mehr Grips als all die Doktoren und Uniabsolventen hier am Tisch«, verkündete Viveka trocken und setzte sich ein wenig aufrechter auf ihren Stuhl. »Wir müssen versuchen, uns zusammenzureißen, wenn wir diese Geschichte irgendwie überstehen wollen.«

Christer nickte zustimmend, und Pyttan begann umgehend, von »irgendwas« zu reden. Sie hatte sich Carl Herman gegenüber an den Tisch gesetzt, sah ihn einen Augenblick wie verzaubert an und seufzte. »Ist es nicht herrlich, Dichter zu sein? Manchmal denke ich mir aber, als Opernsänger oder Schauspieler muss es noch besser sein – da spürt man die Begeisterung des Publikums noch viel unmittelbarer, wenn Sie verstehen, was ich meine? Andererseits komme ich nach Hause und lese

Ihre Gedichte – ›Die Nacht ruft‹ oder ›In deinen Händen sprießen Lilien‹ beispielsweise – und ...«

»Stimmt, das ist wirklich fantastisch. Für dieses Gedicht verzeiht man ihm tatsächlich alles!« Lil warf Carl Herman ein hinreißendes Lächeln zu, und in ihrem goldfunkelnden Blick lagen tausend Versprechen.

Dagegen sah Carl Herman aus, als würde er gerade aus einem Albtraum erwachen. Er starrte Lil unverwandt an, und wahrscheinlich hörte er nur einen Bruchteil dessen, was Pyttan vor sich hin plapperte. Doch eine Oberschülerin aus Stockholm mit der Mission, Material für ihr Referat zu sammeln, gab so schnell nicht auf.

»Glaubt der Herr Dichter eigentlich an Gott?«, fragte sie, und Einar verschluckte sich beinahe an seinem Bier. Carl Herman errötete leicht, und Pyttan erzählte daraufhin in vollem Ernst, dass ihr Schwedischlehrer darauf bestanden habe, Lindensiöö sei Atheist, dass sie selbst aber nach der Lektüre seines jüngsten Gedichtbands nicht so recht daran glauben mochte. Ob wohl der Dichter selbst ...

»Dichter sind sensible Wesen«, schaltete Einar sich ein. »Es gehört sich wirklich nicht, so aufdringliche Fragen zu stellen, wenn man sich gerade erst vor einer halben Stunde kennengelernt hat.«

Pyttan war gern bereit, das Thema Frömmigkeit auf einen späteren Zeitpunkt zu verschieben, und fragte stattdessen: »Und wie hält es der Dichter mit der freien Liebe? In ›Erst in deinem Schoße wurde ich zum Mensch‹ hat man wirklich den Eindruck ...«

Diesmal protestierten gleich mehrere auf einmal und

verkündeten, sie wiederum hätten den Eindruck, dass Carl Hermans Lyrik nun wirklich keine geeignete Lektüre für ein Schulmädchen sei. Pyttans energischer Einwand, dass Abiturientinnen durchaus ebenso viel Reife und Erfahrung an den Tag legten wie die meisten alten, vertrockneten Akademiker, war erst der Auftakt zu einer hitzigen Diskussion, die definitiv das Abendessen rettete. Carl Herman erwies Pyttans Reife die Ehre, indem er sie bat, ihn in Gottes Namen endlich nicht mehr mit ›Dichter‹ anzusprechen, und ich schlug vor, dass wir doch allgemein zum Du übergehen sollten – nicht nur um Pyttans willen, sondern auch, um mir nicht mehr anhören zu müssen, wie Christer in überaus arroganter Manier Jojje mit »Herr Malm« anredete.

Endlich war die Atmosphäre bei Tisch wieder normal. Natürlich: Marianne war ermordet worden, und niemand von uns konnte diese Tatsache auch nur für einen kurzen Augenblick vergessen, doch dank Pyttan hatten wir es geschafft, uns zusammenzureißen, und zu einem natürlichen Umgang miteinander und einem normalen Gesprächston zurückgefunden. Die sachliche Art, die Lil bereits am Vormittag an den Tag gelegt und die mich da noch über alle Maßen irritiert hatte, war womöglich doch die beste Methode, um der Hysterie und den Heulkrämpfen Herr zu werden, auch wenn wir uns schon kurz darauf erneut dem Thema Mord und dem potenziellen Täter widmeten.

Wie üblich hatten wir uns nach dem Abendessen draußen auf der Wiese niedergelassen, und Pyttan eilte geschäftig hin und her und servierte frisch aufgebrühten

Kaffee. Draußen war es immer noch kühl, und mit einer gewissen Sorge und kopfschüttelnd meinte Ann, dass Pyttan besser nicht in ihrem Zelt übernachten sollte.

»Aber auf dem Sofa im Aufenthaltsraum wird doch der Herr Kommissar übernachten... also, Christer, meine ich... oder nicht? Ich gehe doch recht in der Annahme, dass du über Nacht hierbleiben willst?«

»Ich wollte noch einen kleinen Ausflug nach Forshyttan unternehmen, aber wenn ich wiederkommen und hier übernachten dürfte, wäre ich euch wirklich sehr dankbar.«

Und Carl Herman, dem die Nachtruhe seiner hingebungsvollen Verehrerin ebenfalls am Herzen zu liegen schien, warf ein: »Wir haben doch ein freies Bett in... in Vivekas Zimmer. Wenn Pyttan und Viveka dort nicht mehr schlafen wollen, könnten ja Eje und ich mit ihnen tauschen.«

Das freie Bett, in dem Marianne geschlafen hatte, nahm für einen Moment die Überlegungen aller Anwesenden in Beschlag, bis Viveka ganz ruhig versicherte, dass ihretwegen niemand irgendwelche neuen Arrangements zu treffen brauche. »Ich nehme einfach eine Schlaftablette, das wird helfen. Wenn noch irgendjemand anders eine Tablette brauchen sollte – sagt einfach Bescheid. Und was Pyttan angeht...«

Die hatte sich in der Zwischenzeit zu Carl Hermans Füßen ins Gras gesetzt und mischte sich nun selbst in die Diskussion mit ein: »Ich schlafe wie geplant im Zelt. Es ist immerhin die erste Gelegenheit, dass ich mein tolles neues Nylonzelt ausprobieren kann. Ihr werdet es ja nachher sehen: Es ist außen hellgrün und innen komplett weiß und hat Fenster mit Mückengittern und einen richtigen Zeltboden. Ich wollte es eigentlich schon daheim im Birkenwäldchen testen, aber da meinte Papa nur, die Arbeiter dort draußen könnten denken, er hätte seine einzige Tochter verstoßen und ihr Hausverbot erteilt, und so ist nichts daraus geworden. Und was ist eigentlich das Problem? Ich habe einen Schlafsack, und darin ist mir unter Garantie wärmer als euch in euren Zimmern.«

»Aber du bist dort draußen ganz allein.« Ann bereitete die Vorstellung noch immer Unbehagen. »Und es wird nachts inzwischen wieder richtig finster. Und denk...«

»Ja, ja, und denk nur, wenn sich der Mörder anschleicht und mich durchs Mückengitter hindurch erwürgen will! Nein, liebe Ann, da brauchst du dir wirklich keine Sorgen zu machen. Ich bin zu unwichtig, als dass sich irgendjemand die Mühe machen würde, mich umzubringen. Aber wenn du willst, kann ich ja Rutgers Revolver mitnehmen – den aus der Schublade in seinem Nachtschränkchen, den er dort immer noch aufbewahrt für den Fall, dass irgendwann ein Dieb Lillborgen mit seiner Anwesenheit beehren sollte... nur weiß der Himmel, was dieser Dieb hier finden will... Und ich kann schießen. Das hat Rutger mir beigebracht.«

»Wenn du nur mal für zehn Minuten den Mund halten könntest, dann würdest du auch alles kriegen, was du willst«, sagte Rutger und seufzte.

Pyttan verstummte wie auf Kommando, und für einen

kurzen Augenblick herrschte Schweigen. In diesem Moment streckte Christer Wijk die Hand aus und fragte gänzlich unvermittelt: »Kommt das hier irgendwem bekannt vor?«

In seiner Hand lag eine kleine, schwarzglänzende Schlange, und Lil entfuhr ein erstickter Schrei, doch Christers Augen waren unverwandt auf Rutger gerichtet, der nach einem einzigen schnellen Blick auf die Haarspange nur mehr störrisch zu Boden starrte.

»Die... die gehört Marianne...«, sagte Viveka, und ihre Stimme bebte dabei ganz leicht.

»Du hast sie wiedererkannt, Rutger, nicht wahr?«, sagte Christer leise, aber mit Nachdruck, und Rutger holte tief Luft. Dann antwortete er nur mit einem Wort: »Nein.«

Widerwillig wandte Christer sich an Viveka. »War sie schon lange in ihrem Besitz?«

»Nein, die hat sie sich erst kürzlich zugelegt – zeitgleich mit dieser ›raffinierten Frisur‹, die Puck so nachhaltig beeindruckt hat.«

»Hatte sie die Spange im Haar, als sie gestern Mittag aufgebrochen ist?«

»Ja, sofern sie sich nicht noch mal anders frisiert hat. Allerdings interessieren mich solche Sachen eher nicht, ich kann also nicht beschwören, wie genau sie sich zurechtgemacht hatte.«

Doch George konnte bestätigen, dass Marianne ganz genau wie immer ausgesehen hatte und ihr dunkles Haar ebenso aufwendig frisiert gewesen war wie bei ihrer Ankunft auf der Insel.

Dann feuerte Christer Wijk die nächste Frage ab. »Wie viele von euch waren seit gestern Nachmittag um eins unten am Ruderboot?«

»Am Ruderboot?« Carl Herman klang fast, als zweifelte er an Christers Verstand.

»Ganz richtig.«

Diesmal war Rutger deutlich auskunftsfreudiger: »Ich war mit dem Boot drüben auf dem Lillsjö. Das muss zwischen zwölf und vier gewesen sein – aber das habe ich euch ja schon erzählt. Und gegen halb neun am Abend waren Eje und ich noch mal draußen, um die Netze auszuwerfen, aber weil es dann anfing zu hageln, sind wir nicht mehr dazu gekommen.«

»War's das?«

Schuldbewusst hielt ich die Hand in die Höhe, auch wenn ich natürlich nicht zählte.

»Dann tut es mir leid, euch mitteilen zu müssen, dass diese Haarspange hier die einzige Spur darstellt, die wir zurzeit von Marianne haben. Ich gehe davon aus, dass sie inzwischen im Uvlången liegt.«

Die Überraschung, die sich auf sämtlichen Gesichtern abzeichnete, wirkte aufrichtig – und doch musste unter ihnen einer sein, dessen Erstaunen gespielt war. Nerven wie Drahtseile, hatte Christer gesagt ...

In aller Kürze erklärte er, dass die Leiche verschwunden sei – und das bereits, seit ich Einar frühmorgens um halb sieben zu der Fichte geführt hatte. Meinen speziellen Freund, den Dorfpolizisten, erwähnte er wohlweislich mit keiner Silbe.

Und dann begann das Verhör von Neuem.

»Wann genau seid ihr nach eurem kleinen Mitternachtsimbiss gestern auseinandergegangen?«

»Etwa gegen eins.«

»Das scheint mir der entscheidende Glockenschlag gewesen zu sein«, warf Pyttan dazwischen, die mittlerweile ganz Ohr war.

»Kann irgendwer von euch beweisen, was er zwischen ein Uhr und halb sieben in der Früh getrieben hat?«

»Ich jedenfalls nicht«, gab Viveka zurück. »Ich war allein in meinem Zimmer.«

»Einar und ich sind um kurz nach drei aufgebrochen«, sagte ich – und wurde von Christers alarmiertem Blick zum Schweigen gebracht. Natürlich – er hatte unseren Ausflug nach Forshyttan ja absichtlich nicht erwähnt.

Doch im selben Moment hellte sich Lils Miene auf. »Dann war es ja kein Wunder, dass ich geträumt habe, ich sei allein – wenn alle anderen sich aus dem Staub gemacht haben!«

»War noch einer von euch um diese Zeit wach oder draußen unterwegs? Und hat irgendetwas gesehen oder gehört?«

»Ja, warte …« Der schöne George sah auf einmal ganz aufgeregt aus. »Ich bin gestern Nacht aufgewacht, als jemand vor meinem Fenster vorbeigegangen ist. Ich hatte die Gardinen nicht zugezogen, und ich hatte das Gefühl, dass dort draußen jemand stand und zu mir ins Zimmer starrte, und als ich dann wach war und mich bewegt haben muss, hörte ich, wie sich Schritte entfernten. Ich hab kurz auf die Uhr geschaut – da war es halb vier – und mich noch gewundert, wer so früh aufgestanden sein mochte, aber dann bin ich wieder eingenickt und ... tja, ich fürchte, das hilft uns auch nicht weiter, oder?«

Christer betrachtete den Kiesweg, der um das Sommerhaus herumführte. »Die kleine Kammer dort neben dem Aufenthaltsraum – das ist dein Zimmer, ja? Und dein Fenster geht hier auf die Wiese hinaus?«

Ich folgte seinem Blick, und offenbar hatten wir beiden den gleichen Gedanken: Warum hatte der Mörder überhaupt um diesen Teil des Hauses herumgehen müssen? Vom Gästehaus aus führte ein Pfad direkt in den Wald hinein in Richtung Fichte, doch selbst wenn man den Weg hinter der Eberesche einschlug, kam man lediglich am östlichen Giebel mit dem Fenster zum Schlafzimmer der Hammars vorbei. Nur wenn Georges nächtlicher Betrachter Rutger – oder Ann – gewesen wäre, hätte er – oder sie – an Georges Fenster vorübergehen müssen ... sofern sich keiner der beiden durch die Küchentür und zum linken Erker geschlichen und sich anschließend an der Vorderseite des Hauses entlanggedrückt hätte. Andererseits ... Warum über den Kiesweg direkt vor Georges Fenster gehen, wenn davor doch eine Wiese lag? Es war einfach unbegreiflich. Oder versuchte George, uns auf eine falsche Fährte zu locken?

Christer Wijk ließ die Sache auf sich beruhen und verkündete stattdessen, er werde jetzt nach Forshyttan übersetzen, um ein paar Dinge zu erledigen. Er fragte, ob es Familienangehörige gebe, die von Mariannes Tod in Kenntnis gesetzt werden müssten. Viveka meinte, dass die nächsten Verwandten ein paar Cousinen seien, die aber vermutlich nicht allzu erschüttert sein würden.

»Natürlich nur, sofern es nichts zu erben gibt«, fügte sie hinzu und klang, als gäbe sie dabei der Verbitterung ihrer verstorbenen Freundin Ausdruck.

»Wohin genau wollte Marianne eigentlich von hier aus weiterreisen?«, fragte Christer, immer noch an Viveka gewandt.

»Sie wollte für ein paar Tage nach Stockholm fahren und von dort aus weiter nach Båstad.«

Dann bat Christer Einar, den Lotsen für ihn zu spielen. Sie machten sich auf den Weg, und Pyttan und ich kehrten in die Küche zurück, um den Abwasch zu erledigen. Sorgsam machten wir sämtliche Türen hinter uns zu und stürzten uns dann sofort in wilde, hemmungslose Spekulationen. Pyttan war felsenfest davon überzeugt, dass Jojje der Mörder war – Jojje oder vielleicht noch Viveka. Oder Lil.

»Das liegt doch nur daran, dass du zu den anderen ein viel zu persönliches Verhältnis hast. Du willst dir einfach nicht eingestehen, dass es genauso gut...« Ich hielt kurz inne und ersetzte dann Rutgers Namen durch Carl Herman.

Doch als ich etwas später beobachtete, wie George aufgewühlt draußen auf der verwaisten Wiese auf und ab marschierte, fragte ich mich, ob Pyttan nicht möglicherweise recht haben mochte. Der sonst so lebenslustige, fast schon nervtötend auf Harmonie bedachte George war ganz fahl im Gesicht und wirkte rastlos, und als ich es endlich schaffte, ihn auf einen der Gartenstühle zu drücken und zu zwingen, mir in die Augen zu sehen, erkannte ich, wie zutiefst unglücklich er war.

»Jojje, was ist denn los? Ist irgendwas vorgefallen?«

»Nein... nein, wirklich nicht. Wie kommst du denn darauf? Ich finde diese ganze Situation einfach nur ausnehmend scheußlich.« Doch George war – wie er selbst einmal zugegeben hatte – kein guter Schauspieler, und ich war nur mäßig überzeugt von seiner Leistung.

»Wie gut kanntest du Marianne eigentlich?«, fragte ich vorsichtig.

»Ich hab sie ein paarmal an der Kunsthochschule getroffen, aber da war immer auch noch ein gutes Dutzend anderer Leute mit von der Partie.«

»Du warst bis über beide Ohren in sie verliebt, nicht wahr?«

Er nickte kaum merklich, stand dann abrupt auf und setzte seine rastlose Wanderung fort.

»Gestern Morgen, bevor ihr alle aufgestanden seid, waren wir noch zusammen unten am Wasser. Du hättest sie sehen sollen! Sie war so schön, dass es regelrecht wehtat! Und als wir uns voneinander verabschiedeten, versprach sie, dass wir uns in...«

Plötzlich hielt er inne. Dann fragte er in einem deutlich sachlicheren Ton, wo ich eigentlich Pyttan gelassen hätte. Die anderen seien samt und sonders zu einem Spaziergang aufgebrochen, erklärte er.

Ich wusste, dass es nun vorbei war mit der Vertraulichkeit und dass er sich insgeheim darüber ärgerte, mich ins Vertrauen gezogen zu haben.

Den Rest des Abends verbrachten Pyttan, er und ich mit dem verzweifelten Versuch, das mücken- und wasserdichte Nylonzelt aufzubauen. Ich fürchte, wir machten dabei keine besonders gute Figur, sondern sahen eher aus wie einem schlechten Bob-Hope-Film entsprungen – und genau das dachten auch Eje und Christer, die uns bei ihrer Rückkehr aus Forshyttan inmitten eines heillosen Durcheinanders aus Zeltstangen, Seilen und Mückengittern antrafen. Sie ließen uns ihren Spott und ihre Überlegenheit deutlich spüren und bauten das Zelt schließlich innerhalb von zehn Minuten auf, sodass es am Ende bombenstabil und todschick vor uns stand.

Ich erkundigte mich nach ihren Unternehmungen auf dem Festland und erfuhr, dass Christer ein längeres Telefonat mit Stockholm und ein kürzeres mit dem Polizeirevier Skoga geführt hatte. Ein gewisser Polizeihauptmeister Berggren würde morgen auf die Insel kommen, und Christers größter Kummer schien im Augenblick zu sein, dass er seinem Kollegen keine Leiche präsentieren konnte. Ohne dass es jemand aussprach, wusste ich, dass wohl niemand darauf erpicht gewesen war, die Ermittlungen zu intensivieren, solange sie lediglich auf mein Wort vertrauen konnten. In Stockholm hatte man Christer sogar empfohlen, die Füße stillzuhalten, bis man sich schlaugemacht hatte, ob Fräulein Wallman am Ende nicht womöglich doch längst in der Hauptstadt angekommen war.

Ich konnte es ihnen nicht verübeln, und ehe mich die Tabletten, die Viveka großzügig an Ann und mich weitergegeben hatte, in einen Dämmerschlaf versetzten, hoffte ich sogar insgeheim, es würde sich herausstellen, dass ich unter gewissen Umständen – zum Beispiel während eines Gewitters – schlichtweg nicht zurechnungsfähig und im Vollbesitz meiner Sinne war.

Es war Pyttan, die mich am Sonntagmorgen aus dem Schlaf rüttelte, sodass das ganze Bett wackelte. Immer noch völlig benommen starrte ich sie an. Sie hatte nur einen Badeanzug an, und ihr Haar war tropfnass.

»Wach auf, Puck, bitte! Du musst sofort mitkommen! Ich hab etwas entdeckt...«

Ich taumelte aus dem Bett. Lil war anscheinend bereits ausgeflogen. Ich zog mir eine lange Hose und meinen Angorapullover an – die falsche Entscheidung, wie mir klar wurde, sowie ich in die warme Morgenluft hinaustrat – und sprintete hinter Pyttan her, die bereits im Eiltempo in den Wald gelaufen war. Als ich sie irgendwann eingeholt hatte, fragte ich sie keuchend, was denn los sei, doch sie schüttelte nur den Kopf und rannte weiter Richtung Seeufer. Schließlich brachte sie aber doch hervor, dass sie gegen acht Uhr aufgewacht und als Allererstes hinunter ans Wasser spaziert sei, um eine Runde zu schwimmen. Sie sei dort keiner Menschenseele begegnet und habe am Ende über die Landzunge zum Anleger laufen wollen, um dort ihr Faltboot klarzumachen, mit dem sie einmal um die ganze Insel habe paddeln wollen, doch kurz bevor sie den Steilhang erreicht habe...

»Warte, Puck, gleich siehst du es mit eigenen Augen, hier muss es irgendwo sein... ich hab mich nicht getraut, richtig hinzusehen, aber ich glaube, es ist...«

Endlich waren wir am Ufer angekommen, und Pyttan zog mich hinter sich her über die großen Steine bis an die Uferkante. Kein Wölkchen stand am Himmel, die Sonne brannte auf uns herab, und Möwen segelten träge über die spiegelglatte Oberfläche des Uvlången. Sie packte mich am Arm.

»Da«, rief sie, »da drüben im Wasser zwischen den Steinen!«

Ich war immer noch zu benebelt von dem Schlafmittel, um Neugier oder Angst zu verspüren. Ich beugte mich nach vorn und sah im klaren Seewasser irgendetwas schimmern.

»Wir müssen sie rausziehen«, sagte ich ganz sachlich, »sonst treibt sie davon.«

Ich krempelte die Hosenbeine hoch und machte vorsichtig ein paar Schritte über den glitschigen Felsgrund. Und dann sah ich es.

Weiße Fische, die endlich wieder in ihrem angestammten Element waren. Ein federndes Sprungbrett, von dem aus Nymphen ins Wasser hüpften.

»Puck«, flüsterte eine vor Schreck zitternde Stimme hinter mir, »das ist nicht Marianne. Das ist Jojje.«

ACHTES KAPITEL

Und ich dachte noch, Jojje wäre der Mörder!«
Pyttan klang immer noch aufgewühlt, aber ihr Tonfall verriet mir, dass der schlimmste Schreck allmählich verflogen war. Wir standen immer noch ein paar Meter von unserem Fund entfernt im klaren, warmen Wasser.

»Das kann doch einfach nicht wahr sein«, fuhr sie fort. »*Einen* Mord lass ich mir ja noch gefallen – zumindest habe ich, wenn ich ganz ehrlich bin, ein gewisses Verständnis dafür, dass jemand ausgerechnet Marianne umbringen wollte –, aber *zwei* Morde innerhalb von so kurzer Zeit, das ist wirklich ein starkes Stück!«

Behutsam machte sie auf den rutschigen Steinen einen Schritt vorwärts. Der schlichte dunkelblaue Badeanzug offenbarte nur zu deutlich ihre üppige Figur; trotzdem hatten ihre Bewegungen – ganz genau wie die von Rutger – etwas Federndes, Geschmeidiges an sich. Das Wasser reichte ihr bis über die Hüfte, als sie schließlich bei George ankam. Sie beugte sich vor und sah ihn konzentriert an.

»Er liegt auf dem Bauch«, rief sie zu mir herüber. »Und sein Hemd ist zerrissen. Es treibt ganz traurig im Wasser... Ich frage mich, ob wir ihn wirklich selbst herausziehen sollten. In sämtlichen Krimis ist es doch immer wesentlich, dass man die Leiche nicht berührt. Aber glaubst du, das gilt auch für den Fall, dass die Leiche im Wasser liegt? Andererseits glaube ich nicht, dass er davonschwimmen kann...« Dann drehte sie sich zu mir um. »Puck, du wirst doch hoffentlich nicht ohnmächtig? Komm, wir gehen ein Stück hinauf. Ich hätte Christer mitnehmen sollen, aber ich hab ihn nicht finden können, deshalb bin ich zu dir gerannt... Willst du, dass wir wieder gehen?«

Ich wollte ehrlich gestanden nichts lieber als das, aber gerade so viel Verstand hatte ich noch, dass mir eins klar war: Christer Wijk würde es mir niemals verzeihen, wenn ich es riskierte, dass noch eine zweite Leiche verschwand, ehe er die Gelegenheit hatte, sie sich anzusehen. Also schüttelte ich den Kopf. »Nein, ich bleibe hier und bewache die Lei... George. Lauf du zurück und versuch, Christer aufzutreiben. Aber sprich mit niemandem darüber – und mach schnell...«

Pyttan rannte sofort los, als wäre sie die erste Marathonläuferin der Geschichte, und ich setzte mich auf einen flachen Fels und hielt Totenwache. Wenn wir bei Marianne das Gleiche getan hätten, dachte ich, wäre sie uns nie abhandengekommen. Erst jetzt wurde mir klar, wie merkwürdig wir uns tatsächlich verhalten hatten, Einar und ich, als wir sie einfach so dort draußen im Wald unter der Fichte hatten liegen lassen. Einar hatte sie nicht einmal mit eigenen Augen sehen wollen, ehe wir mit dem Dorfpolizisten zurückgekommen waren. So ging man doch nicht mit Toten um? Ich war zugegebenermaßen vor Schreck ganz außer mir gewesen, aber das hatte auf Einar wohl kaum zugetroffen... Und jetzt hatte es George erwischt. Ich musste Pyttan wirklich recht geben: Der Mord an Marianne war in gewisser Weise sowohl verständlich als auch nachvollziehbar, aber wer in aller Welt war so gewissenlos, sich an einem Kerl wie George zu vergreifen? Auf welche Weise waren sein Schicksal und das von Marianne miteinander verknüpft? Er war so unfassbar einfach zu fassen gewesen: dieser fast schon übermenschlich schöne Jüngling mit seinen starken Begierden und dem winzigen Hirn. Ich versuchte, mir all die Eindrücke, die ich von ihm gehabt hatte, noch einmal vor Augen zu führen, und allmählich dämmerte es mir, dass es vor allem äußerliche Bilder waren: George, wie er in Lils Kielwasser erstmals oben auf der Wiese erschienen war. Georges Augen, die langen Wimpern, die ich so grotesk vergrößert vor mir gesehen hatte, als er im Dämmerlicht versucht hatte, mich zu küssen. In derselben Nacht George und Ann-Sofi auf der Lichtung. George in seinem knappen geblümten Oberhemd, der regelrecht gestrahlt hatte vor Glück, als er sich am folgenden Abend mit Marianne davongestohlen hatte. Lil, Ann, Marianne. Würde eine von ihnen dafür zur Verantwortung gezogen werden, dass er jetzt kalt und tot hier draußen im Wasser lag?

Mir kam ein furchtbarer Gedanke: Was, wenn er gar nicht tot war? Wenn es sich gar nicht um einen weiteren Mord handelte, sondern wenn er einfach vom Steilhang gestürzt war, sich den Kopf angeschlagen hatte und nur bewusstlos war? Vielleicht könnte man ihn durch Mund-zu-Mund-Beatmung wiederbeleben – wenn man nur irgendetwas unternähme, statt vollkommen idiotisch und tatenlos herumzusitzen…

Panik stieg in mir auf, und ich begann, kopflos am Ufer auf- und abzulaufen, weil ich mich nicht entscheiden konnte, ob ich hinaus ins Wasser waten oder zum Haus zurücklaufen oder womöglich einfach sitzen bleiben und warten sollte, wo ich war.

Auf einmal tauchte eine Gestalt am Waldrand auf, und mit einem zittrigen Seufzer der Erleichterung erkannte ich, dass es sich um Einar handelte. Er war vom Steilhang heruntergekommen, und als er mich entdeckte, blieb er wie angewurzelt stehen.

»Puck, was in aller Welt machst du um diese Uhrzeit allein hier unten am Strand? Und – Liebes, wie siehst du denn aus? Was ist passiert?«

Zum zweiten Mal ging mein Angorapullover eine innige Verbindung mit seiner grünen Jacke ein, und ich stammelte unzusammenhängende Dinge vom Steilhang, von Pyttan und Georges Hemd und Mund-zu-Mund-Beatmung vor mich hin, was Einar sich mit sorgenvoller Miene anhörte, ohne auch nur das Geringste zu begreifen. Doch dann klang plötzlich Pyttans Stimme aus dem Wald zu uns herüber, und es dauerte nur mehr wenige Sekunden, bis Eje und Christer sich auf den Weg zu George machten. Im Nu waren sie wieder zurück und betteten ihr Bündel vorsichtig aufs Moos.

»Wie schön er aussieht«, flüsterte Pyttan. »Ich wusste nicht, dass ein toter Mensch so schön aussehen kann.«

Widerwillig machte ich ein paar Schritte auf die anderen zu und zwang mich hinzusehen. Das lustige Hemd und die Shorts mit den Fischen sahen geradezu jämmerlich aus, wie sie an dem reglosen, vollendet schönen Körper klebten. Und erneut wunderte ich mich darüber, wie ein Mann nur derart lange, dichte Wimpern haben konnte. Doch die ganze Zeit über nagte auch noch etwas anderes in meinem Bewusstsein; ich wusste intuitiv, dass an dem düster-schönen Bild, das sich vor mir auftat, irgendetwas eigenartig und verkehrt war – da war etwas, was da nicht hingehörte.

»Was hält er denn da in der Hand?«, fragte Pyttan – und im selben Augenblick fiel es mir wie Schuppen von den Augen.

In seiner verkrampft geballten Faust hielt George einen langen, nassen roten Seidenschal.

Christer sah mich fragend an.

»Ja«, flüsterte ich, »das ist er. Das ist der Schal, den sie um den Hals hatte... Glaubt ihr... Glaubt ihr, dass es doch George war, der sie umgebracht hat?«

»Und dann sich selbst?« Christer klang skeptisch.

»Natürlich!«, rief Pyttan aufgeregt. »Er hat sie aus Eifersucht ermordet – fragt mich nicht, auf wen er eifersüchtig war, ich habe keinen Schimmer, aber wenn es um Marianne ging, hatte er sicher allen Grund dazu –, doch dann hat er die Schuld nicht mehr ertragen. Er hat den Schal genommen, den er als Erinnerung an seine Geliebte irgendwo versteckt hatte, und ist nachts den Steilhang hinaufgelaufen und hat sich ins Wasser gestürzt. Er wusste genau, dass es dort unten nicht annähernd so tief ist, wie es aussieht, und dass man einen solchen Sturz nicht überlebt...«

»Wusste er das wirklich?«, fragte Christer trocken. Er hatte sich ins Moos gekniet und wandte sich nun bedächtig dem toten Körper zu. Ich hatte mich ein Stück entfernt auf einen Stein gesetzt und war heilfroh darüber, dass ich saß, als Christer nach ein paar Minuten wieder das Wort ergriff – so erschütternd war das, was er sagte: »Er ist schwer gestürzt, das ist wohl wahr. Aber daran ist er nicht gestorben. Er wurde erschossen. Ein Stückchen unterm Schulterblatt. Die Kugel ist von hinten in den Rücken eingedrungen und sitzt vermutlich immer noch irgendwo im Brustkorb.«

»Erschossen? Aber ... aber warum lag er dann im Wasser?«

»Von hinten?«

»Und warum hatte er Mariannes Schal in der Hand? Wo hatte er ihn her?«

Wir waren alle gleichermaßen ratlos. Christer stand auf und klopfte sich vorsichtig ein bisschen Moos von den Hosenbeinen.

»Tja, wenn ich das alles so einfach beantworten könnte, wäre wohl der Großteil unseres Problems gelöst. Aber jetzt sollten wir besser etwas unternehmen, als weiter darüber nachzudenken. Am besten bleibt er dort liegen, bis Polizeihauptmeister Berggren mit der Kamera kommt.«

»So hast du wenigstens eine Leiche, die du ihm präsentieren kannst«, sagte ich in dem erbärmlichen Versuch, einen Scherz zu machen, doch Christer nickte nur finster und sah dann auf die Uhr an seinem Handgelenk.

»Es ist jetzt Viertel nach zehn. Berggren dürfte um

kurz nach zwölf auf Uvfallet ankommen. Ich habe ihm gesagt, dass wir ihn dort abholen. Aber bis dahin ist es wohl das Beste, wenn einer von uns hierbleibt und Wache hält. Ich denke nicht, dass wir es riskieren und Jojje seinem Schicksal überlassen sollten...«

»Ich bleibe«, sagte Einar sofort, »wenn du die Mädels von hier wegbringst. Aber können wir ihn nicht wenigstens mit irgendetwas zudecken?«

»Klar«, erwiderte Christer. »Ich dachte gerade darüber nach, ob wir nicht Pyttan bitten könnten, noch mal zum Haus hinaufzulaufen und irgendein Laken zu holen. Aber versuch, dabei so diskret wie möglich vorzugehen – ich finde, wir sollten die Nachricht nicht gleich an die große Glocke hängen.«

»Ich könnte mein Badehandtuch holen, würde das denn reichen? Es liegt dort drüben...« Und mit diesen Worten war Pyttan schon unterwegs zu ihrem Faltboot, das ein Stück weiter von der Stelle, wo sie George entdeckt hatte, halb im Wasser, halb an Land lag. Sie schnellte herum, als Christer ihr hinterherrief: »Kannst du eigentlich mit dem Motorboot umgehen? Dann könntest du vielleicht übersetzen und Berggren abholen, und dann...«

»Klar kann ich das! Aber wäre es nicht besser, wenn Rutger...«

Pyttan starrte Christer einen Moment lang an und wurde dann kreideweiß im Gesicht. Ihre grauen Augen wurden immer größer, als sie ein paar Schritte auf ihn zumachte.

»Ich sag dir eins, Christer: Wenn du wirklich so bescheuert sein solltest und Rutger im Verdacht hast, dann geb ich keine fünf Öre auf deine Fähigkeiten als Ermittler. Er würde niemals, *niemals* so was tun – so sehr Marianne ihn auch verletzt haben mag. Er hat sich nichts sehnlicher gewünscht, als sie nie, nie wieder sehen zu müssen...«

Einar legte beschwichtigend seinen Arm um ihre nackten Schultern. »Beruhige dich! Niemand glaubt, dass Rutger irgendwas getan hätte. Christer muss eben alle wie potenzielle Verdächtige behandeln, so sind nun mal die Regeln, das verstehst du doch? Die Einzige, die in diesem ganzen Durcheinander über jeden Verdacht erhaben ist, bist du.«

Doch Pyttan starrte nur weiter störrisch zu Christer hinüber.

»Wenn Rutger allerdings das gleiche Temperament haben sollte wie unser Fräulein Pyttan«, gab Christer zurück, »dann traue ich ihm allerhand zu.«

»*Alright.*« Pyttan schob das Boot zurück ins Wasser. »Ich hab vielleicht ein bisschen überreagiert. Gibt's sonst noch was, was ich erledigen soll?«

»Hm. Kennst du den Dorfpolizisten aus Forshyttan?«

»Guss Olsson? Natürlich.«

»Sei früh genug drüben, damit du noch bei ihm vorbeigehen kannst, bevor Polizeihauptmeister Berggren ankommt. Bitte ihn, einen Arzt zu uns herüberzuschicken. Und richte ihm aus, dass wir jetzt eine neue Leiche für ihn hätten – falls es ihm so besser in den Kram passt.«

»Du bist ja nicht ganz richtig im Kopf«, entgegnete Pyttan, die von dem früheren Einsatz des Dorfpolizisten natürlich keine Ahnung hatte. Damit machte sie sich auf den Weg.

»Du bist ja ganz nass«, sagte Christer mit einem Blick auf meine rote Hose. »Willst du zurückgehen und dich umziehen, oder kannst du so mitkommen?«

Erst jetzt bemerkte ich, dass die Hose nach meinem kleinen Ausflug in den See tropfnass und kalt an meinen Beinen klebte, doch Christers ruhige Entschlossenheit war derart erleichternd und ansteckend, dass ich mir kurzerhand einfach die Hosenbeine hochkrempelte. Wir winkten Einar, der mit verdrossener Miene seine Pfeife stopfte, zum Abschied zu und machten uns auf den Weg. Wir befanden uns ein ganzes Stück näher am Wasser, als Einar und ich es bei unserem Querfeldeinlauf den Berg hinab gewesen waren, und hier war der Aufstieg wesentlich anstrengender, doch Christer war eindeutig nicht willens, einen Umweg einzuschlagen. »Nicht weil ich an Pyttans Theorie glauben würde, dass George sich selbst das Leben nehmen wollte und sich vom Steilhang gestürzt hat. Die Kugel in seinem Rücken weist eindeutig darauf hin, dass da jemand nachgeholfen hat. Ich denke, dass die Person, die geschossen hat, ihn auch über die Kante gestoßen hat. Er lag immerhin in unmittelbarer Nähe des Steilhangs, und die Blutergüsse an seinem rechten Arm und am Oberschenkel könnten von dem Aufprall auf die Wasseroberfläche stammen. Es schadet jedenfalls nicht, sich das Areal dort oben mal näher anzusehen.«

Doch selbst wenn sich oben an der Steilküste ein Drama abgespielt hatte, die Beschaffenheit des potenziellen Tatorts gab davon nicht viel preis. Das dichte Preiselbeergeflecht schimmerte hell und sah gänzlich unberührt aus, und der nackte Fels, der die Kante des Plateaus markierte, verriet noch viel weniger. Ich legte mich auf den Bauch und spähte über den Abgrund – doch da waren nur ein senkrechter Steilhang, der unmittelbar unter der Kante leicht landeinwärts abfiel, eine spiegelglatte Wasseroberfläche und direkt unter mir eine Tiefe, die sich beim besten Willen nicht einschätzen ließ. Allerdings schimmerten ein paar Meter weiter rechts im klaren Wasser ein paar große, scharfkantige Felsen, und nur ein kleines Stück davon entfernt in einer kleinen Bucht unmittelbar südlich des Steilhangs hatte Pyttan Georges Leiche gefunden.

Vorsichtig schob ich mich wieder von der Kante weg, stand auf und ging ein Stück in Richtung Süden, um zu sehen, ob ich von dort aus Einar erkennen konnte, wie er unten am Ufer Wache hielt, doch ein paar große Fichten am Fuß des Felsens versperrten mir die Sicht.

Christer, der sich derweil in meinem Rücken mit anderen Dingen beschäftigt hatte, saß mittlerweile zwischen den Preiselbeersträuchern. Im gleißenden Sonnenlicht sah er mutlos und erschöpft aus. Ich ließ mich der Länge nach neben ihm nieder und sah ihn eine Weile wortlos an. Seit gerade mal vierundzwanzig Stunden spielte er die Hauptrolle in unserem Drama, doch erst jetzt – sowie er nicht mehr den überlegenen, effizienten Ermittler gab – wurde mir klar, wie uneingeschränkt ich mittlerweile seinen Gedankengängen und seinem Urteil folgte. Ich suchte nach Worten, um ihn zu trösten und aufzumuntern, aber am Ende klang es einfach nur unbeholfen: »Sei nicht traurig. Du bist doch nicht schuld daran, dass Jojje jetzt tot ist.«

Doch die Erschöpfung zeichnete sich nur mehr tiefer auf seinem Gesicht ab. »Da wäre ich mir nicht so sicher. Wenn ich schon gestern dafür gesorgt hätte, dass ein anständiges Ermittlerteam hinzugezogen würde, wäre das alles vielleicht nicht passiert.«

Für einen Moment wurden wir von Bootsgeräuschen unterbrochen. Es war Pyttan, die unten am Hafen den Motor anwarf. Christer machte eine vage Handbewegung.

»Natürlich kann ich mich der Verantwortung auf tausend Arten entziehen. Ich war nicht offiziell mit dem Fall betraut. In Wahrheit ist der Dorfpolizist verantwortlich, der die ganze Maschinerie in Gang hätte setzen müssen und stattdessen rein gar nichts unternommen hat. Mal abgesehen davon, dass ich bis gestern selbst unsicher war, ob wir es überhaupt mit einem Fall zu tun haben... Du musst entschuldigen, Puck, aber ich hatte nur deine – fast schon hysterische – Schilderung der Ereignisse, auf die ich mich stützen konnte, und dann die Haarspange. Trotzdem...«

»Red keinen Unsinn, Christer. Wenn irgendjemand Jojje erschießen wollte, dann hätte dieser Jemand es getan, selbst wenn die Polizei von ganz Bergslagen rund um Lillborgen patrouilliert hätte!«

Ein schiefes Lächeln legte sich auf sein Gesicht. »Du – und derart fatalistische Gedanken? Ja, das macht es wohl einfacher. Aber du könntest im Übrigen sogar recht haben. Es ist eben so: Im Blick behalten zu wollen, was ein halbes Dutzend Leute Nacht für Nacht im Wald hier auf der Insel treibt, wäre ein hoffnungsloses Unterfangen. Aber wenn wir ein paar mehr gewesen wären...«

»Warst du denn gestern Nacht auch draußen unterwegs?«, fragte ich verdutzt und neugierig.

»Ja, und ich war beileibe nicht allein. Es sieht ganz so aus, als wäre die Mehrheit aller Bewohner von Lillborgen ganz versessen auf nächtliche Waldspaziergänge.«

Ich setzte mich kerzengerade auf und bat ihn mit glühenden Wangen: »Erzähl!«

»Also...« Christer sah auf die Uhr. »Ich fürchte, Puck, das müssen wir verschieben. Ann hat angekündigt, dass es um halb zwölf einen Brunch geben soll. Da sollten wir versuchen, pünktlich zu sein.«

Er hakte sich behutsam, aber nachdrücklich bei mir unter und führte mich – höflich und unverfänglich plaudernd – den Bergrücken hinab und auf den schmalen, gewundenen Waldweg zu. Pflichtschuldig beantwortete ich seine Fragen zu Uppsala und Fredrika Bremer und dem neu eingerichteten Lehrstuhl für Literaturwissenschaft, auch wenn ich insgeheim davon überzeugt war, dass diese Themen den Herrn Kommissar Wijk gewiss noch viel weniger interessierten als mich.

Im großen, kühlen Aufenthaltsraum ließen wir uns erneut am Esstisch nieder. Die vergangenen Tage kamen mir wie eine lange Serie von Mahlzeiten vor, die zu Anfang unterhaltsam und ausgelassen, dann aber zusehends gereizt und düster geworden waren. Doch die gemeinsamen Mahlzeiten waren inzwischen die einzigen Gelegenheiten, bei denen alle zusammenkommen und einander für eine Weile in die Augen blicken mussten, und ich war mir sicher, dass diese Momente für denjenigen, der ein Verbrechen begangen hatte und seine Tat zu vertuschen suchte, eine Qual darstellen mussten. Und so sah ich mich von Neuem neugierig um und versuchte, aus den Tischgesprächen irgendetwas herauszuhören.

Trotz Tod und Elend hatten sich die meisten offenkundig daran erinnert, dass Sonntag war, und sich in Schale geworfen. Ann trug ein blendend weißes Leinenkleid, in dem sie noch ätherischer aussah als sonst. Ihr offenes blondes Haar war ordentlich frisiert. Neben ihr wirkte die rotblonde Lil, deren zierliche Figur durch eine knallgrüne, eng anliegende Seidenkreation anmutig betont wurde, augenfällig farbenfroh und elegant. Sie erinnerte mich an den schönen Salamander aus einer von Hoffmanns Erzählungen. Ich hatte mir zuvor noch nie Gedanken darüber gemacht, wie man sich einen solchen Salamander vorzustellen hatte... Carl Herman sah mit seiner himmelblauen Fliege über dem grauen Seidenhemd absolut hinreißend aus, und sogar Rutger hatte seine Shorts gegen eine lange weiße Hose eingetauscht. Ich trug noch immer meine zerknitterte, aufgekrempelte Hose und war erleichtert, als ich sah, dass zumindest Viveka sich ebenso wenig von ihrer altbekannten braungelb gestreiften Baumwollbluse und der ungebügelten Hose getrennt hatte.

Rutger war erschreckend blass, und unter seinen Augen zeichneten sich dunkle Schatten ab, während die anderen erstaunlich frisch wirkten. Natürlich fiel allen sofort auf, dass drei von uns fehlten.

»Wo ist denn Einar?«, fragte Ann, die gerade Dillkartoffeln hereintrug.

»Und wo ist Pyttan?«, fragte Carl Herman. »Ich habe gestern Nacht geträumt, dass sie mich gefragt hat, wie viele Frauen ich in meinem Leben schon geliebt habe und ob ich ihr ein Autogramm auf ein Blatt mücken- und wasserfestes Nylonpapier geben könne. Da bin ich aufgewacht und wusste: Ich muss ein Gedicht über sie schreiben.«

»Und wo in aller Welt ist Jojje?« Lil sah sich im Zimmer um, als suchte sie nach einem Welpen. »Er lässt doch sonst keine Mahlzeit aus.«

»Ich habe sie nach Forshyttan geschickt«, verkündete Christer, ohne mit der Wimper zu zucken. »Also, Pyttan, um genau zu sein. Ich konnte es nicht riskieren, dass Carl Herman sie weiter um den Verstand bringt.«

Lil spitzte die Lippen. »Es ist doch wohl eher sie, die Carl Herman um den Verstand zu bringen scheint. So viel Schmeichelei und Jugend scheint ihm nicht gut zu bekommen – Frischfleisch…«

»Darf ich dich daran erinnern, dass du hier über meine Schwester redest?«, fuhr Rutger sie an. Er klang aufrichtig verärgert.

»Oh, bitte, Rutger, ich hab doch nur sagen wollen, dass sie einem alten Lebemann wie Carl Herman überaus reizvoll vorkommen muss.«

»Carl Herman – ein Lebemann?« Viveka zog verwundert die Augenbrauen hoch. »Ich dachte immer, dass seine ausgedehnte Liebeslyrik eher auf einem intensiven Studium von Schmuddelromanen beruht als auf einem fragwürdigen Lebenswandel. Wie das Äußere doch täuschen kann.«

Carl Herman schenkte ihr ein schelmisches Grinsen, und ich konnte ihm ansehen, dass er sich endlich wieder einigermaßen wohl in seiner Haut fühlte. Er schien ebenso launisch wie das Sommerwetter zu sein – und ganz genauso unberechenbar und schwer zu durchschauen.

»Habt ihr denn gut geschlafen?«, fragte Viveka, die uns am Vorabend mit Schlaftabletten versorgt hatte, und sowohl Ann als auch ich versicherten ihr nachdrücklich, dass wir der Außenwelt komplett entrückt gewesen seien.

Viveka nickte. »Ja, ich bin auch sofort eingeschlafen, obwohl ich eigentlich befürchtet hatte, ich würde kein Auge zutun können. Keine Ahnung, was für dubiose Mittelchen da drin sind – aber sie wirken. Irgendein Typ, der Medizin studiert hat, hat sie mir mal empfohlen, und ich nehme sie immer mit, wenn ich auf Reisen bin, weil ich da immer so schlecht schlafe.« Sie ließ sich von Rutger Feuer geben, sah ihn über die Zigarette hinweg aufmerksam an und sagte dann ausnehmend freundlich: »Ann, warum hast du denn Rutger keine der Tabletten abgegeben? Er sieht ja vollkommen fertig aus.« Die Stille, die daraufhin entstand, fühlte sich so schwer an, dass sie betreten murmelte: »Da bin ich wohl in ein Fettnäpfchen getreten. Tut mir leid! Wenn es der Stimmung dient, kann ich gerne gehen. Aber sieh mich bitte nicht so an, Ann-Sofi!«

Sie drückte ihre Zigarette aus und wollte schon aufstehen, als Christer sie aufhielt: »Nein, bleib. Ich würde mich gern mit euch allen unterhalten. Puck, sei so gut und hol uns Kaffee, womöglich werden wir ihn brauchen.«

Er lehnte sich in seinem Stuhl zurück und schien für einen Moment die braun gebeizten Deckenbalken zu mustern.

»Jetzt, da das Gespräch schon mal auf Schlaf gekommen ist, kann ich euch ja erzählen, dass ich in der vergangenen Nacht nicht sonderlich viel davon abbekommen habe. Aber ich habe eine ganze Reihe interessanter Beobachtungen gemacht, und vielleicht wollt ihr ja gerne daran teilhaben. Wie ihr sicher noch wisst, sind wir gestern Abend um kurz vor elf auseinandergegangen. Ann hat für mich das Sofa dort zwischen den beiden Fenstern bezogen, und als wir einander Gutenacht sagten, war es gegen halb zwölf.«

Christer ließ seinen Blick von den Deckenbalken zu Rutger wandern.

»Zu diesem Zeitpunkt warst du immer noch draußen unterwegs«, fuhr er nachdenklich fort. »Wärst du so gut und sagst mir, wann du wiedergekommen bist?«

Abrupt stand Rutger vom Tisch auf, marschierte zu dem offenen Herd hinüber und drehte sich dann langsam um. Sein Blick war finster und gequält.

»Warum willst du das wissen? Du weißt doch genau, dass ich nur durch diesen Raum ins Schlafzimmer komme. Und hier hast du doch Wache gehalten.«

»Ich habe irgendwann meinen Wachtposten verlassen«, erwiderte Christer, als hätte er den verbitterten Unterton in Rutgers Replik nicht gehört. »Daher bleibe ich bei meiner Frage.«

Rutger lehnte sich gegen den Herd und strich sich müde übers Gesicht. »Und wenn ich dir nicht antworte?«

»Dann hilft uns das kaum weiter.« Christer war immer noch die Ruhe selbst. »Aber vielleicht sind die anderen ein wenig auskunftsfreudiger. Wie sieht's aus, wollt ihr mir vielleicht erzählen, was ihr in der vergangenen Nacht getan oder nicht getan habt?«

»Ich hab geschlafen«, murmelte Ann, und erst jetzt sah ich, dass ihr Gesicht so weiß war wie ihr Kleid. »Ich habe zwei Tabletten genommen und bin sofort eingeschlafen. Ich bin tatsächlich erst um neun Uhr wieder aufgewacht.«

»Bei mir war's ganz genauso, ich muss es wohl nicht wiederholen«, fiel Viveka mit ein. »Nur dass ich bloß eine und nicht zwei Schlaftabletten genommen habe – ich brauche nie mehr als eine – und dass ich geschlafen habe, bis ich um kurz nach zehn geweckt wurde. Aber ich kann noch zu Protokoll geben, dass ich – auf die Gefahr hin zu ersticken – das Fenster und die Tür verrammelt habe, bevor ich ins Bett gegangen bin. Ich bin schließlich auch nur ein Mensch.«

Lil sah mich auffordernd an, doch nachdem Christer mich nicht zum Reden ermunterte, ahnte ich, dass ich den Mund halten sollte. Stattdessen wartete er offensichtlich darauf, dass Lil das Wort ergriff. Nach einem kurzen Augenblick winkte sie mit ihrer schmalen Hand ab.

»Oh, Puck und ich, wir haben geschlafen wie kleine Babys. Ich hoffe nur, dass ich nicht geschlafwandelt habe. Als kleines Mädchen bin ich gerne mal auf dem Dach herumspaziert, und natürlich hat es nie jemand gewagt, mich zu wecken, aus Angst, ich könnte mich erschrecken und abstürzen.«

»Die Dame, wie mich dünkt, gelobt zu viel.« Christers Tonfall war fast schon beunruhigend milde. »Du weißt bestimmt, dass Lady Macbeth auch die Angewohnheit hatte schlafzuwandeln – und dass diese Angewohnheit nicht gerade Schönes zutage gefördert hat.«

»Wie kannst du nur...« Jetzt war es Lil, die so abrupt aufsprang, dass ihr Stuhl nach hinten kippte. Ihr Haar loderte rot, ihre Augen funkelten grün, und mir schoss durch den Kopf, dass ich noch niemals einen Menschen gesehen hatte, der so sehr einem Tiger glich – vielleicht weil ihre Augen so weit auseinanderlagen; womöglich war es aber auch ihr Blick...

»Ich kann es, weil ich weiß, dass du nicht die Wahrheit sagst. Weißt du, Lil, eine Zeugin, die ständig lügt, macht sich unweigerlich verdächtig. Hat Carl Herman vielleicht auch etwas zu sagen?«

Doch Carl Herman schüttelte nur betreten den Kopf.

»Dann erzähl ich euch mal ein paar Dinge. Nachdem ich mich von Ann verabschiedet hatte, bin ich voll bekleidet sitzen geblieben, weil mir nicht wohl war bei der Vorstellung, dass Rutger nach wie vor dort draußen unterwegs war. Außerdem hatte ich das Gefühl, ich sollte die Ereignisse des Tages noch mal Revue passieren lassen. Es war fast vollständig dunkel draußen, und der

Wind hatte aufgefrischt. Ich hatte eins der Fenster hochgeschoben – dasjenige, das nach hinten rausgeht, wie ihr gleich seht –, und plötzlich konnte ich Schritte hören. Ich stand auf und sah aus dem Fenster. Trotz der Dunkelheit konnte ich die drei Türen zum Gästehaus erkennen, und vor einer dieser Türen zeichnete sich eine Gestalt ab – da war es exakt zehn vor zwölf. Ich warf mir meine Jacke über und ging hinaus, um nachzusehen, ob es vielleicht Rutger war. Aber er war es nicht.«

Christer legte eine Pause ein und wollte wohl die Spannung erhöhen, doch das war inzwischen weiß Gott nicht mehr nötig. Lil hatte sich auf einem der Sessel neben Rutger niedergelassen. Sein wuchtiger Körper wirkte an ihrer Seite geradezu gigantisch. Als Christer fortfuhr, hingen alle an seinen Lippen.

»Ich bin ihm auf dem Weg vor dem Schlafzimmerfenster der Hammars entgegengetreten. Es war Jojje. Er hatte immer noch seine Shorts an, und als ich ihn verwundert fragte: ›Was machst du denn hier?‹, wurde er von jetzt auf gleich fuchsteufelswild und äußerte diverse Dinge, die ich hier lieber nicht wiedergeben will – im Großen und Ganzen ging es ihm darum, dass ich mich besser hinlegen sollte, statt ›herumzuschnüffeln und alles kaputt zu machen‹. Ich ließ ihn stehen, wollte ihn aber noch nicht ganz aus den Augen lassen – wobei das in der Dunkelheit leichter gesagt war als getan. Von einer Sekunde auf die andere war er wie vom Erdboden verschluckt. Er muss in den Wald geschlichen sein, und dieses Mal war es an mir zu fluchen. Ich drehte noch eine Runde ums Haus, und nachdem ich zusehends das Gefühl hatte, dass irgendetwas Schlimmes passieren würde, bin ich zum Gästehaus hinübergegangen, um nachzusehen, ob alle in ihren Betten lagen. Die Damen hatten leider allesamt die Fenster geschlossen und die Gardinen zugezogen, sodass ich mich lediglich davon überzeugen konnte, dass Eje und Carl Herman bereits zu schlafen schienen. Dann habe ich vermutlich etwas Dummes getan. Ich war zu rastlos, um drinnen herumzusitzen und zu warten, und beschloss, stattdessen einen Marsch in Richtung Hafen zu unternehmen.«

Erneut entstand eine Pause, in der Christer seine Pfeife anzuzünden versuchte und Viveka vor sich hinmurmelte: »Gut zu wissen, dass es noch mutige Menschen gibt. Ich hatte fast schon angenommen, dass sie nur mehr in Kriminalromanen vorkämen.«

»Ja, ich bin nicht zum Vergnügen losmarschiert«, entgegnete Christer trocken.

»Und was hast du entdeckt?«

»Nichts. Jedenfalls keine Menschenseele – weder tot noch lebendig. Aber das Segelboot war weg.«

»Mitten in der Nacht?«, brach es ungläubig aus mir heraus.

»Ja, und als ich das festgestellt hatte, beschloss ich, ebenfalls ein bisschen Seeluft zu schnuppern. Ich nahm das Ruderboot und arbeitete mich vor bis an die Nordspitze der Insel; wie schon gesagt, es war verhältnismäßig windig. Aber wenn das Segelboot sich irgendwo auf dem Uvlången befand, wovon ich felsenfest überzeugt bin, dann hatte die Dunkelheit es jedenfalls verschluckt.«

Ich konnte nicht länger an mich halten und fragte: »Bist du auch am Steilhang vorbeigerudert?«

»Ja, aber dort war es genauso ruhig und still wie auf der restlichen Insel. Am Ende gab ich auf und steuerte wieder den Hafen an. Und dann bin ich bis zum Morgengrauen zwischen diesem Haus hier und dem Gästehaus hin- und hergewandert. Zwischenzeitlich hatte ich das Gefühl, dass sich im Wald etwas regen würde, aber als ich einen Abstecher dorthin unternahm, konnte ich nichts entdecken. Gegen halb drei hatte ich die Nase voll von der ganzen Angelegenheit und beschloss, noch einmal kurz nach den schlafenden Damen und Herren zu sehen. Jojjes Zimmer war am einfachsten: Sein Fenster stand sperrangelweit offen, und ich musste nur den Kopf hineinstecken, um zu sehen, dass er nicht in seinem Bett lag. Dann – und ich muss gestehen, da habe ich Anns Gastfreundschaft aufs Scheußlichste missbraucht – schlich ich ins Schlafzimmer, in dem sie selbst vollkommen unschuldig lag und schlief, und stellte fest, dass auch Rutgers Bett leer war.«

Niemand rührte sich. Rutger schien in seiner unbequemen Haltung drüben am Herd regelrecht versteinert zu sein, und an Lils Zigarette hing die Asche wie eine lange weiße Säule.

»Viveka war die Einzige, die ihre Tür verriegelt hatte. Doch die zwei übrigen Zimmer warteten dann wieder mit einer Überraschung auf. Puck schlief so tief und fest, dass sie überhaupt nicht mitbekam, dass ich mich gründlich in ihrem Zimmer umsah. Lils Bett war schließlich das dritte in Folge, das keinem zum Schlafen diente.«

Endlich klopfte Lil die Asche von ihrer Zigarette und sah Christer herausfordernd an. »Und Carl Herman?«, flötete sie. »Was hat er getrieben?«

»Im Gegensatz zu diversen anderen hat er tatsächlich eine Weile geschlafen, doch dann sind sowohl er als auch Eje verschwunden – augenscheinlich in großer Eile.«

»Eje?«, riefen Carl Herman und ich wie aus einem Mund.

»Ach«, entgegnete Christer träge, »dann seid ihr also gar nicht gemeinsam aufgebrochen? Tja, wesentlich mehr gibt es nicht hinzuzufügen. Ich habe versucht, die Insel abzusuchen, so gut es ging, und bei einer Gelegenheit sogar etwas Buntes ganz hier in der Nähe erspäht – das könnte George gewesen sein, aber ganz sicher bin ich mir natürlich nicht. Außerdem bin ich einem Phantom den nördlichen Aussichtsberg hinaufgefolgt. Gegen fünf Uhr war ich wieder hier und bin nach einer letzten Kontrollrunde ins Bett gegangen. Da waren Carl Herman und Eje bereits ebenfalls wieder da – obwohl ich meine Zweifel habe, ob Carl Herman wirklich geschlafen hat. Lils Tür war abgesperrt. Doch George und Rutger blieben weiterhin verschwunden.« Mit einem Ruck wandte er sich an Lil und fragte mit einem ironischen Unterton: »Und was für eine Erklärung möchte Fräulein Arosander hierfür abgeben?«

Doch Lil hatte es die Sprache verschlagen – und dann schlug Carl Herman so heftig mit der Hand auf den Tisch, dass die Kaffeetassen klirrten.

»Sei nicht so fies zu Lil!« Seine sonst so weiche Stimme bebte vor Zorn. »Ich kann das alles erklären. Sie hat um kurz vor eins an mein Fenster geklopft und mich gebeten mitzukommen. Sie konnte nicht schlafen und brauchte jemanden, mit dem sie reden konnte. Verdammt noch mal«, fuhr er umso hitziger fort, als er Christers Gesichtsausdruck sah, »du willst die Wahrheit hören? Hier ist sie: Wir wollten ein bisschen intimer werden, als wir in den vergangenen Tagen die Möglichkeit gehabt hatten. In unseren Zimmern konnten wir ja nicht bleiben, aber dort draußen im Wald ist es immer noch einigermaßen warm und heimelig. Wie schade, dass du uns nicht gefunden hast – es wäre wirklich eine schöne Überraschung für alle Beteiligten gewesen.«

»Schon gut, schon gut«, sagte Christer beschwichtigend und amüsiert. »Aber vielleicht magst du deinen hehren Absichten auch noch den allerletzten Schliff verleihen und mir verraten, wann ihr euch ... ähm ... voneinander getrennt habt, um ins Bett zu gehen?«

»Ich hatte leider keine Uhr dabei.«

»Also, das wird wohl gegen halb vier gewesen sein«, schaltete sich Lil wieder ein und lächelte sowohl Carl Herman als auch Christer offen an. »Ist es nicht wunderbar, wenn die Leute endlich die Wahrheit sagen? Nur fürchte ich, dass wir Ann-Sofi damit einen Schock nach dem anderen versetzen.«

Doch nicht nur Ann, sondern auch Rutger sah angesichts von Carl Hermans kleinem Geständnis zutiefst erschüttert aus. Auf Anns bleichen Wangen prangten deutlich rote Flecken, und mit einem Mal wirkte Carl Herman hochgradig verwirrt und verlegen.

Und auch ich war ziemlich durcheinander. Carl Hermans Geständnis sprach so vollkommen gegen seine sonst so schüchterne, zurückhaltende Art, dass es einen üblen Nachgeschmack zu hinterlassen schien. Er hatte zweifelsohne die Wahrheit gesagt, aber dass er sich dazu durchgerungen hatte, lag daran, dass es ihm ungeheuer wichtig gewesen sein musste, Lil in Schutz zu nehmen. Aber musste sie denn in Schutz genommen werden? Und war sie aufrichtig an Carl Herman interessiert? Nur was war dann aus George geworden? Und aus Rutger?

Auf die letzte Frage erhielt ich schneller eine Antwort, als ich erwartet hätte, denn Christer hatte sich inzwischen Rutger zugewandt.

»Bleibst nur noch du. Willst du uns wirklich weiter vorenthalten, was du letzte Nacht getan hast?«

Und da brach Rutger sein langes Schweigen. Irgendwie sah es so aus, als hätte er einen Beschluss gefasst. Der müde, gequälte Ausdruck auf seinem Gesicht war verschwunden, und er wirkte jetzt eher wachsam und kampfbereit.

»Ich finde, eine Sache sollten wir zunächst noch alle erfahren. Warum willst du eigentlich unbedingt wissen, was wir alle ausgerechnet letzte Nacht getrieben haben? Hat irgendjemand Mariannes Leiche zurück unter die Fichte befördert? Oder was ist sonst geschehen?«

Christer sah ihm direkt in die Augen.

»Es ist ein weiterer Mord geschehen… George Malm ist erschossen worden.«

Rutger taumelte, als hätte ihm jemand einen Faustschlag versetzt. Lil schlug die Hände vors Gesicht, und Viveka keuchte: »Erschossen?«

»Ja.« Christer klang jetzt todernst. »Wir wissen alle, dass du einen Revolver besitzt, Rutger. Willst du ihn mir vielleicht zeigen?«

Mit schweren Schritten und ohne ein weiteres Wort marschierte Rutger in sein Schlafzimmer. Wir konnten vom Tisch aus sehen, wie er die Schublade aus seinem Nachtschränkchen zog.

Dann stand er wieder in der Tür. »Er ist weg«, verkündete er tonlos.

»Das war zu erwarten. Rutger, ich frage dich jetzt zum dritten Mal: Wo warst du die ganze Nacht?«

»Draußen auf dem Boot.«

»Allein?«

Mit einem Mal stand Lil direkt neben ihm. Die rotblonden Locken wallten um ihre Schultern, als sie mit einem Ruck den Kopf herumwarf. »*Nein. Es ist wohl an der Zeit, dass auch ich endlich die Wahrheit sage – und Ann-Sofi möge mir verzeihen, aber hier steht offensichtlich mehr auf dem Spiel als euer kleines Eheglück. Was Carl Herman gerade gesagt und getan hat, war wirklich ritterlich – und stimmte sogar –, nur dass er mir den falschen Liebhaber hat angedeihen lassen. Ich war die ganze Nacht mit Rutger zusammen.*«

Carl Herman sah aus, als würde er jeden Moment bewusstlos werden.

Doch tatsächlich war es Ann-Sofi, die in Ohnmacht fiel.

NEUNTES KAPITEL

Normalerweise kann ich mit einer Ohnmacht oder anderen Unglücksfällen nicht sonderlich gut umgehen; bei derlei Vorkommnissen will ich eigentlich lieber, dass sich jemand um mich kümmert, und wünsche mir wie die Heldinnen in altmodischen Romanen nichts sehnlicher als ein erfrischendes Riechsalz. Doch nachdem mir niemand damit zu Hilfe eilte und Viveka beschlossen zu haben schien, dass wir Frauen schleunigst das Heft in die Hand nehmen sollten, trottete ich ins Schlafzimmer, wohin Christer Ann getragen hatte. Ich muss wohl nicht eigens erwähnen, dass Lil sich wenig solidarisch zeigte. Sie bedachte Ann nur mehr mit einem flüchtigen – und fast schon triumphierenden – Blick und widmete ihre Aufmerksamkeit dann Rutger, der auf dem Sofa saß und aussah, als zweifelte er sowohl an seinem eigenen als auch am Verstand aller anderen. Als Christer das Schlafzimmer verließ, zog er erbarmungslos die Tür hinter sich zu, und ich ärgerte mich sofort darüber, nicht länger im Zentrum der Geschehnisse zu sein.

Ann war fast grün im Gesicht; nichts wies darauf hin, dass sie in nächster Zeit aus ihrer Bewusstlosigkeit wieder erwachen würde. Und trotzdem konnte ich nicht anders, als darüber nachzudenken, was wohl im angrenzenden Raum vor sich ging.

»Bist du denn gar nicht neugierig?«, fragte ich Viveka, die gerade die Kissen unter Anns Kopf beiseitezog. »Willst du nicht wissen, was drüben passiert?«

Sie richtete ihre hagere Gestalt auf und sah mich prüfend an.

»Natürlich«, sagte sie nach einer Weile. »Selbstverständlich bin ich neugierig. Aber ich glaube, es ist am besten, wenn die Beteiligten diese appetitliche kleine Geschichte unter sich ausmachen.«

Hilflos blickte ich auf Anns blendend weißes Kleid und ihre langen, schlanken Beine. »Sollten wir ihr nicht etwas zu trinken einflößen?«

Viveka musste lächeln, und ihre freundlichen blauen Augen verengten sich. »Du bist durchschaut! Du darfst gehen – aber nur, wenn du mit einer Schüssel voll kaltem Wasser, einem Handtuch und einem Glas Kognak wiederkommst.«

Erleichtert schlüpfte ich durch die Tür und durchquerte – nicht annähernd so schnell – den Aufenthaltsraum. Doch dort war nichts Spannendes zu sehen. Rutger saß immer noch auf dem Sofa und hielt den Kopf in beiden Händen, und Lil zündete sich nervös eine neue Zigarette an. Christer und Carl Herman unterhielten sich mit gedämpften Stimmen an der Außentür, und daran hatte sich auch nichts geändert, als ich mit der Wasserschüssel und dem Handtuch wiederkam – gleichzeitig ein Kognakglas vor mir herzubalancieren hätte meine Fähigkeiten überstiegen.

Jetzt endlich hob Rutger den Kopf und fragte leise, ob er etwas tun könne. Ich bat ihn um ein Glas Kognak, und nachdem bei meinem Versuch, die Schlafzimmertür mit dem Ellbogen zu öffnen, ein bisschen Wasser aus der Schüssel geschwappt war, forderte ich auch Lil nur mäßig höflich auf, mir zu Hilfe zu kommen. Mit übertriebener Liebenswürdigkeit sprang sie mir zur Seite, und als ich endlich zurück im Schlafzimmer war, murmelte ich zornig vor mich hin: »Diese Schlange! Ich bin mir sicher, dass sie es war.«

Im selben Moment begann Ann, leise zu wimmern. Viveka war zu beschäftigt damit, Anns BH zu öffnen – das Kleid hatte sie ihr bereits abgestreift –, um mir zuzuhören. Ich fühlte mich nutzlos und überflüssig und dachte schon darüber nach, mich erneut davonzuschleichen, doch dann passierte etwas, was mich davon abhielt, den Fluchtgedanken in die Tat umzusetzen. Vielleicht war es ja völlig bedeutungslos, aber es überraschte mich mehr als alles, was sonst noch an diesem Tag geschehen war.

Viveka hob den Kopf, warf einen Blick in Richtung Schlafzimmertür und lief schlagartig rot an. Bis über den Hals verbreiteten sich dunkelrote Flecken. Meine Assoziation war vermutlich vollkommen falsch, aber irgendwie erinnerte sie mich an ein Schulmädchen, das dabei ertappt worden war, wie es sich Tagträumen über das Objekt der Begierde hingegeben hatte. Ihre Hand zitterte, als sie sie auf Anns Stirn legte.

Ich hatte mich zu spät umgedreht, um zu sehen, was genau Rutger getan hatte, um diese Reaktion hervorzurufen. Ich ahnte nur, dass ihre Blicke sich im selben Moment gekreuzt hatten, da er an die Schwelle zum Schlafzimmer getreten war. Inzwischen war sein Gesicht schon wieder völlig ausdruckslos. Er drückte Viveka nur mehr den Kognak in die Hand und machte dann sofort auf dem Absatz kehrt. An seiner ohnmächtigen Ehefrau hatte er offenkundig nicht allzu viel Interesse.

»B… brauchst du mich noch?«, stammelte ich ein wenig hilflos und verlegen.

Vivekas ausdruckslose Miene sagte mir, dass sie nichts lieber wollte, als dass ich mich aus dem Staub machte.

Zurück im verwaisten Aufenthaltsraum versuchte ich, meine Gedanken zu ordnen. Konnte es wirklich sein, dass der Eindruck, den ich dort drinnen gewonnen hatte, der Wahrheit entsprach? Hegte sogar die unattraktive, aber humorvolle und ausgeglichene Viveka insgeheim Gefühle für Rutger? Was in aller Welt hatte dieser Mann nur an sich, dass sich sämtliche Frauen in seiner Umgebung zu ihm hingezogen fühlten? Waren Marianne und Ann – und Lil – denn nicht genug? Noch eine bedeutete mindestens zwei zu viel. Aber vielleicht irrte ich mich ja. In Sachen Liebesbeziehungen hatte ich schon immer eine blühende Fantasie gehabt, und all die Turbulenzen zwischen Fredrika und ihren Männern hatten möglicherweise mein Gehirn vernebelt. Auch mein Vater hatte mich schon einmal darauf hingewiesen, dass man sich besser nicht in die amourösen Verwicklungen anderer Leute einmischte – und damit hatte er zweifellos recht. Aber nachdem ich nun mal in zwei Morde verwickelt war, die offensichtlich aus Leidenschaft begangen worden waren, war ein gewisses Interesse daran doch nur legitim?

Ich ging nach draußen auf die Wiese, und auch wenn ich mein Bestes gab, um mich zusammenzureißen, blieb mein Blick nach nicht einmal einer Minute erneut an Rutger hängen, der ebenfalls draußen stand und sich in aller Seelenruhe mit Christer und Carl Herman unterhielt. Sicher, es handelte sich um einen gut aussehenden Mann: sein markantes Gesicht, seine imposante Figur ... Zum ersten Mal musterte ich auch seinen Mund. Selbst seine Lippen sahen wohlgeformt und markant aus, und obwohl fast alles andere an ihm eine gewisse Trägheit und Schwerfälligkeit ausstrahlte, war sein Mund sinnlich und ausdrucksstark. Wie wenig ich tatsächlich über ihn wusste – meinen zuverlässigen, unterhaltsamen Begleiter im Landings und an der Carolina! Wie wenig ich über sie alle wusste ...

Was sich gerade vor meinen Augen abspielte, sah unnatürlich normal und friedvoll aus. Zwei elegant gekleidete Herren, der eine in Hellgrau, der andere in Weiß, unterhielten sich mit einem dritten, der eine nicht ganz so elegante karierte Hose trug, und daneben hatte es sich eine rothaarige Oberschichtenschönheit im Liegestuhl bequem gemacht. Mir selbst war weder nach Bequemlichkeit zumute, noch fühlte ich mich elegant, sodass ich seufzend kehrtmachte, um mein nachlässiges Äußeres ein wenig aufzufrischen. Mein Bett war immer noch ungemacht, es war so, wie ich es verlassen hatte – im Gegensatz zu Lils. Natürlich, ich erinnerte mich wieder: Sie war ja bereits ausgeflogen gewesen, als Pyttan mich am Morgen um neun Uhr geweckt hatte. Dabei hatte sie doch behauptet, fast die ganze Nacht unterwegs gewesen zu sein … Vielleicht hatte sie sich ja gar nicht mehr schlafen gelegt? Aber was hatte dann die verriegelte Zimmertür bei Christers letztem Kontrollrundgang um fünf Uhr früh zu bedeuten?

Nachdenklich zog ich das einzig schicke Kleid an, das ich mitgenommen hatte: ein gewagtes, breit rot-weiß gestreiftes Sommerkleid, in das ich mich Hals über Kopf verliebt hatte, als ich es vor einigen Wochen entdeckt hatte. Angesichts der jüngsten Vorfälle wäre es wohl besser schwarz-weiß gewesen, dachte ich betrübt. Auf der niedrigen Kommode lag mein Goldarmreif. Er war wirklich schön, fast zehn Zentimeter breit und mit einer rundherum tanzenden Reihe lustiger Tierfiguren verziert. Vermutlich war dieser Armreif im Lauf seiner Geschichte schon unzählige Male Zeuge von Morden und anderen Verbrechen gewesen. Warum also sollte mich eine neuerliche Tote daran hindern, ihn wieder anzulegen?

Vor dem Haus wimmelte es mittlerweile geradezu von Leuten. Pyttan war wieder da und rannte nach wie vor nur in ihren Badeanzug gekleidet hin und her und rief Einar zu, sie werde ihnen beiden etwas zu essen machen. Christer war in ein lebhaftes Gespräch mit einem korpulenten Mann in den Fünfzigern vertieft, und ein Stück weiter entfernt stand breitbeinig und blinzelnd Dorfpolizist Olsson. Ich hatte ihm immer noch nicht verziehen, dass er mich als hysterisches Frauenzimmer bezeichnet hatte, aber nachdem ich, um der Wahrheit die Ehre zu geben, inzwischen tatsächlich halb hysterisch war, marschierte ich auf ihn zu und begrüßte ihn so freundlich, wie es mir nur möglich war: »Wie gut, dass Sie wieder da sind! Zum Glück haben wir's am Ende doch noch geschafft, eine Leiche zu präsentieren.«

Mit einem stechenden Blick aus seinen kleinen Äuglein sah er mich an und sagte dann ohne jedes persönliche Missfallen: »Ja, ja, damit war wohl zu rechnen.«

»Damit war zu rechnen? Wie meinen Sie das?«

Verdrossen schüttelte er den Kopf. »Es hat seit neunzig Jahren in Forshyttan keinen Mord mehr gegeben. Damals war es ein Landstreicher, der seine Freundin totgeschlagen und sie in eine Grube geworfen hat. Die Leute, die hier leben, sind ehrbar, fromm und haben Respekt vor dem Leben und dem Eigentum der anderen. Aber sobald es euch Stockholmer hier herzieht – der eine merkwürdiger als der andere –, muss man sich ja nicht wundern, dass solche Dinge geschehen.«

Am schlimmsten war, dass ich ihm recht geben musste. Wir passten hier einfach nicht her, und es war nur zu verständlich, dass uns die angestammten Einwohner mit Argwohn betrachteten. Ich schämte mich fast schon für mein voriges Auftreten, wusste aber nicht, wie ich es ihm gegenüber hätte beschönigen können.

Am Ende war es Christer, der mir aus der Klemme half. Er war mit dem korpulenten Mann im Schlepptau zu uns herübergekommen. Das war also Polizeihauptmeister Berggren aus Skoga. Hätte er Berglund geheißen, man hätte ihn unweigerlich gefragt, ob er mit dem gleichnamigen Schauspieler verwandt sei. Nicht nur glich er ihm äußerlich aufs Haar; schon auf den allerersten Blick sah man ihm an, dass man es mit einem überaus leutseligen, fröhlichen Mann zu tun hatte.

Berggren hatte einen jüngeren Kollegen aus der Stadt mitgebracht, der im Augenblick abgestellt war, Georges sterbliche Überreste zu bewachen. Ein Arzt war allerdings noch nicht angekommen. In Forshyttan war man in dieser Hinsicht auf einen Kollegen aus Skoga angewiesen, der viel beschäftigt war und vor dem Abend nicht auf Uvfallet ankommen würde. Statt den Mediziner auf die Insel zu holen, hatte man sich darauf geeinigt, die Leiche aufs Festland zu bringen. Darüber war ich zutiefst, fast schon grotesk erleichtert; als würde der grässliche Vorfall ein bisschen weniger grässlich, sobald zwischen George und uns der Abstand größer würde. In dieser Hinsicht, spann ich meinen vagen Gedanken fort, war es eigentlich sogar gut, dass Mariannes Leiche fortgeschafft worden war ...

Entweder hatte Berggren meine oder aber ich seine Gedanken gelesen, denn gänzlich unvermittelt sagte er: »Wir müssen die andere Leiche finden – diejenige, die unter der Fichte lag. Inzwischen gibt es keinen Grund mehr, zu bezweifeln, dass es sie wirklich gegeben hat.« Dann wandte er sich an den Dorfpolizisten: »Olsson, rufen Sie ein paar Leute zusammen, die den Wald hier auf der Insel durchkämmen und uns dabei helfen, den See abzusuchen.«

Guss Olsson machte ein betretenes Gesicht. »So einfach ist das nicht. Der See ist verdammt tief – an einigen Stellen geradezu bodenlos.«

Berggren verzog verdrossen das Gesicht. »Das meinen Sie doch nicht im Ernst? Der See mag so tief sein, wie er will: Wir werden den Grund absuchen, und zwar sorgfältig. Heute ist Sonntag, da werden Sie Ihre Leute doch wohl erreichen können. Und irgendjemand hier vor Ort wird hoffentlich einen Draggen haben?«

Jetzt sah der kleine Dorfpolizist aufrichtig bekümmert aus. »Ich fürchte, nein... Zumindest hab ich noch nie gehört, dass irgendwer davon gesprochen hätte.«

»Verflucht noch mal, und was macht ihr, wenn hier draußen jemand ertrinkt?«

»Hier ertrinkt keiner. Wir haben wichtigere Dinge zu tun, als uns im Wasser rumzutreiben.«

Das war gegen uns gerichtet. Wenn irgendwelche vermaledeiten Stockholmer meinten, unbedingt im Uvlången ertrinken oder ertränkt werden zu müssen, dann sollten sie eben darin liegen bleiben. Die Gemeinde Forshyttan und ihr Dorfpolizist würden sich ihretwegen doch keine teuren Gerätschaften zulegen.

Christer lachte und legte seine Hand auf Berggrens Schulter. »Da wirst du wohl das Zeug aus Skoga anfordern und die Suche auf morgen verschieben müssen, mein lieber Leo. Aber wenn Olsson es hinbekäme, ein paar Leute zusammenzutrommeln, die heute schon den Wald durchsuchen könnten, wäre das wirklich gut.«

»Wenn mich jemand übersetzt, kümmere ich mich darum«, erwiderte Guss Olsson mürrisch.

»Das kann Einar machen, wenn er mit dem Essen fertig ist. Sagst du ihm bitte Bescheid, Puck?«

Als ich mich umdrehte und zur Küche hinüberging,

hörte ich noch, wie Berggren sagte: »Ich denke mal, dann fahre ich gleich mit hinüber und nehme die Leiche mit. Christer, wenn du mit runter ans Ufer kämst, könnten wir auch noch ...«

Einar und Pyttan waren in der Zwischenzeit bereits beim Kaffee angekommen. Einar lächelte mich an, und siedend heiß fiel mir wieder etwas ein.

»Was hast du eigentlich gestern Nacht draußen gemacht?«

»Soll das hier ein Verhör werden? Oder hast du Angst, dass ich mit Lil unterwegs gewesen sein könnte?«

»Das will ich wirklich nicht hoffen«, brach es so heftig aus mir heraus, dass meine Gegenüber mich verdutzt anstarrten. »Außerdem«, fuhr ich ein wenig ruhiger fort, »kann sie mit dir ja nicht auch noch Zeit verbracht haben ...«

»Was für spannende Geschichten hast du denn aufgeschnappt?«, fragte Pyttan, den Mund immer noch voll Butterbrot. Ihre Augen funkelten neugierig. »Erzähl, das bist du uns schuldig! Immerhin haben wir alle möglichen langweiligen Aufgaben erledigt, während du an Christers Rockzipfel gehangen und alles Mögliche in Erfahrung gebracht hast. Was hat Lil gemacht – und mit wem?«

»Liebe«, erwiderte ich lakonisch, »aber ... Ach, egal. Ich will wissen, was Einar gestern Nacht um halb drei getrieben hat.«

»Äh ...«, kam es von Pyttan, doch Einar hatte augenblicklich begriffen, dass Lil wohl kein geeignetes Gesprächsthema war, und fiel ihr ins Wort.

»Ich bin kurz vor halb zwei aufgewacht und habe festgestellt, dass Carl Herman nicht mehr in seinem Bett lag, und nachdem mittlerweile Neugier anscheinend eine Tugend ist, hab ich mich angezogen und bin hinaus in die Dunkelheit geschlichen. Es war stockfinster. Aus Norden kam ein starker Wind. Ich bin also losgegangen und habe mich gefühlt wie der Held aus einem meiner Romane...«

»Die Einzahl wäre wohl angemessener«, warf Pyttan ein. »Du hast schließlich erst einen geschrieben.«

»Aber wenn das hier so weitergeht, steht dem zweiten nichts mehr im Weg. Jedenfalls bin ich dort drüben an der Hausecke direkt jemandem in die Arme gelaufen, der ebenfalls draußen herumschlich. Ich hab geflucht, er hat geflucht – da erst habe ich gemerkt, dass es sich um Jojje handelte.«

»Wie spät...«

»Das war etwa um halb zwei... vielleicht auch ein paar Minuten später.«

»Hast du mit ihm gesprochen?«

»Er hat irgendwas von einem verdammten Wettlauf gemurmelt, und als ich ihn gefragt habe, was er mitten in der Nacht draußen zu suchen hätte, antwortete er nur: ›Ich warte.‹ Ich fragte: ›Und worauf?‹, und da hat er gesagt: ›Das weiß ich selbst nicht so genau.‹ Dann hat er mich gefragt, ob ich Streichhölzer dabeihätte, ich gab ihm meine Schachtel, er erwähnte noch, dass er Carl Herman gegen eins in den Wald habe gehen sehen, und dann marschierte er davon. Ich stromerte noch ein bisschen auf gut Glück durch den Wald, trat auf Zweige und trieb hörbar Unwesen, um jedweden Mörder im Umkreis von zehn Kilometern zu verscheuchen. Um drei marschierte ich dann wieder zurück und ging ins Bett. Um halb vier kam Carl Herman – da hab ich so getan, als würde ich schlafen.«

»Er hat um halb zwei also noch gelebt…«, murmelte ich nachdenklich. »Worauf, glaubt ihr, hat er gewartet? Darauf, dass Rutger heimkommen oder dass irgendjemand anderes das Haus verlassen würde?«

»Rutger?«

»Ganz recht, Pyttan«, sagte ich. »Er war die ganze Nacht auf seinem Segelboot… Wir wissen immer noch nicht mehr, außer dass Jojje weder auf Eje noch auf Carl Herman gewartet hat. Aber das war eigentlich schon vorher klar.« Ich legte eine kleine Pause ein. »Ist es nicht komisch«, sagte ich dann, »dass niemand den Schuss gehört hat? Wenn er doch am Steilhang erschossen wurde… Wie weit ist es von hier bis zum Steilhang?«

»Drei Kilometer bis ganz nach oben.«

»Ja… Aber hätte ein Schuss mitten in einer Sommernacht nicht sogar diejenigen geweckt, die tief und fest geschlafen haben? Was im Übrigen offenbar nicht allzu viele taten…«

Einar nickte. »Darüber hab ich auch schon nachgedacht. Aber du hast den Wind nicht mit bedacht. Es war Nord- oder vielmehr Nordwestwind – wehte also weg von dort.«

Er nahm den letzten Schluck Kaffee und zog dann seine Pfeife hervor. Ich seufzte tief. Zum Rauchen bleibe ihm keine Zeit mehr, teilte ich ihm mit. Er sei für den Leichentransport eingeteilt.

Widerwillig erhob er sich vom Tisch. In der Küchentür drehte er sich noch mal um. »Ein hübsches Kleid hast du an, hab ich das schon erwähnt?«

Dann war er verschwunden.

Pyttan schien aufgehört zu haben, über Rutgers Aktivitäten nachzudenken, und lachte. »Der ist ja wirklich vollkommen verknallt! Dabei haben wir immer gedacht, Eje würde als alter Junggeselle enden. Er ist so furchtbar wählerisch, wenn es um Frauen geht! Du bist aber auch eine echte Nummer! Ich verstehe nur nicht, wie es sein kann, dass du keinen Freund hast ... Mensch, das hätte ich ja fast vergessen – du hast einen Brief aus Uppsala bekommen! Ich hab ihn dir von drüben mitgebracht.«

Sie griff nach einer kleinen Tasche, die auf der Bank neben der Küchentür gelegen hatte, und zog ein paar Zeitungen und Briefumschläge daraus hervor.

»Der hier ist für Jojje ...«, sagte sie zögerlich. »Was sollen wir denn jetzt damit tun?«

»Gib ihn Christer. Vielleicht will er wissen, was drinsteht.«

Sie reichte mir ein kleines Kuvert mit der kuriosen, schwer leserlichen Handschrift meines geliebten Vaters. Ich war immer schon der Überzeugung gewesen, dass es sich dabei in Wirklichkeit um irgendeine abgewandelte Hieroglyphenschrift handelte. In jahrelanger Übung hatte ich es so weit gebracht, sie auf eine geradezu wissenschaftliche Weise zu entziffern.

Ich wollte mir eine ruhige Ecke suchen, verließ die Küche und marschierte an Rutger vorbei, der unversehens einen kleinen Ausruf von sich gab.

»Puck, du hast ja deinen Armreif wieder! Ich hab gedacht ... ich dachte, Marianne hätte ihn dir abgeluchst.«

Auch wenn er deutlich größer war als ich, gelang es mir, ihm direkt in die Augen zu sehen. Inzwischen hatte sein bleiches Gesicht wieder ein wenig Farbe angenommen.

Nichts hast du gedacht, du hast's *gewusst*, sagte ich zu mir selbst, doch laut murmelte ich nur: »Nein, er ist wieder da, wie du siehst.«

Er hob die Hand, als wollte er mir eine Ohrfeige verpassen, zuckte dann aber nur mit den Schultern und ließ mich ohne weitere Worte stehen. Hinter mir trat Pyttan aus der Küche. Sie hielt die Zeitungen und Briefe in der Hand.

»Wo ist denn Carl Herman? Da ist ein Brief für ihn dabei, von seinem Verlag. Glaubst du, er schreibt gerade an einem neuen Gedichtband?«

»Da musst du ihn schon selber fragen«, erwiderte ich zerstreut und machte ich mich auf den Weg hinunter zum Strand hinter dem Gästehaus. Neben einer hübsch kleinen, krummen Kiefer ließ ich mich nieder.

Das Ganze war doch sehr, sehr eigenartig. Selbst wenn Rutger nicht zwei bestialische Morde verübt haben sollte – was ich wirklich keine Sekunde lang glauben mochte –, so wusste er doch deutlich mehr, als er bereit war zuzugeben. Irgendwo in seinem Dunstkreis musste die Lösung liegen, davon war ich überzeugt. Aber warum schwieg er so beharrlich?

Mit einem weiteren Seufzer öffnete ich den Brief meines Vaters und buchstabierte mich Zeichen für Zeichen mühsam hindurch. Er beschrieb, wie schön daheim der Garten blühe, und berichtete von einer ägyptischen Inschrift, die er endlich zu verstehen glaube. Die Carolina sei verwaist und totenstill – und auch zu Hause sei es eigenartig ruhig. Er erwarte jeden Tag, von mir zu hören, könne sich aber vorstellen, dass ich zu beschäftigt sei, um Zeit zum Schreiben zu finden. »Pass gut auf dich auf und genieß den Sommer, Puck – das ist deine Jahreszeit!«

Mit einem Mal kamen mir die Tränen. Ich weinte laut und hemmungslos, trauerte um Marianne und um George und um uns alle hier auf Lillborgen. Die Tränen tropften auf mein schönes Kleid, und die Streifen hatten plötzlich Pünktchen.

Plötzlich tauchte Carl Herman neben mir auf. Ich hatte ihn gar nicht kommen hören, doch als er mich ansprach, war seine Stimme unendlich teilnahmsvoll, und es war wunderbar, den Kopf an seine Schulter zu legen und in sein elegantes Seidenhemd zu heulen, bis meine Tränen irgendwann versiegten. Dann reichte er mir ein Taschentuch – was auch dringend nötig war. Allmählich ließen meine Schluchzer nach. Trotz aller Sorgen war mir klar, dass Tausende von Frauen – nicht nur Pyttan – Jahre ihres Lebens gegeben hätten, wenn sie in jenen Minuten mit mir hätten tauschen dürfen, und dieser Gedanke sorgte dafür, dass ich mich in seiner Umarmung umso besser fühlte. Schließlich löste ich mich aber doch aus seinen Armen, schnäuzte noch einmal ordentlich und murmelte ein Dankeschön.

In diesem Augenblick packte Carl Herman mich am Arm und sagte: »Wie gut, dass du deinen Armreif wiederbekommen hast! Ich dachte schon, er wäre ein zweites Mal verschwunden.«

Ich muss vollkommen verzweifelt geklungen haben, als ich von ihm wissen wollte, was er mit dem unglückseligen Armreif zu schaffen hatte.

»Ach, da war eigentlich überhaupt nichts dabei«, erwiderte er. »Ich hab ihn am Freitag tief drinnen im Wald entdeckt, ja, das muss wohl irgendwann in dieser viel diskutierten Zeitspanne zwischen eins und fünf gewesen sein. Die Sonne war bereits aufgegangen, und ich wunderte mich, was dort im Moos so hell blitzte. Ich hab ihn also in die Tasche gesteckt und mitgenommen. Ich dachte, ich hätte ihn auf die Kommode gelegt, aber tags darauf war er verschwunden, deshalb wollte ich es dir gegenüber lieber gar nicht erst erwähnen.«

»Dann hat sie ihn also bereits in der Nacht vor dem Mord verloren... Aber um elf hat sie ihn doch noch getragen, hat George behauptet. Wo genau hast du ihn denn gefunden?«

»Im Wald... irgendwo auf der Nordseite der Insel. Ein irrsinniger Zufall, dass ich ausgerechnet dort unterwegs war. In diese Ecke der Insel verirrt sich selten jemand.«

»War das, als du mit Lil zusammen warst?«

Er schwieg einen Moment.

»Ja.«

Ich hatte mich ein Stück weit von ihm abgewandt. Meine rotgeheulte Nase war nun wirklich nicht der schönste Anblick für den größten Liebeslyriker des Landes. Doch just in diesem Augenblick spielte weder mein Aussehen noch seine Berühmtheit eine Rolle. Sein empfindsamer Mund zitterte regelrecht, als ich ihn anstarrte. Dann sah er zu Boden.

»Ich hab mich gerade in deinen Armen ausheulen dürfen«, sagte ich sanft. »Wenn du willst, können wir für eine Weile die Rollen tauschen.«

»Ich fürchte, Puck, Heulen hilft mir auch nicht weiter.«

Und dann tat ich allen Ernstes, wovon ich an jenem Abend vor einer gefühlten Ewigkeit geträumt hatte. Ich strich Carl Herman Lindensiöö über die Wange und flüsterte: »Sie ist es nicht wert.«

Er nahm meine Hand und hauchte einen Kuss darauf. »Glaub ja nicht, dass ich das nicht wüsste. Glaub ja nicht, dass ich das nicht längst gewusst hätte. Und trotzdem liebe ich sie so sehr, wie… wie Rutger Marianne geliebt hat.«

»Und sie?«

»Sie?«, schnaubte Carl Herman verbittert. »Sie weiß genau, dass ich ihr aus der Hand fresse, und somit bin ich für sie nicht mehr interessant. Jetzt ist es Rutger, dem sie nachstellt.«

»Willst du vielleicht noch mal ganz von vorn anfangen?«, schlug ich vor. »Erzähl mir, welche Rolle du in diesem eigenartigen Stück hast, das hier gespielt wird. Auf mich wirkt das Ganze wie eine Art Sommernachtstraum, in dem jeder Einzelne in die falsche Person verliebt ist.«

»Stimmt…« Er lächelte traurig. »Und sogar Puck ist mit von der Partie.«

»Ein Puck, der nicht begreift, was auf der Bühne vor sich geht. Ich würde etwas darum geben, wenn irgendjemand endlich mit der Sprache herausrückte – und mit der Wahrheit.«

Doch er zögerte noch immer. Nachdrücklich legte ich ihm die Hand auf den Arm.

»Carl Herman, *wenn* es wirklich Lil gewesen ist, die zwei ihrer Freunde umgebracht hat, willst du sie dann immer noch schützen? Was, wenn Christer und die Polizei die entscheidenden Hinweise nicht bekommen und weitere Morde geschehen… Und wenn sie unschuldig ist, wirst du ihr wohl kaum schaden, indem du sagst, was Sache ist.«

Und endlich stand in seinen Augen, auf seinen Lippen, in jedem Fältchen seines sorgenverzerrten, empfindsamen Gesichts geschrieben, dass er dazu bereit war.

»Wie du meinst, Puck. Ich muss mich ohnehin aus diesem Lügengeflecht befreien, bevor ich mich vollends darin verheddere. Ich bin nicht gerade gut darin zu lügen…«

»Nein«, sagte ich sanft und fühlte mich dabei wie eine weise alte Mutter, die mit ihrem halbwüchsigen Sohn ein vertrauliches Gespräch führt. »Das haben wir alle gemerkt, das kannst du mir glauben.«

Er fuhr sich mit den Händen durch das lockige Haar. »Was willst du wissen?«

»Alles. Wie du zu all den anderen hier stehst. Was du getrieben hast, seit Marianne erstmals ihren Fuß auf diese Insel gesetzt hat.«

»Die Wahrheit und nichts als die Wahrheit«, murmelte er nachdenklich. »Also gut, die sollst du haben.« Er schien eine Weile nachzudenken und zu überlegen, wo er anfangen sollte. »Ich habe Eje und Rutger vor zehn

Jahren kennengelernt«, sagte er dann. »Sie waren gerade frisch an die Uni gekommen und hatten – naiv, wie sie waren – Literaturwissenschaft als Hauptfach gewählt. Ich hatte gerade mein Französischstudium beendet… ja, ich bin ein ganzes Stück älter als die beiden«, fügte er lächelnd hinzu, als er meinen verwunderten Gesichtsausdruck sah. »Bei der Examensvorbereitung haben wir uns angefreundet und blieben auch die folgenden Jahre immer in Kontakt, auch wenn wir damals unterschiedliche Fächer belegt hatten: Ich hatte meine Sprachen, Rutger studierte Kunstgeschichte, und Einar langweilte sich quer durch die Geschichte und die Nordischen Sprachen – seine Hartnäckigkeit war wirklich bewundernswert. In der Promotionsphase sind Rutger und ich schließlich im selben Seminar zur Literaturgeschichte gelandet, und dort lernten wir Viveka kennen. Sie behauptete, sie wäre nur deshalb noch an der Uni, um gegenüber ihrem Vater, einem Pfarrer, einen Vorwand zu haben, weiterhin in Stockholm bleiben zu dürfen. Aber sie hat einen messerscharfen Verstand, und wäre sie nicht so faul, hätte sie längst eine brillante Abschlussarbeit zustande gebracht. Wir hatten allesamt während des Krieges angefangen zu promovieren, und ständig zu irgendwelchen Manövern gerufen zu werden machte das Ganze natürlich nicht leichter, trotzdem funktionierte es besser, als man glauben würde. Wir waren so wissbegierig, wenn wir wieder zurück in Stockholm waren, dass wir unser Pensum förmlich verdoppelten. Ich war Ende 1940, Anfang 41 in Norrland stationiert, und als ich endlich heimkehren durfte, hatte Rutger Marianne kennengelernt.«

Er machte eine kleine Pause und blickte geistesabwesend über den spiegelglatten See.

»Sie war wirklich eine außergewöhnliche Frau, weißt du? Sie war künstlerisch begabt – einmal hat sie eine Porträtbüste von Rutger hergestellt, die meines Erachtens absolut genial war, aber sie hat sich nie getraut, sie auszustellen –, und vermutlich war sie im Innern genauso hitzig, wie sie nach außen kühl wirkte. Es war nicht zu übersehen, dass Rutger rasend eifersüchtig war; sie muss einfach eine großartige Liebhaberin gewesen sein. Im Übrigen habe ich immer mehr von ihr gehalten als beispielsweise Einar, und am Ende haben wir uns sogar halbwegs angefreundet. Trotzdem kann ich nicht behaupten, dass ich sie wirklich gut gekannt hätte. Sie hatte immer etwas Ausweichendes an sich; sie war wie ein hübscher Vogel, der sich nicht einfangen ließ… ja, und dann war plötzlich zwischen Rutger und ihr Schluss. Das war im letzten Frühjahr.«

»Das hat Eje auch gesagt. Weißt du vielleicht, warum sie sich getrennt haben?«

»Keine Ahnung. Die Trennung war – und ist bis heute – ein einziges großes Mysterium. Ich kann nur sagen, dass ich so eine Ahnung habe, die ganze Sache könnte sich schon im Winter angebahnt haben. Da wirkten sie beide ständig schlecht gelaunt und reizbar, und ich vermutete zeitweise, dass vielleicht einer der beiden sich vom andern trennen wollte. Allerdings war ich die meiste Zeit mit meinen eigenen Problemen beschäftigt: Die letzten Kapitel meiner Abschlussarbeit wollten geschrieben werden, während ich den Anfang schon wieder Korrektur las, und zeitgleich hatte ich mich selbst bis über beide Ohren in jemanden verliebt.«

Wieder fuhr er sich mit beiden Händen durch die dunkelblonden Locken, und dann sah er mich flehentlich an.

»Du musst mir helfen, Puck, damit ich mich jetzt an die Wahrheit halte, weil... sonst laufe ich Gefahr, schon wieder die Augen davor zu verschließen. Du musst wissen, Lil Arosander war seit Herbst 45 Teil unserer Clique, aber ich hatte sie auch früher schon hin und wieder gesehen und sie aus der Ferne bewundert. Aber erst nachdem ihre romantische Ehe in der Wildnis in die Brüche gegangen war, hab ich sie richtig kennengelernt. Es war im Übrigen Marianne, die sie bei irgendeinem Künstlertreffen aufgelesen und uns miteinander bekannt gemacht hat. Ich habe prompt den Kopf verloren; erst jetzt wird mir allmählich klar, dass Lil das ganz bewusst eingefädelt hat. Es tut mir leid, wenn das jetzt gemein klingt – aber ich vermute, dass es weniger an meinen schönen Augen lag als an den Rezensionen, die gerade zu meinem jüngsten Gedichtband erschienen waren. Aber egal – Lil war stolz auf ihre neueste Eroberung, sie hatte nur noch Augen für mich, und wir hatten eine wunderbare Zeit miteinander. Dass diese Eroberung aus ihrer Sicht zu einfach gewesen war, um sie zufriedenzustellen, war mir damals nicht klar, und ebenso wenig verstand ich, wie gefährlich es war, den Großteil der Zeit mit einer Dissertation zu verbringen, wenn man zugleich eine Frau wie Lil an sich binden wollte. Im Grunde verstand ich in jenem Frühjahr ziemlich wenig... was mir aber erst später klar wurde, im letzten Semester und definitiv jetzt in den vergangenen Tagen. Weißt du, ich glaube insgeheim, dass Lil schon damals in Rutger verschossen war, aber solange sie keine Chancen bei ihm sah, weil er nun mal mit Marianne liiert war, begnügte sie sich offenbar mit mir. Ich weiß allerdings, dass Lil und Rutger schon damals viel Zeit miteinander verbrachten; Marianne hatte fast genauso viel um die Ohren wie ich, und das war es dann wohl.«

Es schien beinahe, als hätte die Tatsache, dass er der Wahrheit ins Auge sah, eine heilsame Wirkung auf Carl Herman. Seine Stimme war zusehends ruhiger geworden und klang immer weniger gequält, je länger er redete, und ich für meinen Teil lauschte mit immer größerem Interesse seiner Schilderung.

»Eines Tages – das war Mitte April letzten Jahres – bekam ich einen Anruf von Viveka. ›Marianne und Rutger haben sich getrennt‹, verkündete sie. ›Die beiden führen sich auf wie Verrückte, mit keinem kann man mehr vernünftig reden. Versuch du, wenn du es hinkriegst, Rutger wieder zur Räson zu bringen, dann kümmere ich mich um Marianne.‹ Ich bin sofort zu Rutger gefahren, und zum ersten Mal, seit wir uns kannten, habe ich ihn sturzbetrunken erlebt. Ich konnte ihn nur noch ins Bett hieven und warten, bis er eingeschlafen war. Ein paar Tage später war er es dann, der auf mich zukam, um sich zu entschuldigen. ›Marianne und ich, wir haben uns gestritten‹, erzählte er. ›Es war so heftig, dass ich vermutlich bis an mein Lebensende versuchen muss, es zu vergessen.‹ Am selben Tag fuhr er heim nach Forshyttan. Viveka rief noch einmal an und erzählte, sie würde es nicht wagen,

Marianne alleine zu lassen; sie werde daher gemeinsam mit ihr nach Paris reisen. Und so war unsere Clique mit einem Mal gesprengt wie nach einer Atombombe, und zu meiner Promotionsfeier kamen nur mehr eine blasse, mitgenommene Lil – und Eje, der so nett war, aus Västerås anzureisen.«

»Aber«, fiel ich ihm ins Wort, »was ist denn nun passiert zwischen den beiden? Was glaubst du? Hat Rutger herausgefunden, dass Marianne ihm untreu war? Oder umgekehrt?«

»Darüber habe ich mir den Kopf zerbrochen, bis ich fast wahnsinnig geworden bin. Einar ist der Meinung, dass die Schuld bei Marianne lag, aber da bin ich mir nicht so sicher.« Eine Sorgenfalte zeichnete sich auf seiner Stirn ab, und seine blauen Augen sahen unglücklich aus.

»Die ganze Wahrheit, Carl Herman! Du glaubst doch, dass Lil irgendwas mit der Sache zu tun hat.«

»Glauben wäre zu viel gesagt. Aber ich würde mich nicht wundern, wenn es so gewesen wäre. Nachdem Rutger abgereist war, war Lil wie ausgewechselt, und als wir dann aus der Zeitung von seiner Verlobung mit Ann-Sofi erfuhren, fürchtete ich schon, sie würde einen Nervenzusammenbruch erleiden. Doch dann hat sie stattdessen mich mit Liebe überhäuft, und ich hab der ganzen Sache keine Bedeutung mehr beigemessen. Im letzten Jahr war sie, wann immer sie mit Rutger zusammentraf, irgendwie... unausgeglichen und seltsam. Normalerweise hat sie ihn wie Luft behandelt, doch hin und wieder hat sie auch hemmungslos mit ihm geflirtet. Und bei Rutger weiß man ja nie so richtig, woran man ist...«

»Und Marianne? Ist sie aus eurem Leben einfach so verschwunden?«

»Sie ist in Paris geblieben. Sie muss erst kürzlich wiedergekommen sein. Niemand von uns hatte sie mehr gesehen – bis sie hier auftauchte. Viveka ist schon im Herbst nach Stockholm zurückgekehrt. Aber mit der Zeit ist der Kontakt zu ihr abgebrochen.«

»Nur noch eine Frage, bevor du erzählst, was in den letzten Tagen passiert ist: Wie hat Ann reagiert? Wenn Lil mit ihrem Mann geflirtet hat … und auf die Situation in Stockholm im Allgemeinen?«

Carl Herman sah mich unverwandt an. »Ann? Die war in Stockholm nie dabei.«

»Wie bitte?«

»Tja, genauso haben wir auch reagiert. Er hatte sie im Juli geheiratet, und im September ließ er sie auf Borg zurück, angeblich weil er bei der Arbeit an seiner Dissertation nicht gestört werden wollte. Bis zur Disputation hat einzig und allein Eje sie noch mal zu Gesicht bekommen.«

»Das darf doch nicht wahr sein! Und das hat sie sich gefallen lassen?«

»Mhm, offensichtlich. Aber ich sollte wohl der Fairness halber dazufügen, dass er sich wirklich Hals über Kopf in die Arbeit gestürzt hat. Bis dahin hatte er nicht allzu viel zustande gebracht, aber im vergangenen Jahr hat er dann wirklich Gas gegeben – und es ist tatsächlich großartig geworden. Das hier musst du für dich behalten – aber diese Abschlussarbeit wird ihm eine Dozentenstelle bescheren.«

Die Aussicht auf eine Dozentenstelle hatte mich noch nie so kaltgelassen. »Erst einmal wird er oder irgendjemand anderes wegen Mordes angeklagt«, erwiderte ich barsch, und Carl Herman sah prompt wieder aus wie ein kleiner Schuljunge, der sich am liebsten hinter seiner Mama versteckt hätte. Aber was war mit dem Rest der Geschichte?

»Was war denn nun mit Jojje?«

»Den Kerl hatte ich vor Mittwoch am Bahnhof in Forshyttan noch nie gesehen. Natürlich war ich stinksauer, und ich glaube, das hat man auch gemerkt. Ich hatte mich so gefreut, in diesem Urlaub Lil endlich einmal für mich zu haben... An Einar hätte sie sich niemals rangetraut, und von Rutger, dachte ich, würde ebenfalls keine Gefahr ausgehen, weil doch seine süße junge Frau mit von der Partie war. Aber dann hat sie diesen Filmhelden im Schlepptau und fängt schon am allerersten Abend an, heftig mit Rutger zu flirten. Wundert es dich da...«

Nein, das tat es nicht, und das sagte ich ihm auch.

»Am Donnerstagmorgen beschloss ich zu versuchen, fröhlich und gut gelaunt zu sein, ganz gleich, wie Lil sich auch verhalten mochte. Mariannes und Vivekas überraschender Besuch erleichterte es mir tatsächlich ein wenig, über meine eigenen Probleme hinwegzusehen. Aber dann seid erst ihr – du und Einar – und kurz darauf auch noch Lil und Rutger einfach so verschwunden, ohne ein Wort zu sagen, und ich hätte es nicht ertragen, mich mit den anderen zu unterhalten, also hab ich mich aufs Bett gelegt und meinen düsteren Gedanken nachgehangen.«

Am Donnerstagnachmittag? Da waren Einar und ich

unten im See schwimmen gewesen. Da hatte ich nach meiner Rückkehr durch die Zimmerwand jene mysteriösen, aufgewühlten Stimmen gehört. War das Lil gewesen? Lil und Rutger? Ich erinnerte mich noch daran, dass Lil anschließend kaum ein Wort von sich gegeben hatte. Und Marianne …

»Sag mal, Carl Herman, am selben Abend beim Essen sah Marianne aus, als wollte sie dich hypnotisieren. Was wollte sie von dir?«

»Sie wollte sich mit mir verabreden. Ja, so ist es nun mal, sieh mich nicht so ungläubig an! Und wir haben uns auch getroffen: nachdem sie sich gegen elf an diesem Abend von Jojje verabschiedet hatte.«

»Erzähl mir nicht, dass sie aus Paris zurückgekehrt war, um mit dir ein kleines Stelldichein zu haben!«

»Nein, verdammt, aber derjenige, mit dem sie sich tatsächlich hatte treffen wollen, weigerte sich, ihrem Wunsch nachzukommen. Und da wollte sie zumindest mit jemandem reden, der ihr von Rutger erzählen würde und davon, wie es mit ihm und Ann so lief – und mit ihm und Lil – und …«

»Also war sie immer noch verliebt in Rutger?«

»Mehr denn je! *Und sie war fest entschlossen, ihn zurückzuerobern.* Sie war wirklich außer sich und ziemlich erregt, und wir spazierten vielleicht eine Stunde auf dem Weg zum Hafen hin und her. Ich machte mir zusehends Sorgen, wie das Ganze ausgehen würde. Sie schien für Ann nichts als Verachtung übrigzuhaben, aber Lil bedachte sie mit allerhand Schimpfwörtern: Hexe, Schlange … ›Wenn sie mir in die Quere kommt, bring ich sie um! Das kannst du ihr gerne ausrichten. Ich bringe sie um!‹ Sie wirkte so aufgebracht, dass ich gar nicht mehr weiterwusste, und als wir schließlich getrennter Wege gingen, war ich ziemlich aufgewühlt. Vielleicht verstehst du, wie erleichtert ich da war, als sie am nächsten Morgen am Frühstückstisch verkündete, dass sie nicht länger bleiben wolle. Tja, vor Verwirrung und Erleichterung hab ich sogar ein Glas zerdrückt...«

»Ah, so hing das also zusammen. Und was war mit deinem und Lils vierstündigem Spaziergang zur Tatzeit?«

Beschämt schüttelte er den Kopf. »Wahrscheinlich war euch allen sofort klar, dass wir gelogen haben. Einar hatte recht: Als er um fünf in unser Zimmer kam, lag ich auf meinem Bett, und ich hatte Lil tatsächlich seit zwei Uhr nicht mehr gesehen. Da war ich nur durch Zufall in dem Waldstück hinterm Gästehaus mit ihr zusammengestoßen, und es war zu einer netten kleinen Szene gekommen, in der es erst um Rutger ging und die dann so ausartete, dass ich ihr beinahe eine Ohrfeige verpasst hätte. Anschließend hab ich mich eingeschlossen und geschmollt. Am Abend war sie dann wieder ganz schrecklich nett...«

»Aber warum bist du ihr denn zur Seite gesprungen, als sie diese Lügengeschichte erzählt hat?«

»Das weiß ich selber nicht. Zuallererst war ich wohl einfach überrumpelt. Aber wenn ich überhaupt irgendwas gedacht habe...«

»Dann, dass sie offenbar ein Alibi brauchte, und du – ganz Gentleman – hast es ihr gegeben. Hm. Und in der Nacht, als die Leiche fortgeschafft wurde?«

»Da hab ich geschlafen wie ein Stein. Ich dachte immer noch, dass Marianne abgereist und zumindest diese Gefahr somit gebannt wäre. Umso schockierter war ich, als ich dann erfuhr, was geschehen war.«

»Entschuldige, Carl Herman, aber seit gestern Mittag sieht es ganz so aus, als wärst du über diesen Schock hinweg. Es war nicht nur der Trubel um Pyttan, der uns alle ...«

»Du siehst und hörst aber auch alles«, fiel er mir ins Wort. Unter meinem unbarmherzigen Blick war er ganz rot geworden. »Und ich merke schon, du lässt auch keine Ruhe, bis ich mein ganzes Elend vor dir ausgebreitet habe. Kleines, ich war einfach so fürchterlich verliebt und schwach, dass nicht einmal ein Mord meine Freude darüber dämpfen konnte, dass Lil sich mir urplötzlich wieder zuwandte. Auf einmal war sie wieder zärtlich und lieb und hatte für niemanden mehr Augen als für mich ... Und in der Nacht hat sie tatsächlich an mein Fenster geklopft, und selbst wenn ich mit einer Mörderin geschlafen haben sollte, war ich da zumindest glücklich ... Bloß dass das heute schon wieder ein bisschen anders aussieht ...«

»Dann war es wirklich wahr, was du zu Christer gesagt hast ... über letzte Nacht?«

»Wort für Wort. Wir waren von kurz vor eins bis halb vier zusammen. Ob sie danach den Rest der Nacht auf Rutgers Segelboot verbracht hat, weiß ich nicht. Aber ganz ausgeschlossen ist es wohl nicht.«

Inzwischen klang er kaum mehr verbittert. Wir sahen einander prüfend an.

»Puck, glaubst du, dass Lil die Mörderin ist?«

»Es wäre möglich, oder nicht? Sie könnte sowohl Marianne als auch Jojje umgebracht und die Leiche weggeschafft haben und...« Ungeduldig schüttelte ich den Kopf. »Wenn sie unschuldig wäre, warum sollte sie dann in einem fort Lügengeschichten erzählen?«

»Es sieht fast so aus, als wollte sie Rutger schützen.«

»Das Schlimmste ist: Ich glaube, dass er seinerseits jemanden schützen will. Sofern er selbst nicht doch der Schuldige ist.«

Für eine Weile hing ich meinen Gedanken nach. Endlich waren ein paar neue Puzzleteilchen aufgetaucht.

Carl Herman rappelte sich hoch. »Vielleicht schützen sie sich gegenseitig. Das wäre doch nicht komplett unwahrscheinlich? Dass es sich um eine Art Pakt handelt? Vielleicht arbeiten sie ja zusammen?«

ZEHNTES KAPITEL

Von meinem Vorschlag, er solle Christer aufsuchen und ihm erzählen, was er soeben mir erzählt hatte, war Carl Herman nicht besonders angetan, das sah ich ihm an. Natürlich schmeichelte es mir, dass er sich lieber mir anvertraut hatte, doch ich blieb hartnäckig, und als wir kurze Zeit später am Gästehaus zufällig mit Christer zusammenstießen, hatte Carl Herman keine Wahl mehr. Ich zog mich zurück; demselben Publikum dieselbe Geschichte erneut zu erzählen wäre zu viel verlangt gewesen.

Pyttan lag immer noch im Badeanzug auf der Wiese und wunderte sich, warum bei 38 Grad Luft- und annähernd so hohen Wassertemperaturen niemand baden ging. Ich setzte mich neben sie und erklärte ihr, dass ich die Lust daran verloren hätte, seit irgendjemand den Uvlången als Versteck für die eine oder andere Leiche auserwählt hatte.

»Sei nicht so zimperlich!«, erwiderte der abgebrühte Teenager. »Jojje haben wir längst rausgefischt, und Marianne könnte von mir aus genauso gut in unserem Keller liegen. Hat übrigens irgendjemand schon mal dort nachgesehen?«

»Hat eigentlich irgendjemand mal nach Ann gesehen? Ich finde, das ist wichtiger.«

»Sie ist wieder zu sich gekommen und hat sich dafür entschuldigt, dass sie umgekippt ist. Bis zum Abendessen ist sie wieder auf den Beinen, sagt sie. Sie besteht sogar darauf, es vorzubereiten. Sie ist also wieder ganz die Alte. Aber, Puck…«

»Ja?«

»Rutger hat sich mit keiner Silbe nach ihr erkundigt. Irgendetwas geht hier vor – und zwar etwas anderes, als ihr alle denkt…«

»Pyttan, in wen, glaubst du, ist Rutger verliebt? In Ann oder in Marianne? Oder in jemand ganz anderen?«

»Keine Ahnung. In dieser Hinsicht ist er nicht gerade gesprächig – damit schlägt er aus der Art in unserer Familie. Aber Ann kann es wohl kaum sein. Die Arme ist natürlich am Boden zerstört. Findest du, ich sollte mir ein Kleid anziehen?«

»Zumindest Shorts… Was ist denn das? Liegst du auf der Post, die du mitgebracht hast?«

»Oh, ja… Carl Herman hab ich nicht finden können, obwohl ich die halbe Insel nach ihm abgesucht habe. Ich hab keinen Schimmer, wo er sich rumtreibt…«

Irgendwann tauchte Carl Herman wieder auf. Er nahm zwar seinen Brief entgegen, doch Pyttan sorgte dafür, dass er nicht eine ruhige Minute hatte, um ihn zu lesen. Den Brief an Jojje gab sie in Christers Obhut. Er war in Rom aufgegeben und in Stockholm an »Herrn George Malm« weitergeleitet worden. Christer riss den Umschlag auf und überflog die beiden dünnen Blätter.

»Der Brief kommt von einer gewissen jungen Dame

namens Betta, die Italien ganz herrlich findet und gar nicht wieder in den Norden zurückwill, die sich aber mit dem Gedanken tröstet, dass sie in Båstad Jojje wiedersehen wird.« Er sah vom Brief auf. »Wollte Marianne nicht auch nach Båstad fahren?«

»Ja, ich glaube, Viveka hat so was erwähnt. Und – warte mal! Jojje hat gestern doch gemeint, dass Marianne ihm zum Abschied versprochen hätte, ihn wiederzusehen. Vermutlich haben die beiden sich in Båstad verabredet!«

»Aber Jojje muss doch schon länger vorgehabt haben, dorthin zu reisen, wenn diese Betta davon weiß...« Christer blickte auf das hellblaue Papier. »Und abgesehen davon war Marianne doch hinter Rutger her, oder nicht?«

»Anscheinend hat sie in dieser Hinsicht keine Fortschritte gemacht und sich stattdessen mit Jojje getröstet – immerhin war er ja ein ziemlich gut aussehender Kerl. Oder aber sie hatte ebenfalls schon länger vor, nach Båstad zu reisen, und als Jojje ihr verriet, dass er auch dorthin unterwegs war, hat sie aus Freundlichkeit gesagt: ›Wie schön, dann sehen wir uns dort‹ – so wie es eine Frau eben zu einem Mann sagt, der in sie verliebt ist, damit der Abschied nicht so schwerfällt. Es muss ja gar nicht unbedingt viel dahinterstecken.«

»Stimmt, und fragen können wir die beiden nicht mehr. Aber ich würde was darum geben zu wissen, was für eine Rolle Jojje in dieser ganzen Geschichte gespielt hat. Zwei, drei Personen könnte ich mir schon vorstellen, die ein Interesse daran hatten, Marianne aus dem Weg zu räumen, aber unser schöner Jüngling war doch niemandem ein Dorn im Auge? Und trotzdem wurde er erschossen und mit Mariannes Seidenschal in der Hand über die Felskante gestoßen.«

»Vielleicht gerade *weil* er ihren Seidenschal in der Hand hatte? Denn das hieße ja, dass er auf irgendwas gestoßen ist.«

Christer durchbohrte mich regelrecht mit seinem Blick. »Puck, bist du dir wirklich sicher, dass du dich an diesen Seidenschal korrekt erinnerst? War es nicht eigentlich zu dunkel unter dieser Fichte, als dass du so ein Detail hättest erkennen können? Vielleicht lag einfach nur eine Haarsträhne um ihren Hals.«

Ich seufzte resigniert. »Du weißt genau, dass ich mir nach all diesen Befragungen und misstrauischen Blicken bei gar nichts mehr sicher bin. Aber wenn ich unter dieser Fichte tatsächlich was gesehen und das alles nicht nur geträumt habe, dann war da eben auch der rote Schal. Den Schal und die Augen – die werde ich im Leben nicht mehr vergessen.«

Erschöpft ließ Christer sich auf einen der ziegelroten Stühle fallen. Sein zerknittertes weißes Hemd stand am Kragen offen, und er hatte die Ärmel aufgekrempelt. Unwillkürlich musste ich Pyttan recht geben: Es war idiotisch, bei dieser Hitze nicht schwimmen zu gehen.

»Schon gut, Puck«, sagte er und sah zum Himmel auf. »Ich bin einfach nur durcheinander, ich glaube nämlich, dass Jojje und der rote Schal in seiner Hand Puzzleteilchen sind, die nicht in das Gesamtbild passen. Die einzige plausible Erklärung dafür wäre, dass der Mörder den

Schal verloren hat, als er die Leiche hinunter zum Ruderboot trug, und dass Jojje ihn gefunden hat. Vielleicht hat er denjenigen gesehen, der da gerade Anstalten machte, die Leiche fortzuschaffen. Auf alle Fälle muss er irgendwas gewusst haben, was dem Mörder hätte gefährlich werden können. Und dann...«

»Nein!«, rief ich so laut, dass Pyttan und Carl Herman ihr Gespräch unterbrachen und sich zu mir umwandten. »Ich weiß eine bessere Erklärung! Carl Herman hat doch erwähnt, dass es sich vielleicht um einen Pakt gehandelt haben könnte. Ist das nicht am wahrscheinlichsten? Irgendwer – ich vermute mal, eine Frau – hat Marianne umgebracht und sich dann Jojje anvertraut, der sofort versprochen hat, dabei zu helfen, die Leiche aus dem Weg zu räumen, was er dann auch getan hat, aber aus irgendeinem Grund hat er den Seidenschal behalten – vielleicht hat er ihn auch unterwegs fallen lassen, aufgehoben und sich in die Tasche gestopft... Aber dann wurde er nervös. Er wollte mit seiner Komplizin sprechen, und deshalb war er auch nachts vor dem Haus. Er hat sie dort getroffen, und sie...«

»Was für eine verdammt gute Theorie!«, rief Pyttan begeistert. »Christer, gib zu, dass sie genial ist! Jetzt müssen wir nur noch diejenige finden, die einen so großen Einfluss auf ihn hatte, dass er sich damit einverstanden erklärte, ihr zu helfen. Vielleicht jemand Schwaches, Zierliches, der an seine Männlichkeit und Stärke appelliert hat, vielleicht...«

Im selben Augenblick bog Lil Arosander um die Ecke. Sie sah so zerbrechlich und zart aus, dass man sie um ihren schimmernd hellen Teint und ihre vollendeten Gesichtszüge nur beneiden konnte. Ihr grünes Seidenkleid umschmeichelte ihre perfekt geschwungene Hüfte, und ich sah, wie Carl Herman die Zähne aufeinanderbiss.

»Du kommst wie gerufen«, sagte Christer langsam. »Ich hab gerade darüber nachgedacht, wie gern ich mich mit dir unterhalten würde.«

»Wird das ein Verhör?« Sie wedelte mit einer frischen Gold Flake hin und her.

»Wenn du es so bezeichnen willst... Setz dich.«

Carl Herman gab ihr Feuer und warf dann Christer einen flehentlichen Blick zu. »Pyttan und ich wollen rudern gehen, wenn du erlaubst?«

Pyttan sah aus, als wäre endlich die Sonne aufgegangen, und Christer nickte gütig. »Geht nur, ich sehe doch, dass ihr ohnehin nicht bei der Sache seid... Nein, Puck, du darfst gern bleiben, wenn du nichts Besseres zu tun hast.«

Mit ihren Bernsteinaugen sah Lil Carl Herman skeptisch nach, und plötzlich lag eine gewisse Härte in ihrem Blick, doch dann streckte sie sich auf dem Liegestuhl aus und machte es sich gemütlich. »Also?«, fragte sie mit hochgezogenen Augenbrauen.

»Ich muss dich darauf hinweisen«, sagte Christer Wijk ganz ruhig, »dass ich hier in meiner Funktion als Ermittler sitze. Bis vor Kurzem war ich noch inoffiziell unterwegs, aber inzwischen haben Polizeihauptmeister Berggren, die Polizei in Örebro und die Stockholmer Mordkommission mich mit der Aufgabe betraut, gemeinsam mit den örtlichen Behörden zwei veritable Morde aufzuklären.«

»Meine Ehrfurcht und mein Respekt sind dir gewiss«, murmelte Lil. »Schlimm nur, dass ich immer schon eine gewisse Schwäche für Polizisten hatte. Dort unten am Ufer war übrigens einer, der extrem gut aussah...«

»Ah, du hast Polizeimeister Svensson schon den Kopf verdreht. Und – hast du in Erfahrung gebracht, was du von ihm wissen wolltest?«

»Ich durfte Jojje noch mal sehen – allein deshalb war ich dort. Ich bin offenbar die Einzige hier, die irgendwelche Gefühle für den armen Jungen hat. Überdies war ich es ja leider, die ihn mit hierhergebracht hat.«

Der nervöse Blick aus ihren braunen Augen war jetzt voll Sorge, aber wie sah man einem Chamäleon an, wann es seine wahre Farbe zeigte? Gab es so etwas überhaupt?

Christer klang genauso skeptisch, wie ich mich fühlte.

»Du sagst es – unter anderem darüber möchte ich gern ein bisschen mehr erfahren. Weshalb hast du ihn eigentlich mitgebracht?«

Widerwillig legte Lil ihre gefühlige Rolle ab und wandte sich wieder dem ihr ureigenen, eher kaltherzigen Genre zu. »Weil ich ihm gerade erst begegnet war. Und weil er nichts Besseres zu tun hatte. Ich dachte mir« – und in diesem Moment hätte ich schwören können, dass ihre Augen gelb leuchteten –, »dass er in irgendeiner Form nützlich sein könnte.«

»Um Ann abzulenken?«, fragte Christer leise, aber ich ahnte, was er in Wahrheit über Lil und ihre Machenschaften dachte.

»Ja, womöglich.«

»Hast du gedacht, Ann wäre sein Typ, oder hast du ihm den Auftrag erteilt, sich auf sie zu konzentrieren?«

Lil lachte laut auf. »Den Auftrag? Also bitte, Christer, du bist ja wirklich dümmer, als ich dachte! Jojje war nicht die Art von Mann, den man groß ermutigen musste, für eine hübsche Vertreterin des anderen Geschlechts Gefühle zu entwickeln.«

»Das scheint mir eine Eigenschaft zu sein, die er mit diversen Mitgliedern dieser Gesellschaft gemeinsam hatte«, kommentierte Christer trocken.

Sie quittierte die Spitze mit einem verdrießlichen Lächeln und wurde dann wieder ernst. »Jetzt glaubst du wohl, ich wäre dumm, *mon ami*. Diese Gesellschaft hier zeichnet sich vielmehr dadurch aus, dass jeder die Liebe so verdammt ernst nimmt. Aber das ist nun mal der Charakter der wahren nordischen Liebe: Sie ist stur und hartnäckig, und sie erträgt es nicht, ihr Objekt in den Armen eines anderen zu sehen. Das führt bloß zu hässlichen Szenen und Auseinandersetzungen und – als letztes Mittel – Mord und Totschlag. Ich glaube wirklich, dass unsere Zusammenkunft wesentlich angenehmer hätte verlaufen können, wenn nur alle so wären, wie Jojje es war.«

Anmutig blies sie ein paar Rauchkringel in die Luft, und ich blickte verstohlen zu Christer hinüber, um zu sehen, ob er genau wie ich den Eindruck hatte, dass in Lils Aussage durchaus ein Körnchen Wahrheit steckte. Auf den ersten Blick sah ihre Theorie zwar oberflächlich und wirr aus, aber wenn man es schaffte, auf die wahren Motive und Gefühle aller Beteiligten zu blicken, dann klang es tatsächlich simpel und folgerichtig.

Einen Moment lang schien Christer eingehend Lils kunstfertig lackierte Fußnägel und die goldfarbenen römischen Sandalen zu studieren. Dann fragte er: »Aha, dann warst du also nicht verliebt in deinen schönen Schützling?«

»Mein *lieber* Christer, sei doch nicht so naiv! Es ist ein Unterschied, ob man sich zu einem attraktiven Spielzeug hingezogen fühlt oder sich aufrichtig in einen anderen Menschen verliebt. Natürlich war ich von seiner Männlichkeit und seiner Schönheit vollkommen entzückt, besonders ganz zu Anfang. Aber diese Verzückung hatte sich gelegt, noch ehe wir hier auf der Insel ankamen.«

»Wusstest du, dass er und Marianne sich schon mal begegnet waren?«

»Er erwähnte so was in der Art, als ich ihm sagte, dass wir Rutger Hammar besuchen würden. Sie hatte offensichtlich so großen Eindruck bei ihm hinterlassen, dass er sich sogar an den Namen ihres Exverlobten erinnern konnte. Aber ich glaube nicht, dass sie einander näher kannten. Wenn ich ihn richtig verstanden habe, dann hat er mal für sie Modell gestanden.«

»Mit anderen Worten: Du glaubst nicht, dass das Motiv für den Mord an Jojje irgendwo in der Vergangenheit liegt?«

Dieses Mal schien Lils Erstaunen ohne Zweifel aufrichtig zu sein. »Nein, absolut nicht. Auch wenn es dann garantiert leichter verständlich wäre. Ich meine, wenn er aus Rache ermordet worden wäre – für etwas, was er irgendwann einmal getan oder nicht getan hat –, aber im Augenblick sieht es einfach nur willkürlich aus…«

Christer unterbrach sie in ihren Gedanken. »Hast du ihn gestern Nacht gesehen?«

»Ich? Gestern Nacht? Nein, warum sollte ich?«

»Weil er auf dem Weg zwischen dem Sommerhaus und den Gästezimmern mindestens bis halb zwei Uhr Wache hielt. Du warst immerhin draußen und bist...«

»Ich war von elf Uhr bis heute früh um halb acht auf dem Wasser.«

Ich konnte beim besten Willen nicht erkennen, ob sie log. Ihre Augen waren groß und blank, und sie sah Christer freimütig an. Als er seufzte, wunderte ich mich kein bisschen.

»Liebe Lilian, ich bewundere deine Standhaftigkeit – aber die bringt uns kein bisschen weiter. Carl Herman hat die Karten auf den Tisch gelegt, verstehst du? Sowohl, was dein falsches Alibi von Freitag, als auch, was euer kleines Intermezzo gestern Nacht angeht. Du bist nicht dumm, du wirst also verstehen, dass wir geneigt sind, eher ihm zu glauben als dir.«

Jetzt war es Lil, die seufzte – ganz leicht, fast schon amüsiert. »Es war eine Frage der Zeit, bis er sein Gewissen erleichtern würde. Es wundert mich trotzdem, dass es jetzt schon passiert ist. Warst es wirklich du, Christer, der ihn dazu gebracht hat?«

Nein, dumm war sie ganz gewiss nicht. Ich blickte desinteressiert zum Waldrand hinüber, und Christer sah von einer Antwort ab.

Sie zuckte mit den Schultern. »Es lohnt sich also nicht mehr zu lügen. Na ja, es ist bestimmt bequemer, wenn man sich an die Wahrheit hält. Dann schieß mal los und frag mich aus – was willst du wissen?«

»Wie lange bist du schon in Rutger verliebt?«

»Oh! So intime Fragen möchte ich lieber nicht beantworten ... Hat das Carl Herman behauptet?«

»Du hast heute Vormittag doch selbst zugegeben, dass du seine ... Geliebte bist. Oder es zumindest gern wärst.«

»Aber wenn ich die ganze Zeit über gelogen habe, könnte doch auch das eine Lüge gewesen sein?«

Sackgasse. Neuer Versuch.

»Am Donnerstag, kurz nachdem Marianne angekommen war, bist du mit Rutger verschwunden. Worüber habt ihr geredet?«

»Was hat denn Rutger dazu gesagt?«

»Stell mir nicht immer Gegenfragen. Das hier ist kein Damendebattierclub. Hat er irgendetwas über Marianne gesagt?«

»Rutger hat seit einem Jahr kein Wort mehr über Marianne verloren. *Ich* habe ein bisschen was gesagt, aber das ist nicht gut angekommen.«

»Du warst nicht sonderlich gut auf sie zu sprechen ...«

»War das je eine Frau? Na ja, Viveka vielleicht, aber die zählt nicht.«

Ich musste wieder daran denken, wie Viveka rot angelaufen war, als Rutger überraschend im Schlafzimmer aufgetaucht war. Nein, die unattraktive Viveka zählte unter so vielen bildhübschen Frauen wohl wirklich nicht. Aber wie kam *sie* sich wohl dabei vor?

»Wo warst du am Freitag zwischen halb eins und fünf?«

»Ich war am Hafen. Bin auf den See hinausgerudert. Hab mit Carl Herman gestritten. Bin auf den Aussichtsberg gestiegen.«

»Du und Carl Herman habt euch gegen zwei getroffen. Wo?«

»Gleich hinter dem Gästehaus.«

»Und wie lange wart ihr zusammen?«

»Eine Viertelstunde? Zwanzig Minuten?«

»Und vor und nach eurem Treffen – warst du da allein unterwegs?«

»Ja.«

»Wo warst du gegen Viertel nach eins?«

»Wahrscheinlich draußen auf dem Wasser.«

»Und was hast du dort getan?«

»Gerudert.«

»Du hast nicht zufällig nach Rutger Ausschau gehalten?«

»Kann ich mal Feuer haben?«

»Hast du dort draußen irgendwen gesehen?«

»Danke ... Nein.«

»Zurück zu gestern Nacht. Jojje hat noch gelebt um ...« Er hielt inne. »Was hast du gestern Nacht gemacht?«

»Ich bin zum Hafen hinuntergelaufen und wieder zurück, habe Carl Herman geweckt, hab ihn wieder weggeschickt, bin auf den Aussichtsberg gestiegen.«

»Du scheinst immer noch deine Spielchen mit uns spielen zu wollen.«

»Ich sage die Wahrheit. Ich hab dich übrigens gesehen.«

»Wo?«

»Um halb eins unten am Hafen und um vier oben am Aussichtsberg.«

Er sah sie überrascht an. »Dann warst du das also, hinter der ich her war? Warst du allein unterwegs? Was zum Teufel hast du dort oben mitten in der Nacht getrieben?«

»Ich wollte mir den Sonnenaufgang ansehen. Die Sonne im hohen Norden... Und ich hab mit Jojje geredet.«

»Wann war das?«

»Um halb vier, nachdem ich mich von Carl Herman verabschiedet hatte. Jojje sah müde aus. Er meinte, er würde auf jemanden warten, aber ich glaube, dass er da längst bezweifelte, dass dieser Jemand noch auftauchen würde.«

»Sicher, dass er nicht mit dir gegangen ist, um sich ebenfalls den Sonnenaufgang anzusehen?«

»Glaubst du mir etwa nicht?«

Und das war vorerst Lils letzte Frage.

Das Geräusch eines Bootsmotors wehte zu uns herüber – und zwar ganz aus der Nähe. Wir gingen den Hang entlang und sahen, wie ein stabiles Boot voller Männer auf den schmalen Anleger zusteuerte. Im Schlepp hing das alte Ruderboot von Uvfallet, und auch das war voller Leute. Rutger kam von irgendwoher hinzugelaufen und rief Einar zu, er solle auf die Felsen Acht geben, und damit war der Sonntagsfrieden auf Lillborgen vollends verflogen. Im Nu wimmelte es oben auf der Wiese nur so von Menschen – von Dorfpolizisten, Polizeiobermeistern, darunter auch ein kraushaariger, rotgesichtiger junger Mann mit blank polierten Uniformknöpfen, in dem ich Polizeimeister Svensson wiedererkannte, und überdies acht Dorfbewohner unterschiedlicher Größe und unterschiedlichen Alters. Vor allem die jüngeren unter ihnen warfen uns unverhohlen neugierige Blicke zu, doch dann dirigierte Leo Berggren sie allesamt in Richtung Waldrand.

»Die Gebäude sowie die Landzunge dort hat Kommissar Wijk bereits abgesucht«, verkündete er, »dort müssen wir also nicht noch mal nachsehen. Ich teile euch jetzt ein.«

Eje und Christer wurden in den Trupp mit aufgenommen, und unter lautstarken Rufen setzte sich die Meute in Bewegung. Rutger starrte ihr nach, und in seinem Blick lag etwas, das mich an blanken Hass erinnerte.

Dass sie irgendetwas finden würden, hatte wohl niemand erwartet, und so war es dann auch. Trotzdem machte sich eine gewisse Erleichterung breit, als der gesamte Suchtrupp nach ein paar Stunden wieder abgezogen wurde. Doch mit den Unannehmlichkeiten war trotzdem noch nicht Schluss. Einer nach dem anderen wurde in die Bibliothek gerufen, damit Polizeimeister Svensson uns allen Fingerabdrücke abnehmen konnte. Leo Berggren hatte sichtlich schlechte Laune, und als ich ihn vorsichtig fragte, ob er glaube, dass die Abdrücke zur Lösung all der Rätsel führen würden, schüttelte er nur mürrisch den Kopf.

»Wir haben es mit einem echt gewieften Täter zu tun, der nirgends auch nur die geringste hilfreiche Spur hinterlassen hat. Eine Leiche, die im Wasser liegt, eine andere, die sich in Luft aufgelöst hat, und ein Revolver, der unter Garantie längst auf dem Grund des Sees dümpelt... Nein, so kommen wir nicht weiter.«

Wir nahmen ein verspätetes und sehr, sehr stilles Abendessen zu uns. Anschließend setzten Christer, Eje und Polizeihauptmeister Berggren erneut nach Forshyttan über. Der Lockenkopf war in gebührendem Abstand von den Wohngebäuden postiert worden, und trotzdem hatte nach dem Essen keiner von uns Lust, sich wie sonst jeden Abend draußen auf der Wiese niederzulassen. Ich weiß nicht mehr, wer es als Erstes aufbrachte, aber plötzlich war das Wort Schwimmen in aller Munde, und Rutger biss sich daran fest und schlug vor, hinüber zum Lillsjö zu rudern.

»So kommen wir mal für eine Weile weg von hier.«

Selbst Ann war wieder fit genug, um einen kleinen Ausflug zu unternehmen. Nur Pyttan verkündete, dass sie daheimbleiben und sich um den Abwasch kümmern wollte. »Ich kann ja später unten am Steg eine Runde schwimmen. Geht ihr nur!«

Plötzlich kam mir ein Abend mit Pyttan unendlich viel verlockender vor als ein Badeausflug zum Lillsjö mit Lil und den anderen.

Der Krauskopf wirkte angesichts dieser neuen Entwicklung komplett verwirrt. Vermutlich hatte er nicht die ausdrückliche Order erhalten, uns vor Ort festzuhalten, und jetzt wusste er nicht, ob er bleiben und Pyttan und mich bewachen oder vielmehr den anderen zum Lillsjö folgen sollte. Pyttan jedoch, die ihn seit ihrer Schulzeit in Skoga kannte, flüsterte ihm ein paar Dinge ins Ohr, und das Ganze endete damit, dass die Gesellschaft sich auf den Weg in Richtung Hafen machte, während Polizeimeister Svensson am Badesteg schwimmen ging.

Pyttan und ich kümmerten uns indes um den Abwasch, und sie bekniete mich geradezu, währenddessen alles wiederzugeben, was ich gehört und gesehen und gemutmaßt und mir zusammengereimt hatte. Als ich auf diese Weise all meine Eindrücke zusammenfasste, kam es mir plötzlich einmal mehr so vor, als würden sämtliche Indizien direkt oder indirekt auf Rutger hinweisen – und diese niederschmetternde Erkenntnis teilte ich auch Pyttan mit.

»Du siehst ja selbst«, schloss ich bedauernd meinen Bericht, »dass es nur zwei mögliche Lösungen gibt. Entweder hat Rutger Marianne ermordet, oder aber es war jemand anderes, der in Rutger verliebt ist.«

Nachdenklich wrang Pyttan das Spültuch aus und trocknete sich die Hände ab. Sie war blass geworden, doch in ihren Augen blitzte es vor Entschlossenheit. »Dann hätte ich doch alle Möglichkeiten, zur Aufklärung des Falles beizutragen, oder nicht? Man sollte doch meinen, dass ich Rutger wesentlich besser kenne als irgendjemand anderes – vielleicht mit Ausnahme von Marianne.« Der letzte Satz klang ein wenig verbittert. »Komm, setzen wir uns und denken noch mal nach. Unser Mathelehrer behauptet immer, das würde helfen.«

Das Nachdenken bereitete sie sorgfältig vor: Sie wählte gewissenhaft ein paar Platten aus, die sie neben sich zu einem Türmchen stapelte, zauberte aus irgendeinem Geheimversteck eine Schachtel Pralinen, warf sämtliche

Kissen aus den Aufenthaltsraum auf die Sitzbank an der Wand und schaltete schließlich den Generator für den Plattenspieler ein.

»Echt doof, dass es hier immer noch keinen Stromanschluss gibt! Aber Rutger behauptet steif und fest, dass es ein Vermögen kosten würde, Leitungen und was weiß ich noch alles zu verlegen, auch wenn ich glaube, dass es sich lohnen würde.«

Sie machte es sich auf der Bank bequem, während ich mich aufs Sofa legte, und dann entlud sich die gewaltige Kraft von Siegfrieds Rheinfahrt in den stillen Sommerabend. Ich wollte sie gerade fragen, wie sie bei so einer markerschütternden Musik nachdenken konnte, als Carl Herman lautlos durch die Tür trat und sich auf einen der grün bezogenen Sessel fallen ließ. »Macht ihr einen Konzertabend?«

»Aber keinen normalen Konzertabend«, erwiderte Pyttan ernst. »Wir arbeiten und hören dabei Musik. Wir arbeiten daran, einen Mörder einzukreisen.«

»Darf ich mitmachen?«, fragte er mit einem Blick auf Pyttans imposanten Schallplattenstapel. »Ich hatte auch keine Lust, zum Lillsjö hinüberzurudern.«

Ich nickte gönnerhaft. »Kluger Junge!« Und dann fügte ich zur Erklärung hinzu: »Pyttan weiß über alles Bescheid. Über dich und Lil, über Lil und Rutger, über Rutger und...«

Pyttan setzte sich zwischen den Kissen auf. »Habt ihr schon mal darüber nachgedacht, dass wir Rutger und drei verdächtige Frauen einfach so haben ziehen lassen? Drei Frauen, die allesamt in Rutger verliebt sind...«

»Aber Viveka ist doch nicht…«, hob Carl Herman an, doch als ich ihm von der Szene im Schlafzimmer erzählte, verstummte er. Er war wie vom Donner gerührt.

»Findest du jetzt immer noch, dass es unwahrscheinlich klingt?«

»Nein… Nein, wirklich nicht. Es klingt sogar überaus wahrscheinlich, auch wenn es wohl niemandem in den Sinn gekommen wäre. Die arme Viveka! Klar, dass auch sie Gefühle hat!«

Für einen Moment lauschten wir wieder stumm der Rheinfahrt.

Ich für meinen Teil war unfähig, mir irgendein alternatives Szenario auszumalen, in dem Rutger unschuldig gewesen wäre. In welche Richtung ich auch dachte, ständig endeten meine Gedankengänge bei ihm. Er hatte Marianne geliebt und sich nach einem geheimnisumwitterten, erschütternden Ereignis von ihr getrennt. Nach dem gewaltigen Schock ihrer Ankunft auf Lillborgen war er nicht mehr er selbst gewesen. Für keinen der beiden Morde hatte er ein Alibi. Am Freitag war er der Einzige, der verspätet zum Abendessen erschienen war. Er hatte von meinem Armreif gewusst…

»Ich liebe Wagner!« Pyttan hatte sich inzwischen auf den Bauch gedreht und futterte in einem fort Pralinen aus der Schachtel. »Ich habe mal jemanden sagen hören, er hätte eine ungesunde, fast schon perverse Tonalität, aber das kann ich wirklich nicht nachvollziehen. Aber dort drüben liegt auch noch Tschaikowski…«

Seine Sinfonie in f-Moll machte mich wie immer merkwürdig rastlos und nervös. Da war selbst Wagner besser gewesen – jetzt konnte ich mich überhaupt nicht mehr konzentrieren.

Bei Pyttan schien es besser zu funktionieren. Mitten im Eingangsakkord des letzten Satzes schaltete sie plötzlich den Plattenspieler ab und sah mit einem Ausdruck des Triumphs im Gesicht von mir zu Carl Herman. Die unvermittelte Stille wirkte auf mich genauso irritierend wie zuvor die Musik.

»*Ich hab die Lösung*«, sagte sie und betonte dabei jedes einzelne Wort. »Ich wusste es die ganze Zeit, nur war es mir nicht klar... Zuerst dachte ich nur, dass sie mir unsympathisch wäre. Sieh mich nicht so ungläubig an, ja, manchmal muss man auch auf seine Intuition hören! Aber sie ist nur der Anfang. Im Dunstkreis einer Person, die hingeht und innerhalb von drei Tagen zwei Menschen umbringt und dies überdies vertuschen kann, muss es sich doch irgendwie anders anfühlen – und in ihrer Nähe fühle ich mich wirklich komisch und unwohl! Ich weiß nicht, worüber ich mit ihr reden soll, und ich... und es fühlt sich an, als wäre da eine Art luftleerer Raum zwischen uns.«

»Liebe Pyttan, wovon redest du?« Carl Herman waren sämtliche Gesichtszüge entgleist.

»Aber das ist doch sonnenklar!«, rief Pyttan ungeduldig. »Sie ist in Rutger verliebt – natürlich ist sie das! Aber sie muss schon vor einer Ewigkeit begriffen haben, dass er sich nicht um sie schert – nicht einmal im letzten Jahr, als er endlich auch mal an jemand anderen dachte als ausschließlich an Marianne. Sie konnte es einfach nicht ertragen, die beiden zusammen zu sehen. Ich *wette*, dass er sich in der Nacht vor ihrem Tod mit Marianne getroffen hat, und das hat sie natürlich mitbekommen ... Und findet ihr es nicht auch komisch, dass sie andauernd schläft? Am Freitag hat sie angeblich von eins bis fünf geschlafen – mitten am Tag! –, und gestern Nacht schlief sie so fest, dass es fast an Bewusstlosigkeit grenzte.«

»Du hast recht.« Ich nickte aufgeregt. »Sie hatte wirklich sowohl die Möglichkeiten als auch ein Motiv. Und ich muss gestehen, dass sie mir auch nicht ungeheuer sympathisch ist. Bevor Pyttan dazugestoßen ist, hab ich mich in ihrer Küche wirklich nicht wohlgefühlt ...«

»Von wem redest *du* denn?« Jetzt war es an Pyttan, verwirrt dreinzublicken. »Lass mich meine Beweisführung in aller Ruhe zu Ende bringen. Zuallererst einmal: Sie ist stark genug, um einerseits einen Menschen zu erdrosseln und ihn andererseits an einen unbekannten Ort zu bringen, und das wissen wir, weil sie *fünf Kilometer mit unbefestigten Skulls bewältigt hat*, und das ist mehr, als ich mir jemals zutrauen würde. Und zweitens: Sie wollte nicht, dass ich in ihrem Zimmer untergebracht würde. Das hab ich ihr natürlich angemerkt. Und drittens: Sie hat *gestern Abend großzügig Schlaftabletten verteilt*, damit auch ja alle schliefen, während sie hinausschlich und Jojje abmurkste. Zum Glück sind nicht alle in diese Falle getappt – denn sonst ...« Sie sah, dass wir vor Staunen wie versteinert waren, und fügte ruhig hinzu: »Ich bin mir sicher, dass das reichen wird. Und nur dass ihr es wisst: *Heute werde ich in Vivekas Zimmer übernachten.*«

Dann legte Pyttan eine neue Platte auf.

»*Allegro con fuoco*«, murmelte sie. »Das ist der Anfang vom Ende. Herrlich, findet ihr nicht auch?«

ELFTES KAPITEL

Und es sollte nicht die letzte Platte bleiben. Erst als Wotan unter Qualen von Brünnhilde Abschied genommen, die Feuersbrunst in ohrenbetäubender Raserei um den Walkürenfelsen gelodert und irgendwann selbst Isolde Liebe und Leben ausgehaucht hatte, hatten Carl Herman und ich Pyttans spektakuläre Theorie endlich verdaut. Immer noch leicht erschüttert sahen wir einander an und mussten vorsichtig eingestehen: »Da ist was dran. Das mit den Schlaftabletten, das ist wirklich verdächtig...«

Umso heftiger zuckten wir zusammen, als wir Vivekas tiefe, warme Stimme draußen vor der Tür vernahmen. Rutger und seine Damen schienen eine außerordentlich vergnügliche Zeit verbracht zu haben, und jetzt waren sie hungrig und durstig wie die Wölfe. Rutger wurde auf seine allabendliche Expedition in den Vorratskeller geschickt, und Pyttan stellte unter Murren den Plattenspieler ab.

»Macht ihr hier eigentlich auch noch etwas anderes als essen? Ich hab doch gerade eben erst abgespült!«

»Bleib sitzen«, rief Viveka ihr zu. »Ich gehe Ann zur Hand. Du hast für heute schon genug getan.«

Sie wirkte nett und freundlich wie immer. Ihr Haar

hing in nassen Strähnen herunter und verhalf ihr nicht gerade zu einer größeren Attraktivität, aber wie sie so eifrig zwischen Küche und Aufenthaltsraum hin- und hereilte, machte die hagere und doch kräftige Gestalt in ihrer hässlichen, verschlissenen Hose eine derart angenehme, gute Figur und sah so normal aus, dass ich mich regelrecht darüber ärgerte, was Pyttans Fantasie und Wagners Musik mich gerade eben noch hatten glauben lassen. Carl Herman schien das Gleiche zu denken; auffallend hilfsbereit sprang er Viveka zur Seite. Lil saß indes allein und qualmend in ihrem grünen Sessel.

Draußen wurde es allmählich dunkel, und Rutger zündete den hübschen Petroleumleuchter an, der von der Decke hing. Pyttan rief draußen nach Polizeimeister Svensson, und nicht einmal er als Mahnmal der Ereignisse konnte verhindern, dass wir einen richtig gemütlichen und netten Abend verbrachten. Lil kümmerte sich im Übrigen so aufopferungsvoll um den dunkelrot angelaufenen Polizisten, dass die gesamte Gesellschaft – sogar Carl Herman – sich köstlich amüsierte, auch wenn das Objekt ihrer Aufmerksamkeit nicht mehr zu wissen schien, wo ihm der Kopf stand. Am Ende fragte sie ihn sogar, ob er vorhabe, die *ganze* Nacht dort draußen auf der Wiese Wache zu stehen.

»Nein, nein, der Polizeihauptmeister und Kommissar Wijk lösen mich irgendwann ab.«

»Aber dann müssen Sie doch irgendwo schlafen! Ann, wo bringen wir ihn unter?«

Pyttan ergriff die Gelegenheit beim Schopf und bot der Polizei ihr Nylonzelt als Hauptquartier an.

»Heute Nacht schlafe ich zur Abwechslung auch mal gern im Haus. Ich kann ja zu Viveka ziehen.«

Viveka sah ein wenig überrascht aus, aber mitnichten unangenehm berührt. »Du bist herzlich willkommen«, sagte sie und nickte. »Ich fand ja schon immer, dass ein ordentliches Bett viel angenehmer ist als Tannennadeln und ein Schlafsack.«

Doch plötzlich ging Rutger unerwartet barsch dazwischen. »Wenn du schon drinnen übernachten willst, kannst du genauso gut Georges Kammer nehmen, die steht ja leer.«

Für einen Moment wusste Pyttan nicht, was sie darauf erwidern sollte – aber auch nur für einen Moment. »Danke, aber wenn du auch nur einen Funken Fantasie hättest, könntest du dir vielleicht vorstellen, dass ich nur deshalb mein geliebtes Zelt zur Verfügung stelle, weil mir nach meinem Fund von heute Morgen der Sinn nach menschlicher Gesellschaft steht, jetzt, wo es draußen dunkel wird. Und ausgerechnet in der Kammer, in der Jojje am ehesten herumspukt, will ich nun wirklich nicht alleine sein.«

Rutger sah nicht so aus, als würde er Pyttans spontan entwickelter Angst vor der Dunkelheit Glauben schenken, doch dann verkündete er knapp und vehement: »Dann schläfst du eben in meinem Bett. Ich ziehe in Jojjes Kammer – ich habe nämlich keine Angst vor Geistern.«

Ann war sichtlich verdutzt, aber sicherlich nicht annähernd so sehr wie Pyttan und ich. Was bezweckte er damit? Warum war es ihm so wichtig, dass Pyttan nicht bei Viveka im Zimmer schlief? Traf er sich nachts etwa heimlich mit ihr – oder glaubte er vielleicht, es könnte seiner kleinen Schwester gefährlich werden, in ein und demselben Zimmer zu liegen wie Viveka? Die Fragezeichen musste man mir regelrecht angesehen haben.

Trotzdem bekam Rutger seinen Willen. Pyttan schnitt zwar eine finstere Grimasse, als wir einander Gutenacht sagten, blieb aber im Haupthaus. Lil folgte dem Polizeimeister hinaus zu seinem Posten, und Carl Herman schüttelte halb amüsiert, halb niedergeschlagen den Kopf, als wir gemeinsam hinüber zum Gästehaus marschierten.

»Er wird heute Nacht mit Sicherheit nicht allein bleiben, wenn er nicht will. Das macht sie doch nur, um irgendjemanden aus der Reserve zu locken... doch nicht etwa mich? Gute Nacht, Puck, und danke für heute!«

Es dauerte eine Ewigkeit, bis es mir gelang, die Petroleumlampe anzuzünden, und in der Einsamkeit und Dunkelheit fühlte ich mich zusehends elend. Trotz allem hätte ich in jenen Minuten nichts gegen eine von Vivekas Schlaftabletten einzuwenden gehabt. Warum konnte Lil eigentlich nicht eine einzige Nacht in ihrem eigenen Bett verbringen? Und wo waren überhaupt Eje und Christer abgeblieben?

Ich schlüpfte ins Bett und zog mir die Decke über den Kopf. Irgendwann träumte ich, dass in Lils Bett bäuchlings eine Leiche lag und dass irgendetwas mich dazu zwang, näher heranzutreten und sie umzudrehen... und dann sah ich, dass die Leiche gesichtslos war. Über dem Hals klaffte lediglich ein schwarzes Loch...

Mein Nachthemd war schweißnass, und ich fühlte mich am ganzen Körper merkwürdig kraftlos. Zu meiner großen Erleichterung stellte ich fest, dass es inzwischen draußen schon wieder hell wurde, und nachdem ich eine Weile verzweifelt zwischen Feigheit und gesundem Menschenverstand geschwankt hatte, traute ich mich schließlich, mich aufzusetzen und einen Blick auf das Bett neben mir zu werfen. Lil schlief tief und fest, und ihr rotgoldenes Haar lag wie ein Fächer auf ihrem Kissen. Während ich sie so ansah – und bewunderte –, beruhigte sich mein Puls allmählich wieder. Sie war wirklich unfassbar schön. Ihr Mund hatte selbst im Schlaf einen eigensinnigen Zug wie bei einem Kind, dem ein begehrtes Spielzeug verwehrt wurde. Ich fragte mich, wie weit sie wohl gehen würde, um es sich zu nehmen.

Ich war inzwischen zu wach, um noch mal einzuschlafen, also stand ich lautlos auf, schlüpfte in Shorts und Bluse und öffnete vorsichtig die Tür. Die Sonne stand bereits am Himmel, doch draußen war keine Menschenseele zu sehen. Ich holte tief Luft und schlenderte hinüber zur Wiese.

Dort saß in einem der ziegelroten Gartenstühle Viveka. »Hallo«, rief sie mit gedämpfter Stimme, »es gibt also noch jemanden, der nicht schlafen kann.«

Ich setzte mich ihr gegenüber und fragte sie nach der Uhrzeit.

»Halb sieben – es ist völlig gegen die Natur, jetzt schon wach zu sein.«

Unter ihren Augen lagen dunkle Schatten, und sie sah müde und niedergeschlagen aus. Auf die Stuhllehne hatte sie einen Aschenbecher gestellt, der faszinierend viele Zigarettenkippen enthielt.

»Hast du die alle geraucht? Da musst du ja schon eine Ewigkeit wach sein! Warum hast du denn nicht einfach eine deiner tollen Tabletten genommen?«

»Hab ich ja, und trotzdem war ich um vier Uhr wieder wach. Und ich traue mich nicht, mehr zu nehmen.« Sie sah mich finster an. »Ist es nicht grässlich? Ich habe Montagmorgen immer schon gehasst, aber dieser hier ist wirklich schlimmer als jeder andere. Ich hab das unbestimmte Gefühl, dass dieser Tag uns noch mehr Unglück bringen wird.«

»Ich finde ja, dass es in dieser Hinsicht allmählich reicht – mal bloß nicht den Teufel an die Wand!«, entgegnete ich, und es entstand eine kurze Gesprächspause, doch es war keine unangenehme Stille, und unwillkürlich musste ich wieder daran denken, wie Pyttan behauptet hatte, dass es ihr schwerfalle, sich mit Viveka zu unterhalten, und es ihr regelrecht unmöglich sei, einen Draht zu ihr zu entwickeln. Was hatte das Mädchen damit nur gemeint? Viveka kam mir genauso ungezwungen und zugänglich vor wie Pyttan selbst, und dass sie just in diesem Augenblick ein wenig stiller war und weniger gut gelaunt als sonst, war schließlich nicht verwunderlich. Der Gedanke, sie könnte etwas mit den beiden Morden zu tun haben, kam mir regelrecht absurd vor; zumindest konnte ich mir keinen normalen, freundlichen Durchschnittsmenschen vorstellen, der so überzeugend eine derartige Untat zu verheimlichen vermochte.

»Eine Krone für deine Gedanken…«

Ich fühlte mich ertappt und schämte mich. Und nur um irgendwas zu sagen, antwortete ich: »Ich hab an Marianne denken müssen. Wir hatten leider keine Gelegenheit mehr, uns besser kennenzulernen. Kanntest du sie lange?«

»Seit ihrem ersten Semester an der Uni.«

»Sie war der Star auf der Studentenbühne, habe ich gehört. Hast du sie je spielen sehen?«

»Ja, oft sogar. Sie war echt gut. Aber Rutger war noch besser.«

»Was? Rutger hat Theater gespielt? Kaum zu glauben. Welches Genre denn? Erzähl!«

»Ich hab ihn als Gustav Vasa gesehen, da hat man wirklich vergessen, dass ein Student auf der Bühne stand. Und es war nicht nur seine Statur, die beeindruckend war – obwohl die damals womöglich zu diesem Eindruck beigetragen hat… Und neben Marianne als Fräulein Julie hat er den Jean gegeben. Als er sie dazu gebracht hat, mit dem Küchenmesser in der Hand hinauszugehen, hat der ganze Saal vor Anspannung vibriert. Und vor Hass.«

Sie verfiel so abrupt in Schweigen, dass sie genau dadurch zu betonen schien, was sie ganz offenbar nicht hatte aussprechen wollen. Zweifelsohne war das Bild, das sie soeben heraufbeschworen hatte, das unglücklichste, das sie sich nur vorstellen konnte: Jean, der Fräulein Julie in den Tod schickt, weil dies das einzige Ende für ihre Beziehung darstellt, bei dem er mit heiler Haut davonkommt…

»Hast du damals auch Theater gespielt?«, fragte ich aus dem fast schon panischen Drang heraus, den Gedanken an Rutger als dem brutalen Diener und Liebhaber aus Strindbergs bitterem Stück zu vertreiben.

Viveka schwankte sichtlich zwischen Belustigung und Niedergeschlagenheit. »Gespielt? Was denn? Vielleicht die erste Liebhaberin?«

Mir wurde schlagartig bewusst, wie gedankenlos ich gewesen war. Im Studententheater sah man am liebsten hübsche, aufsehenerregende Mädchen wie Marianne auf der Bühne – Viveka hätte kaum eine Chance gehabt, eine andere Rolle zu besetzen als die der alten Tante an der Peripherie eines Stücks, und dafür war sie allemal zu talentiert.

Kurz entschlossen wechselte ich das Thema. »Ich habe über eine Sache nachgedacht: nämlich wann und wie Marianne meinen Armreif verloren hat. Carl Herman hat ihn am Freitag tief im Wald wiedergefunden. Wenn du dich erinnerst, war er schon beim Frühstück verschwunden. Und Jojje behauptete, dass sie ihn am Vorabend um elf Uhr noch getragen habe, als die beiden sich voneinander verabschiedeten. Du hast nicht zufällig darauf geachtet, ob sie ihn noch getragen hat, als sie sich auszog?«

Einen Augenblick lang lag Skepsis auf Vivekas Gesicht. Dann drückte sie sorgfältig ihre halb fertig gerauchte Zigarette aus und sah mir direkt in die Augen.

»Ich musste kurz darüber nachdenken, ob ich irgendetwas sagen soll oder nicht. Aber Christer hat nie nach der Nacht vor dem Mord gefragt, und da hab ich mir gesagt, dass ich über Dinge, die mich nichts angehen, auch nicht sprechen würde. Vielleicht war das ja dumm von mir, aber jetzt steht die Frage nun mal im Raum. Nur kann ich dir auf deine Frage bloß antworten, dass ich von dem Armreif gar nichts weiß. *Denn Marianne ist in jener Nacht überhaupt nicht zum Schlafen heimgekommen.*«

Diesen letzten Satz betonte sie so deutlich, als wäre es für sie eine Erleichterung, dieses Geheimnis endlich mit jemandem teilen zu können. Ich musste mir ein überraschtes Keuchen verkneifen.

»Willst du mir damit sagen, dass sie die *ganze* Nacht unterwegs war? Bist du dir da sicher?«

»Ganz sicher. Ich habe schlecht geschlafen, wollte aber nicht gleich in der ersten Nacht eine Schlaftablette nehmen. Sie hätte gar nicht hereinkommen können, ohne dass ich es bemerkt hätte. Abgesehen davon war ihr Bett am Morgen unberührt – sofern wir Christers Lieblingsindiz eine Bedeutung beimessen wollen. Sie kam um acht, um ihren Badeanzug zu holen, und war wieder verschwunden, noch ehe ich ausreichend zu mir gekommen war, um mit ihr zu sprechen.«

»Aber was hat sie denn dort draußen getan? Mit wem war sie unterwegs? Viveka, weißt du irgendwas?«

Sie sah zu Boden und schüttelte dann langsam den Kopf. »Ich will nicht behaupten, dass ich es mir nicht denken könnte, aber ich *weiß* überhaupt nichts, und daher will ich auch nichts sagen.«

Sie musste auch gar nichts sagen. Ich ahnte, was sie sich zusammenreimte. Marianne hatte sich um elf von Jojje verabschiedet und von Carl Herman gegen zwölf. Einar war raus aus dem Spiel; blieb also nur mehr Rutger. Mir kam in den Sinn, wie recht Pyttan mit ihrer Mutmaßung gehabt hatte, dass Marianne und Rutger sich in der Nacht vor dem Mord getroffen haben mussten und dass Viveka es mitbekommen hatte. Aber daraus zu schließen, dass Viveka in einem Anfall von Eifersucht Marianne umgebracht hatte, wäre zu kurz gedacht gewesen. Da hätte es genauso gut Ann oder Lil gewesen sein können. Und Rutgers Spiel wurde von Geheimnis zu Geheimnis, das gelüftet wurde, immer verdächtiger. Wenn er die ganze Nacht mit Marianne verbracht hatte, dann war er ihr gegenüber wohl doch nicht ganz gleichgültig gewesen.

Viveka sah mich unverwandt an. »Ich erhöhe auf fünf Kronen. Für deine Gedanken, meine ich. Man kann förmlich sehen, wie es unter deinen hübschen Locken rattert.«

Ich versuchte zu lächeln. »Du solltest Christer von all dem erzählen, findest du nicht?«

»Ja, und es wird mir nicht mal schwerfallen. Im Übrigen finde ich, dass wir ihn und den Rest der Gesellschaft allmählich wecken sollten.«

Wir gaben uns einen Ruck, und innerhalb von dreißig Minuten herrschten wieder Leben und Betriebsamkeit auf Lillborgen. Kein Wölkchen stand am Himmel, und die Hitze wurde von Stunde zu Stunde drückender.

»Genau wie am Freitag«, stellte Viveka irritiert fest, und alle waren sich darüber einig, dass es bestimmt wieder ein Gewitter geben würde.

Am späteren Vormittag kam Einar auf mich zu und fragte, ob ich mit ihm nach Skoga fahren wolle. Er sollte dort im Auftrag des Ermittlungsteams ein paar Dinge erledigen, und bei dieser Gelegenheit konnten wir gleich auch für Ann einkaufen gehen. Begeistert sagte ich zu. Allein der Gedanke, für ein paar Stunden von der Insel wegzukommen, fühlte sich an wie ein Befreiungsschlag. Außerdem hatte ich in den vergangenen vierundzwanzig Stunden nicht allzu viel von Eje gesehen.

»Aber zieh dir was Anständigeres an«, ermahnte er mich mit einem vielsagenden Blick auf meine nackten Beine. »Die sind zwar schön, aber ich will nicht, dass meine Ehefrau in spe bei ihrem allerersten Besuch ganz Skoga in Aufruhr versetzt.«

Nachdem eine lange Hose bei diesen Temperaturen ausgeschlossen war, entschied ich mich für mein weißes Leinenkleid. Es betonte meine Sonnenbräune und sah zumindest leicht aus, auch wenn es das nicht war. Auch Einar hatte sich ganz in Weiß gekleidet, und Pyttan, die uns nach Uvfallet übersetzen wollte, gab ihrer Begeisterung über uns beide lautstark Ausdruck – ein Kompliment, das Einar in seiner Gänze offenbar gar nicht zu schätzen wusste.

Auf Uvfallet warteten bereits mehr Männer, als gestern da gewesen waren. Das war die Mannschaft, die den See absuchen sollte. Der energische Polizeihauptmeister Berggren hatte sogar noch ein paar zusätzliche Ruderboote von einem See ganz in der Nähe herbeitransportieren lassen. Ich hätte gern mit angesehen, wie sie vorgingen, doch Eje bugsierte mich stattdessen in eine elegante, hellgraue Limousine, die, wie sich herausstellte, Christer Wijk gehörte, und trat dann über diverse Hügel eine regelrechte Berg- und Talfahrt an. Aber die Strecke war hübsch anzusehen, und hin und wieder bat ich Einar sogar, stehen zu bleiben, damit ich die Aussicht auf einen glitzernden See oder eine Talsenke mit einem klarbraunen Flüsschen besser genießen konnte. Er kam meinem Wunsch jedes Mal gern nach, teils, weil er sich an meiner spontanen Begeisterung für seine Heimatregion erfreute, teils aber auch, weil er als Fahrer sich nicht auf viel mehr konzentrieren konnte als auf die Straße. Dabei war da so viel, wovon wir uns erholen mussten...

Wir sprachen kaum miteinander – es schien uns beiden zu genügen, endlich ungestört Seite an Seite dasitzen zu dürfen –, und wenn wir uns unterhielten, dann jedenfalls nicht über die Morde.

Skoga entpuppte sich als die hübscheste, malerischste Kleinstadt, die ich je zu Gesicht bekommen hatte. Jede einzelne Gasse schien am Wasser zu enden, und die flachen alten Holzhäuser mit ihren gewaltigen, mit kunstvollen Schnitzereien verzierten Türen zeugten von der einstigen Bedeutung der Region Bergslagen. Einar erwies sich als zuvorkommender und sachkundiger Fremdenführer, und der Nachmittag verging wie im Flug. Wir hatten bereits im Auto überlegt, ob Einar nach Hause fahren sollte, um mich seiner Schwester und seinem Schwager vorzustellen, aber wir waren uns schnell darin einig gewesen, dass es unmöglich wäre beisammenzusitzen und zu plaudern, ohne dabei die Untaten der letzten Tage zu erwähnen, und über die beiden Morde wollten wir beim besten Willen nicht sprechen. Also würde der Besuch warten müssen, auch wenn klar war, dass Eje fürchtete, hinter jeder Straßenecke seiner geliebten Schwester in die Arme zu laufen.

Als wir schließlich sämtliche Aufgaben und Aufträge ausgeführt hatten – was eine Ewigkeit gedauert hatte, weil überall noch ein bisschen geplaudert werden musste –, war es bereits fünf Uhr, und Eje schlug vor, im Stadthotel zu Abend zu essen. Es wurde ein sehr gelungener Abend, und wir waren uns beide nur zu bewusst, dass wir von Minute zu Minute glücklicher und verliebter ineinander waren. Als der Kaffee serviert wurde, seufzte ich schließlich tief und erinnerte Einar an unsere bevorstehenden düsteren Aussichten.

Er nickte. »Wenn man hier sitzt und ein wenig Distanz zu der ganzen Sache hat, kommt es einem komplett irreal vor.«

»Ist Christer eigentlich schon weitergekommen? Hat er irgendetwas herausgefunden, wovon ich noch nichts weiß?«

»Das meiste, was die Polizei bislang unternommen hat, war reine Routinearbeit. Sie haben sich ein paar Informationen über die Beteiligten verschafft, aber ich glaube nicht, dass dabei irgendetwas Neues ans Licht gekommen wäre – außer dass Jojje vor mehr als einem Monat tatsächlich ein Hotelzimmer in Båstad reserviert hat. Eine Reservierung auf Mariannes Namen haben sie allerdings nicht gefunden.«

»Vielleicht wollten sie sich das Zimmer ja teilen«, schlug ich belustigt vor.

Einar versuchte sich an einem missbilligenden Gesichtsausdruck. »Du scheinst von der Moral in unseren Kreisen ja keine allzu hohe Meinung zu haben. Nein, meine Liebe, wir geben uns alle Mühe, *nach außen* einen anständigen Eindruck zu erwecken.«

»Du vielleicht! Bei Marianne Wallman bin ich mir da nicht so sicher.«

»Mal im Ernst, Puck, glaubst du wirklich, dass zwischen den beiden irgendetwas war, bevor sie nach Lillborgen gekommen sind?«

»Nein, ich glaube, dass da überhaupt nicht mehr war als vielleicht ein bisschen Knutscherei. Mit ihm hat sie die Nacht garantiert nicht verbracht...«

»Welche Nacht?«

Ejes verwunderter Gesichtsausdruck verleitete mich dazu, ihm zu erzählen, was ich in Erfahrung gebracht hatte. Umgekehrt erzählte er mir, was er wusste, und an zwei Dingen biss ich mich fest. Christer hatte herausgefunden, dass Rutgers Revolver, mit dem Jojje in der Samstagnacht aller Wahrscheinlichkeit nach erschossen worden war, zumindest bis Freitagnachmittag in der Nachttischschublade neben Rutgers Bett gelegen hatte, denn da hatte Ann die Schublade auf der Suche nach einem Kopfschmerzmittel durchsucht. Am Samstag aber hatten früher oder später alle die Gelegenheit gehabt, hineinzuschleichen und den Revolver an sich zu nehmen – nachdem Pyttan gegen Mittag im Beisein sämtlicher Besucher erwähnt hatte, dass es ihn gab.

Auf dieser Spur war also offenbar kein Fortkommen.

Einar berichtete aber überdies, dass sie eindeutige Indizien sichergestellt hätten, die bewiesen, dass Jojje Samstagnacht tatsächlich zwischen Haus und Gästezimmern hin und her gewandert war, nämlich massenhaft Zigarettenkippen und abgebrannte Streichhölzer, die überdies darauf hindeuteten, dass er zumindest bei zwei Gelegenheiten einen kleinen Abstecher in den Wald gemacht hatte, wo er sich versteckt haben musste, um vom Haus aus nicht gesehen zu werden. Wenn man Lils Aussage Glauben schenken wollte, dass sie um halb vier noch mit ihm gesprochen hatte, musste er sich folglich ebenfalls versteckt gehalten haben, als Christer um halb drei seine zweite Kontrollrunde unternommen hatte und als Einar eine Stunde später von seinem fruchtlosen Ausflug zurückgekehrt war.

Mein Kaffee war kalt geworden, und ich kritzelte kryptische geometrische Formen auf meine Serviette.

»Dann war er also von elf Uhr abends bis um halb vier morgens draußen... Das ist doch verrückt! Worauf in aller Welt hat er gewartet?«

»Er hat auf den Mörder gewartet. Da können wir uns ziemlich sicher sein.«

»Und wer war es?«

»Meine liebe Puck, wenn ich das wüsste, würde ich jetzt direkt hoch zu Edvardsson, dem Goldschmied, rennen und dir einen blanken, glitzernden Goldring kaufen. Und dann würde...«

»Bleib bei der Sache. Außerdem hat der Juwelier längst geschlossen.«

Einar zündete seine Pfeife an und dachte eine Weile nach. »Glaubst du, dass Lil die Wahrheit gesagt hat?«, fragte er unvermittelt.

»Nein... Ja. Warum?«

»Wenn sie die Wahrheit gesagt hat, dann kann er nicht auf sie gewartet haben.«

Und so drehten und wendeten wir das Problem erneut in alle Richtungen, bis wir am Ende noch verwirrter waren als zuvor. Wir waren uns einig, dass sich sowohl Rutger als auch Lil höchst merkwürdig verhielten, und Einar wies widerwillig darauf hin, dass dies insbesondere auf Rutger ein schlechtes Licht warf, weil er gewöhnlich so überaus wahrheitsliebend und verlässlich war. Lil hingegen ging bekanntermaßen immer ein bisschen leichtfertig mit der Wahrheit um, was ihre Lügen erklären mochte – wenn man von einem recht oberflächlichen Doppelmordmotiv einmal absah. Aber auch Viveka und Ann hatten kein Alibi, und wenn die Antriebskraft hinter der ersten Tat Eifersucht gewesen sein sollte, passten auch diese beiden beunruhigend gut in das düstere Muster.

»Oder...«

Ich sah den ernst dreinblickenden Pfeifenraucher, der neben mir auf dem Sofa saß, mit großen Augen an.

»Oder aber du bist der Mörder. Du hattest es verdächtig eilig, mich loszuwerden, als wir am Freitagnachmittag von unserem Badeausflug zurückkamen. Was hast du anschließend eigentlich gemacht? Du wolltest in der Nacht, als wir nach Forshyttan gefahren sind, nicht mal die Leiche sehen – vielleicht wusstest du ja, dass sie nicht mehr unter der Fichte liegen würde? Und gestern Morgen kamst du vom Steilhang direkt zu der Stelle herunter, wo – wie der Mörder wusste – Jojje lag...«

»Natürlich«, sagte Einar, »ich bin ein Serienkiller. Wie gut, dass du es rechtzeitig erkannt hast! Das mit Jojje war allerdings ein kleiner Ausrutscher. Eigentlich habe ich mich auf Frauen spezialisiert. Und noch gibt es da ein paar hübsche Exemplare auf Lillborgen...«

Der Kellner im Stadthotel von Skoga war offenkundig nicht an öffentliche Liebesbekundungen gewöhnt und ließ fast das Tablett fallen, das er vor sich her balancierte, während dem wohlerzogenen Uniabsolventen Bure weder mein noch sein Leumund in Skoga noch irgendetwas zu bedeuten schienen.

Aber wir hatten schon viel zu viel Zeit vertrödelt, und Eje machte sich langsam Sorgen, dass Pyttan es womöglich leid sein könnte, auf Uvfallet auf uns zu warten, insbesondere da sich ausgerechnet in Richtung Forshyttan immer dunklere Gewitterwolken auftürmten. Gegen neun stellten wir unseren Wagen auf Larssons Hof ab, es wurde bereits dunkel, doch unten am Wasser wartete nicht nur Pyttan auf uns, die gerade die letzten Männer aus dem Motorboot dirigierte, sondern auch Christer und Polizeihauptmeister Berggren und diverse andere.

Ich fragte beschwingt in die Runde, wie es ihnen ergangen sei, hielt aber schlagartig die Luft an, als ich sah, wie sich die Gruppe stumm teilte und ein paar Männern Platz machte, die eine Bahre trugen. Darüber war sorgfältig ein Stück Segeltuch gelegt worden. Trotzdem wich ich intuitiv zurück. Über den Hügeln im Norden grollte bereits der Donner, und der Uvlången sah dunkel, gewaltig und trostlos aus.

Pyttan kam auf mich zu und berichtete mit gesenkter Stimme, dass sie Marianne gegen Abend ein Stück entfernt von der Stelle gefunden hatten, wo ein Flüsschen aus dem Uvlången sich in den Lillsjö ergoss. Viveka, die zu dem Zeitpunkt von Christer einem zweistündigen Kreuzverhör unterzogen worden war, sei zusammengebrochen und habe darum gebeten, nicht diejenige sein zu müssen, die Marianne identifizieren sollte. Stattdessen habe Carl Herman sich dazu bereit erklärt, und er sei kreideweiß im Gesicht zurückgekehrt. Die Stimmung drüben auf Lillborgen sei mittlerweile düsterer denn je.

Christer, der Zeit genug gehabt hatte, um über die jüngsten Entwicklungen nachzudenken, unterbrach uns und bat Pyttan, mich und Einar zur Insel zurückzubringen. Einar solle später noch einmal übersetzen und Christer und den Polizeihauptmeister vom Festland abholen.

An Bord des Bootes erhielten wir eine ausführliche Schilderung der Ereignisse. Die größte Herausforderung hatte offenbar eine Invasion von Journalisten und Pressefotografen dargestellt, die überwiegend von den Stockholmer Redaktionen hergeschickt worden waren. Sie hatten sich zwar samt und sonders, so gut es ihnen möglich war, anständig und diskret verhalten, doch die Gewissheit, ab dem morgigen Tag in sämtlichen Zeitungen des Landes zu stehen, hatte vor allem Rutger schier rasend gemacht.

»Denkt an meine Worte«, fügte Pyttan niedergeschlagen hinzu, »wenn nicht bald etwas passiert, was dieser ganzen Geschichte ein Ende setzt, dann wird es in einer noch größeren Katastrophe enden. Wer immer der Mörder sein mag – bei der ganzen Anspannung muss er doch allmählich hysterisch werden.«

»Vielleicht wäre das sogar gut«, merkte Einar leise an. »Vielleicht verrät er sich dann endlich.«

»Wenn er nicht vorher noch mehr Unheil anrichtet, ja«, gab Pyttan zurück. Sie hatte offenbar beschlossen, vom Schlimmsten auszugehen.

Erst als sie uns erzählte, dass sie Christer ihre Theorie dargelegt hatte, hellte sich ihre Miene wieder ein bisschen auf. Christer hatte sie offenbar ernst genommen und sich prompt auf Viveka gestürzt. »Er hat sie im Verdacht, das weiß ich genau, und für den Rest des Abends war sie am Boden zerstört.«

Das Gewitter kam immer näher, und mit einer gewissen Beklemmung ging ich im Hafen an Land. Wie immer sich der Fall auflösen würde – es würde unter Garantie für jeden von uns unangenehm werden.

Im Wald war es bereits stockfinster, und trotz der Ereignisse wirkte deshalb der Gemeinschaftsraum, in dem das Kaminfeuer flackerte und die Petroleumlampen ein sanftes Licht verbreiteten, unendlich einladend. Lil, Carl Herman und Rutger spielten Bridge, was wir mit einem einzigen Blick auf die grüblerischen Mienen der Herren und anhand von Lils empörtem Ausruf erkannten: »Mein lieber Carl Herman, hattest du nicht Cœur angesagt?«, woraufhin Rutger mit einem Ass den Stich machte.

»Einen Moment noch«, rief er über die Schulter zu uns herüber, »die Partie ist gleich zu Ende.«

»Wer ist denn euer vierter Mann?«, fragte ich mit einem Blick auf das offen hingelegte Blatt und den leeren Stuhl gegenüber von Rutger.

»Viveka, aber die ist gerade in den Keller gelaufen, um eine neue Flasche Kognak zu holen. Ann ist in der Küche.«

Das war sie, und sie empfing uns dort mit einem warmherzigen Dankeschön, nahm die Einkäufe entgegen und bot uns Tee und belegte Brote an. Ich ging zurück in den Aufenthaltsraum und sah schweigend zu, wie Rutger für sich und Viveka drei weitere Stiche machte. Sein Spiel war konzentriert und ausgebufft, während Carl Herman eine Riesenchance verspielte und dafür von Lil ordentlich eins auf die Mütze bekam, als die Partie vorbei war. Mit gespielter Resignation grinste er zu mir herüber – aber er sah blass aus. Rutger rechnete ab und knurrte halblaut vor sich hin, wo Viveka denn mit dem Kognak bleibe.

»Ist es nicht merkwürdig, dass man immer alles selbst erledigen muss? Zumindest wenn man will, dass es ordentlich gemacht wird.«

Damit stand er auf und verschwand durch die offene Terrassentür, und Carl Herman fragte hoffnungsvoll, ob Pyttan und ich nicht vielleicht »Daumen hoch« mit ihm spielen könnten statt Bridge, bei dem er ständig Schelte bekäme.

»Dichter«, warf Lil daraufhin ein, »sind einfach zu nichts nütze. Weißt du, mein Lieber, du bist unwiderstehlich, wenn du unverständliche Gedichte zu Ehren irgendwelcher Frauen schreibst – aber für Bridge bist du einfach nicht zu gebrauchen.«

Pyttan sah ihr großes Vorbild schwärmerisch an. »Ich finde ja, dass Leute, die Bridge spielen, wahnsinnig langweilig sind. Außerdem streiten sie sich ständig. Ann hat das ganz richtig gemacht und sich geweigert, gegen Rutger anzutreten.«

Ein Knall – und Rutger taumelte herein, die Augen weit aufgerissen und schreckerfüllt. Dann stützte er sich auf den Tisch und keuchte schwer.

»*Rutger!* Was ist denn los?«

Mit unendlich verwirrtem Blick sah er uns an.

»Die Hölle ist los… Viveka liegt draußen hinter der Kellertür. Sie ist… Sie ist tot.«

ZWÖLFTES KAPITEL

Christer fragte mich im Nachhinein, wie die anderen denn reagiert hätten, als ihnen dämmerte, was Rutger da gesagt hatte. Ich war ihm leider keine große Hilfe. Im entscheidenden Augenblick hatte ich nämlich vollkommen vergessen, dass ich eine Art Sonderstellung als Polizeivertraute – als Hilfsermittlerin gewissermaßen – innehatte, und war selbst dermaßen von Überraschung, Ungläubigkeit und Schrecken erfüllt gewesen, dass ich die anderen kaum wahrgenommen hatte. Ich wusste nur noch – eher intuitiv, als dass ich es gesehen hätte –, dass Einar nicht da war und Ann wie eine Marmorstatue blass und reglos in der Küchentür stand, was wenig verwunderlich war, im Gegenteil: Wir alle schienen sowohl geistig als auch körperlich wie gelähmt zu sein. Die unnatürliche, beklemmende Stille brach erst, als Einar seinen Arm um Anns Taille legte und sie aus dem Weg schob, um aus der Küche in den Aufenthaltsraum zu kommen.

»Steh nicht so verträumt herum – das Teewasser kocht.«

Da erst nahm er das Bild wahr, das sich ihm bot, und seine braunen Augen sahen erst verwundert und dann schlagartig höchst alarmiert drein. Er ließ Ann los und trat auf Rutger zu, der immer noch über den Tisch gekrümmt dastand, als könnte er sich nur so aufrecht halten.

»Was ist mit dir? Hast du dich geprügelt?«

Erst jetzt nahm auch ich zur Kenntnis, dass Rutger wirklich aussah, als wäre er in eine Schlägerei geraten. Sein weißes Hemd war schmutzbefleckt, und das Haar, das sonst so makellos zurückgekämmt war, fiel ihm in dunklen Strähnen in die Stirn. Als er geistesabwesend versuchte, sie sich aus dem Gesicht zu streichen, griff Einar mit einem erschreckten Aufschrei nach seiner rechten Hand. Die Handfläche war völlig zerkratzt und blutig, und mit fast apathischem Erstaunen starrte Rutger auf sie herab.

»Ich bin die Kellertreppe hinuntergefallen«, erklärte er, und seine Stimme bebte dabei immer noch ein bisschen.

Einar schnappte sich die kleine Taschenlampe, die Rutger auf den Tisch geworfen hatte. Sie brannte immer noch. Rutger wich ein paar Schritte zurück in den Raum – und dann war es Pyttan, die die Augen aufriss und mit einem Ausdruck von Ekel ausrief: »Was… Was ist das da auf deiner Hose? Das sieht ganz schleimig aus und widerwärtig! Was in aller Welt ist das?«

Die eben noch blendend weiße Hose sah ohne jeden Zweifel widerlich aus. Sie war nicht nur schmutzig; an manchen Stellen prangten überdies merkwürdig klebrige, bräunlich schillernde Ränder und Flecken.

»Schmierseife, nehme ich an.«

Rutger kam allmählich wieder zur Ruhe, aber eine schreckliche Sekunde lang glaubte ich, dass er den Verstand verloren hätte.

»Schmierseife?«

Einar war offensichtlich ebenso verwirrt wie ich.

»Ja.« Rutger machte eine kleine Kunstpause, und dann fuhr er ganz langsam fort: »*Irgendjemand hat die Kellertreppe eingeseift* – ein wirklich gewiefter Schachzug, wenn man jemandem ans Leder will. Die Treppe ist auch ohne Seife lebensgefährlich. Aber ich hatte wohl Glück im Unglück... auch weil ich weich gefallen bin. Viveka war vor mir in die Falle getappt.« Er wandte sich zu Einar und sprach das Unaussprechliche aus: »Ich fürchte, sie ist tot. Ich habe mich nicht getraut, sie die Kellertreppe hinaufzutragen, aber mit eurer Hilfe geht es vielleicht.«

Zwischen komplett kreideweißen Lippen brachte Ann hervor: »Ich hab ihr noch gesagt, sie soll vorsichtig sein. Ich hab's ihr noch gesagt...« Aber niemand hörte ihr zu. Und es hörte auch niemand, wie Pyttan Rutger aufforderte, erst seine blutige Hand zu waschen, bevor er sich erneut in den Keller begab. Rutger wollte es nur noch hinter sich bringen und zeterte, dass Christer und der Polizeihauptmeister nie zur Stelle waren, wenn man sie am dringendsten benötigte. In aller Ruhe und fast schon unmerklich übernahm Einar das Kommando.

»Jemand von uns muss nach Uvfallet und die beiden holen. Willst du dich darum kümmern, Pyttan?«

Pyttan, die wie immer aus ihrem Herzen keine Mördergrube machte, erwiderte, dass sie ungern allein losziehen wolle, doch nachdem Carl Herman sich sogleich als Begleitung anbot, war dieses Problem im Nu gelöst.

»Hol dir eine Taschenlampe aus der Küche«, forderte Einar sie daraufhin auf, »und sag Svensson, der irgendwo dort draußen auf der Wiese herumsteht, dass er direkt zum Vorratskeller laufen und dort auf uns warten soll. Und beeilt euch! Könntest du, Lil, vielleicht hierbleiben und dich um Ann kümmern? Und du…«

»Ich komme mit euch«, verkündete ich eilig.

»*Alright*. Komm, Rutger, gehen wir.«

Einar schlug den Weg durch die Küche ein, griff sich im Vorbeigehen eine große Taschenlampe und gab die kleinere an Rutger weiter.

»Gibt es hier irgendwo noch mehr Taschenlampen?«

»Ja, es müssten insgesamt drei große sein… Die kleine hab ich immer in der Tasche.«

Allerdings war auf die Schnelle für mich keine zu finden, und so nahm Einar mich einfach an der Hand. Er ließ die Tür sperrangelweit offen, doch das warme gelbe Licht aus der Küche reichte nicht annähernd weit genug in die Finsternis. Hinter den beiden Lichtkegeln – einem größeren und einem kleineren – eilten wir also auf die Außengebäude zu, die etwa fünfzig Meter weiter im Dunkeln lagen. Der Donner grollte inzwischen beinahe ununterbrochen, doch nicht ein einziger Blitz erhellte auch nur für eine Sekunde die kompakte Finsternis. Es schien, als würden die Gewitterwolken bis in die Baumkronen hängen. Die Hitze war drückend und die Luft schwer.

Der Vorratskeller selbst war in den Fels unter dem Gästehaus gesprengt worden. Während die Türen zu sämtlichen anderen, mehr oder weniger geheimen Kammern in dem lang gezogenen, rot gestrichenen Gebäude und auch die Schuppentüren gen Süden aufgingen und bei Tageslicht sowohl vom Küchenfenster als auch vom Aufenthaltsraum einsehbar waren, lag der Eingang zum Keller in Richtung Westen, sodass er von den anderen Gebäuden nicht zu sehen war. Eine steile Treppe, die einfach nur in den Stein gehauen worden war, führte hinunter und endete in einem kleinen Vorraum vor einer soliden Holztür. Mit einem mulmigen Gefühl in der Magengrube erinnerte ich mich daran, wie unangenehm ich die rauen, unebenen Treppenstufen selbst bei Tageslicht gefunden hatte. Mit dem Kopf zuvorderst diese Treppe hinunterzufallen konnte nur eins bedeuten.

Der Treppenabsatz lag normalerweise unter zwei Bodenluken, die nun beide zur Seite geklappt waren. Einar kniete sich vorsichtig dazwischen und hielt die Taschenlampe in die Tiefe. Über seine Schulter hinweg sah ich unten am Boden etwas schimmern. In diesem Augenblick bog Polizeimeister Svensson um die Ecke. Er war sichtlich außer Atem, und nachdem er in aller Kürze ins Bild gesetzt worden war, einigte man sich darauf, dass Einar, dem die gefährliche Treppe im Gegensatz zu dem Polizisten vertraut war, hinabsteigen und Viveka ein wenig genauer untersuchen sollte, als Rutger es zuvor in seinem halb benommenem Zustand vermocht hatte.

Einar steckte daraufhin die kleine Taschenlampe ein und kroch rückwärts hinunter. Die zwei anderen Männer machten ihm von oben herab Licht, während ich ein Stoßgebet gen Himmel schickte, in dem ich um Ejes Unversehrtheit und Rettung für uns alle bat.

Mein Wunsch wurde in einem Tempo und in einer Weise erhört, wie ich es mir nicht hätte träumen lassen.

Denn ganz plötzlich schallte Einars Stimme zu uns herauf, und sie klang aufgeregt: »Ich glaube, sie lebt noch!«

Die Taschenlampe zitterte in Rutgers Hand, und Polizeimeister Svensson rief aufgewühlt zurück: »Wir müssen sie nach oben schaffen!«

Leichter gesagt als getan, wie sich zeigen sollte. Einar gab uns zum einen zu verstehen, dass Viveka bewusstlos war, zum anderen, dass er dort unten überall in Glassplitter trat, die offenbar von einer zerbrochenen Lampe stammten. Offenbar hatte Viveka die fehlende dritte Taschenlampe mitgenommen. Die untersten drei Stufen waren, soweit er es erkennen konnte, trocken, während die fünf oberen gründlich mit Seife bearbeitet worden waren. Sie zu betreten – dazu mit einer schweren Last im Arm – war schlicht und ergreifend unmöglich. Doch dann stemmte sich Rutger kurz entschlossen gegen eine der beiden Kellerluken, umklammerte die eine Hand von Polizeimeister Svensson, der wiederum die andere dem heraufkriechenden Einar entgegenhielt. Ich sah vor meinem inneren Auge Rutgers verletzte Hand und die wahrscheinlich noch schwerer verletzte Viveka und musste mich zusammenreißen, damit die beiden Taschenlampen in meinen Händen auchihren Zweck erfüllten.

Schließlich tauchte vor mir das schlaffe Bündel auf, das Einar vor sich hertrug. Nachdem er Viveka im Aufenthaltsraum aufs Sofa gebettet hatte, dauerte es unendlich lange, bis sich die Hoffnung, dass noch Leben in ihr wäre, endlich bewahrheitete. In der Zwischenzeit hatten wir einander immer wieder betroffen bestätigt, wie schrecklich ein so abgeschiedener Ort war, sobald sich ein Krankheits- oder Unglücksfall ereignete, und dass der Kognak, der jetzt womöglich nützlich gewesen wäre, noch immer sicher verwahrt im Vorratskeller stand. Rutger bot daraufhin an, ihn holen zu gehen, was ich beinahe für den heldenhaftesten Vorschlag der ganzen Woche hielt, doch da brach Ann in einen hysterischen Weinkrampf aus, der nur noch schlimmer wurde, als Viveka endlich die Augen aufschlug. Mit sanfter Gewalt brachte Einar Ann ins Schlafzimmer, stellte Lil zu deren Bewachung ab und schloss dann demonstrativ die Tür.

Ich selbst muss gestehen, dass ich währenddessen nichts Nützliches zuwege brachte; ich kniete die meiste Zeit nur neben dem Sofa und streichelte Vivekas schmutzige Stirn. Mit ihren blauen Augen sah sie mich warmherzig und dankbar an, und ich wusste genau, dass ich losziehen und den Mörder eigenhändig zur Strecke bringen würde, wenn sie sterben würde.

Der rotwangige Polizeimeister, den ich zuvor als unerfahren und unbeholfen abgestempelt hatte, bewies ein beachtliches Talent im Umgang mit Menschen, die sich auf steilen Kellertreppen halb zu Tode gestürzt hatten. Er befühlte und tastete Viveka sachkundig ab und verkündete dann, dass sie sich seiner Ansicht nach zwar nichts gebrochen habe, dass aber ein Fuß ausgekugelt zu sein scheine und sie sich schwere Schnittverletzungen und Prellungen sowohl im Gesicht als auch an beiden Armen zugezogen habe. Ein wenig leiser raunte er Einar zu, dass sie überdies womöglich innere Verletzungen haben könnte, die wir nicht zu erkennen vermochten, und dass es absolut notwendig sei, einen Arzt zu rufen, wie beschwerlich die Kommunikation auch sein mochte.

Doch Viveka, die allmählich wieder zu Kräften kam, hielt vehement dagegen, dass ihretwegen nicht mitten in der Nacht ein Arzt herbeigerufen werden müsse. »Der Fuß ist sicher nur verstaucht, und selbst wenn ich ihn mir ausgerenkt haben sollte, ist morgen immer noch genügend Zeit, um einen Quacksalber zu rufen.«

Am Ende hatte sie uns davon überzeugt, dass sie keine ernsthaften Verletzungen davongetragen hatte, und der Polizeimeister murmelte etwas von einem Schutzengel.

Dann griff Viveka nach meiner Hand und sah mich flehentlich an. »Was ist denn überhaupt passiert? Bin ich etwa kopfüber die Kellertreppe hinuntergestürzt? Tja, ich bin eben wirklich zu nichts zu gebrauchen – ich hatte schon immer ein Talent, in missliche Situationen zu geraten. Ann hat mich noch gewarnt, als ich mir die Taschenlampe geholt habe, und ich habe ehrlich versucht, vorsichtig zu sein, aber offensichtlich hat es nicht gereicht.«

Wir anderen sahen einander an, doch keiner von uns schien es für angemessen zu halten, die Schmierseife und den Mordversuch aufs Tapet zu bringen, und so kümmerten wir uns stattdessen darum, ihre Schnittwunden zu desinfizieren und den Fuß zu bandagieren. Als sie darum bat, sich in ihr Zimmer legen zu dürfen, trug Einar sie hinüber, und ich half ihr ins Bett und reichte ihr die beiden Schlaftabletten, die sie nehmen wollte. Ich blieb bei ihr sitzen, bis ich sah, wie sie allmählich eindämmerte, und als ich zurück zum Haus marschierte, musste ich unwillkürlich daran denken, wie sie am frühen Morgen selbst weiteres Unglück prophezeit hatte. Dieser Montag war für sie tatsächlich katastrophal verlaufen.

Im Aufenthaltsraum waren Polizeimeister Svensson und Rutger, dessen Hand inzwischen verarztet worden war, in eine hitzige Diskussion vertieft. Einar gab mir ein Zeichen, und wir zogen uns in die Bibliothek zurück. Unfassbar, dass wir hier vor gerade erst drei Tagen miteinander konspiriert hatten – am selben Abend, an dem Marianne gestorben war! Seither war dem Mörder eine weitere Tat geglückt, und er hatte einen brutalen Mordversuch unternommen.

Ich hob den Blick von der faszinierenden kleinen Eros-Statue und fragte Einar: »Hast du eine Erklärung für das alles? Warum sollte irgendjemand Viveka eine solche Falle stellen – ausgerechnet der Harmlosesten und Aufrichtigsten von uns?«

Einar nahm die Pfeife aus dem Mund. »Bist du dir sicher, dass die Falle für Viveka bestimmt war?«

Sprachlos starrte ich ihn an. Und dann hatte ich das Gefühl, als würde der Boden unter mir nachgeben. »Du hast recht... dass Viveka in den Keller ging, war ungewöhnlich. Normalerweise übernimmt das Rutger. Oder Ann...«

»Hast du je gesehen, dass Ann nach Sonnenuntergang noch einmal in den Keller gegangen wäre?«, fragte Einar ungerührt.

»Neeein... aber, Eje, dann kann Rutger nicht der Mörder sein!«

Die ungeheuerliche Erleichterung, die in mir aufbrandete, führte mir nur zu deutlich vor Augen, wie nachhaltig beeindruckt sogar ich von Rutger war. Doch Einars Blick war immer noch nachdenklich.

»Es gibt noch eine andere Erklärung... auch wenn die mir nicht sonderlich behagt. Wenn es nun doch Rutger wäre, der die Treppe eingeseift hat, dann hätte er bloß darauf warten müssen, bis irgendjemand anderes sich dazu bereit erklärt zu gehen. Und wir wissen ja auch nicht, ob es die richtige Person getroffen hat...«

»Gott, je länger man darüber nachdenkt, umso entsetzlicher wird das alles!«

»Dann denken wir eben nicht weiter darüber nach. Christer soll sich darum kümmern, sobald er wieder da ist. Komm, setz dich her...«

Pyttan und Carl Herman mussten in Rekordzeit übergesetzt haben, denn es dauerte nicht lange, bis wir das Knattern des Bootsmotors hören konnten. Offenbar hatten sie Kurs auf den Badesteg genommen, und Rutger, dem selbst im Angesicht von Mord und Misere seine geliebten Boote über alle Maßen am Herzen lagen, eilte in die Dunkelheit und brüllte ihnen wie wild entgegen, dass sie dort nicht anlegen dürften. Allem Anschein nach wurde er nicht erhört. Schon wenige Minuten später trat nämlich ein langbeiniger, selbstbewusster Christer mit dem freundlichen Polizeihauptmeister im Gefolge in den Aufenthaltsraum. Keinem der beiden sah man an, dass es bereits auf Mitternacht zuging und dass sie einen langen, anstrengenden Tag hinter sich hatten.

Erst jetzt merkte ich, wie hungrig ich war. Während die Herren hinausgingen, um sich die Kellertreppe genauer anzusehen, kümmerte ich mich um den Tee und die belegten Brote, die Ann uns vor einer gefühlten Ewigkeit in Aussicht gestellt hatte. Einar kam mit dem viel beschworenen Kognak zurück, und Christer, den schon wieder die Arbeitswut gepackt hatte, manövrierte sowohl ihn als auch die Polizisten in die Bibliothek, wo er sie freundlich bat, ihren Tee in Abwesenheit der anderen zu trinken. Während ich die belegten Brote verteilte, hörte ich noch, dass er sowohl den Polizeimeister als auch Einar aufforderte, ihm minutiös Bericht über die Ereignisse des Abends zu erstatten.

Zum wer weiß wievielten Mal erledigten Pyttan und ich den Abwasch. Doch als wir gerade beim Besteck angelangt waren, kam Polizeimeister Svensson herüber und bat mich, ihm zu folgen.

Carl Herman, Lil und Rutger sahen mich verwundert an, als ich den Raum durchquerte. Einar lächelte mir aufmunternd zu, und Polizeimeister Svensson hielt mir die Tür zur Bibliothek auf – und schloss sie ebenso höflich, nachdem ich eingetreten war. Wie angewurzelt blieb ich stehen. Die feierliche Stimmung, die mir entgegenschlug, verwirrte mich. Hinter dem großen Schreibtisch am Fenster saß – mit einem Notizbuch und Stift bewaffnet – Polizeihauptmeister Berggren, während der hoch gewachsene Christer sich in einem Ledersessel niedergelassen hatte. Er gab mir ein Zeichen, mich ihm gegenüberzusetzen.

»Der Polizeihauptmeister hat mich gebeten, den Vernehmungsleiter zu spielen«, sagte er heiter, doch der Ausdruck in seinen Augen sprach eine andere Sprache.

Mit einem Schlag war mir klar, was für ein Segen es gewesen war, als Christer noch das Gespräch unter Freunden gesucht und das Ganze mehr oder weniger informell gehalten hatte. Irgendwie bekamen die Vorkommnisse eine viel größere, erschreckendere Dimension, sowie die beiden Männer sich in ihre Rolle als Hüter von Recht und Ordnung begaben – zwei Begrifflichkeiten, die einer von uns auf fürchterliche Weise mit Füßen getreten hatte.

Ich erzählte, beantwortete Fragen, und nach und nach stellte sich wohl heraus, dass Ejes und meine Angaben auf den Punkt übereinstimmten. Ich hatte ausgesagt, dass wir um kurz nach zehn zu der Bridge-Runde gestoßen waren; Einar – der seine Uhr dabeigehabt hatte – hatte es genauer sagen können: um 10.05 Uhr. Es hatte dann vielleicht noch sieben, acht Minuten gedauert, bis die Partie beendet war, und wir schätzten beide, dass Rutger sich rund zehn Minuten nach unserer Rückkehr zum Vorratskeller aufgemacht hatte.

Zum Zeichen, dass ich gehen durfte, nickte Christer mir zu. Als ich aufstand, warf ich noch einen Blick auf Leo Berggren, der schwer über seinen Notizen zu grübeln schien, und bot spontan an: »Kann ich Ihnen dabei vielleicht behilflich sein? Ich kann stenografieren, und...«

Berggrens dankbares Lächeln wischte meine Bedenken, ich könnte den Bogen überspannt haben, beiseite. Ich zog einen Stuhl an die Schmalseite des Schreibtischs und freute mich auf meine neue Karriere als Polizeisekretärin.

Erst sehr viel später wurde mir dann klar, welchen Vorteil ich mir durch diese neue Stellung verschafft hatte.

Denn während das Drama auf seinen Höhepunkt zusteuerte, hatte ich die Gelegenheit, die Vorgänge sozusagen von innen heraus zu verfolgen, und dass ich mit der Lösung des Falls nicht ganz so schnell wie Christer aufwarten konnte, lag daran, dass meine Spitzfindigkeit noch nicht so ausgeprägt war wie seine.

Es folgte eine Vernehmung nach der anderen mit überwiegend banalen Fragen, die darauf abzielten, die Aussagen der Einzelnen zu überprüfen und miteinander zu vergleichen. Die Antworten waren ebenso banal – aber eben nicht immer gleichlautend, was mir erstaunlich und bedeutsam vorkam...

Erste Szene. Christer und Pyttan, die nicht im Geringsten damit hinterm Berg hielt, wie kolossal spannend sie das alles fand.

»Ich hätte gerne ein paar Zeitangaben von dir, wenn das möglich wäre. Ich war von Mittag bis ungefähr halb sechs hier, doch dann kam Polizeimeister Svensson, um zu berichten, dass sie Mariannes Leiche gefunden hätten, und ich bin los. Weißt du noch, wann ihr mit dem Abendessen fertig wart?«

»Eigentlich direkt im Anschluss. Du glaubst doch nicht im Ernst, dass nach dieser Nachricht noch irgendjemand Appetit gehabt hätte? Außerdem bekam Viveka bei dem bloßen Gedanken, sie identifizieren zu müssen, einen Heulanfall.«

»Wer hat denn behauptet, dass sie das würde übernehmen müssen?«

»Ich glaube, das war Lil.«

»Am wichtigsten wäre in diesem Zusammenhang, wenn du wüsstest, wann genau ihr nach dem Abendessen noch mal im Vorratskeller wart. Ihr habt dort wahrscheinlich Milch und Essensreste verstaut?«

»Richtig, ich bin selbst zwei-, dreimal drüben gewesen. Und nachdem wir das Geschirr abgespült hatten, hat Ann mich noch einmal gebeten, rüberzugehen und Butter und Brotbelag für später zu holen, damit wir das nicht erst nach Sonnenuntergang erledigen müssten. Da war es halb acht, das weiß ich noch genau, weil die Nachrichten gerade zu Ende gingen.«

»Aber da hast du an der Kellertreppe nichts Ungewöhnliches festgestellt?«

»Nein, überhaupt nichts.«

»Was hast du zwischen halb acht und zehn gemacht?«

»Ich hab dich und diverse andere Kerle im Motorboot hin und her gefahren.«

»Natürlich. Aber weißt du vielleicht, wo hier oben Seife und dergleichen aufbewahrt wird?«

»Im Unterschrank unter der Küchenspüle. Aber bestimmt liegt auch ein Vorrat unten im Keller.«

»Danke, das war's auch schon. Du kannst jetzt Carl Herman hereinschicken.«

Christer zündete sich eine Zigarette an und erzählte von einer großen Seifenkiste im Keller, die einen Brandschaden aufwies, wie Berggren gleich bei der ersten Sichtung festgestellt hatte.

Zweite Szene. Christer und ein blasser, aber ruhiger Carl Herman.

»Wann bist du wieder im Haus gewesen, nachdem du unten am Ufer warst und der undankbaren Aufgabe nachgegangen bist, Mariannes menschliche Überreste zu suchen?«

»Das muss so gegen acht gewesen sein. Auf halber Strecke ist mir Pyttan entgegengekommen.«

»Und was hast du zwischen acht und zehn gemacht?«

»Erst hab ich mir einen ordentlichen Kognak genehmigt, und dann...«

»Augenblick mal! War der Kognak hier oben, oder hast du den erst aus dem Keller holen müssen?«

»Es stand noch eine halb volle Flasche im Schnapsschrank. Das war mehr als genug für mich. Ja, und dann hab ich mich eine Weile mit Ann unterhalten, die allein vor dem Radio saß und auf eine bestimmte Sendung wartete.«

»War sie wie immer?«

»Soweit ich sehen konnte, ja. Das mit Marianne setzte ihr natürlich mächtig zu, daher hab ich ihr auch nicht von der Suche berichtet. Anschließend bin ich in mein Zimmer gegangen und hab mich für ein Stündchen hingelegt. Ehrlich gesagt war mir ein bisschen übel.«

»Wann habt ihr angefangen, Bridge zu spielen?«

»Lil kam um kurz vor neun und klopfte an meine Tür. Sie meinte, sie und Rutger hätten beschlossen, sich zur Abwechslung mal mit etwas anderem zu beschäftigen als mit Mord.«

»Wer kam auf die Idee, dass Viveka losgehen und noch eine Flasche Kognak holen sollte?«

»Ich bin mir nicht sicher... Rutger meinte noch, dass

er hinübergehen und eine neue Flasche holen wollte, nachdem er gerade den letzten Rest aus der alten Flasche in sein Glas gekippt hatte. Aber ich glaube, es war Viveka selbst, die anbot, rüberzugehen, bevor die Karten neu gegeben würden...«

Dritte Szene. Christer und eine frisch geschminkte, blendend aussehende Lil. Ich selbst fühlte mich unendlich fahl und farblos, während sie aussah, als wäre ein Uhr nachts für sie die beste Zeit des Tages.

»Sei so gut und setz dich. Polizeimeister Svensson darf in der Zwischenzeit draußen vor der Tür warten – im Augenblick bin ich es, auf den du dich konzentrieren sollst... Was hast du zwischen halb acht und zehn gemacht?«

»Rutger und ich sind spazieren gegangen. Hoch auf den Aussichtsberg.«

»Ich warne dich, Lil...«

»Bitte, Christer, jetzt bist du wirklich ungerecht! Was soll der ganze Unfug mit der Wahrheit, wenn einem ja doch niemand glaubt? Wir waren *wirklich* oben auf dem Aussichtsberg. Um kurz nach sieben sind wir aufgebrochen und um Viertel vor neun waren wir wieder hier; da wurde es bereits dunkel, und wir beschlossen, eine Runde Bridge zu spielen.«

»Du und Carl Herman gegen Viveka und Rutger?«

»Mhm, leider. Carl Herman ist wirklich kein...«

»Warum hat Ann nicht mitgespielt?«

»Sie hatte keine Lust. Ich glaube allerdings, dass auch Viveka und Carl Herman nicht gerade übermäßig begeistert waren.«

»Wer hatte die Idee, dass Viveka einen neuen Kognak holen sollte?«

»Rutger hat gemault, weil die alte Flasche leer war. Daraufhin hat Ann aus der Küche gerufen, dass er entweder selbst in den Keller gehen oder einen von uns ausersehen müsse, denn sie werde das bei dem Gewitter unter Garantie nicht tun. Rutger meinte daraufhin, er werde selbst gehen, sobald er sich loseisen könne, aber dann war er mal wieder Alleinspieler, wie immer …«

»Wie immer? Was meinst du damit?«

»Ach, er hat einfach aggressiv gespielt und die ganze Zeit über hoch gereizt. Und so kam eben kaum ein anderer dazu, selbst mal Alleinspieler zu sein.«

»Hattest du den Eindruck, dass er auf diese Weise zu verhindern versuchte, dass er den Tisch verlassen musste? Und jemand anderen dazu brachte, an seiner Stelle in den Keller zu gehen?«

»Das ist doch reine Spekulation, Christer. Das hilft doch auch nicht weiter.«

»Danke, das war sehr nützlich. Was täten wir nur ohne deine Hilfsbereitschaft?«

Vierte Szene. Christer und Rutger, der unsere Inbesitznahme seiner Bibliothek mit kaum verhohlenem Ärger quittierte. Er hatte sich umgezogen und das dunkle Haar streng zurückgekämmt. Seine Augen sahen müde, aber wachsam aus.

»Sei so gut und erzähl uns, was du zwischen halb acht und zehn gemacht hast.«

»Ich habe mit Lil einen kleinen Spaziergang zum Aussichtsberg unternommen. Um kurz nach sieben sind wir los, und wir waren wieder hier, als dieses Radioprogramm um Viertel vor neun zu Ende ging.«

»Wie lange wart ihr oben auf dem Berg?«

»Mindestens eine halbe Stunde. Wir haben gesehen, wie das voll besetzte Motorboot um kurz nach acht unterhalb von Uvfallet angelegt hat.«

Christer und der Polizeihauptmeister sahen einander an. Offenbar hatte Rutger soeben eine Aussage gemacht, die in irgendeiner Hinsicht interessant war. Berggren nickte kaum merklich.

»Wer von den anderen war da, als ihr um Viertel vor neun wieder zurückkamt?«

»Ann saß im Aufenthaltsraum und hörte Radio. Carl Herman und Viveka musste Lil erst aus ihren Zimmern zerren.«

»Und du warst nicht im Keller unten, ehe ihr angefangen habt zu spielen?«

»Nein, ich hatte Ann zwar gefragt, ob ich für später noch etwas zu essen holen sollte, aber sie meinte nur, dass Pyttan bereits alles Notwendige hochgeholt hätte. Außerdem dachte ich eigentlich, dass wir noch genug zu trinken im Schnapsschrank hätten – was leider nicht den Tatsachen entsprach.«

»Und dann habt ihr von neun bis zehn ununterbrochen Karten gespielt.«

»Genau.«

»Viveka war deine Partnerin. Habt ihr die ganze Zeit über zusammen gespielt?«

»Ja, es kam nicht dazu, dass wir neue Teams bildeten.«

»Beim Bridge ist es ja nun so, dass der Partner des Alleinspielers sein Blatt offen hinlegt und nicht mehr aktiv ins Spielgeschehen eingreift. Ist es normal, dass dieser Partner in der Spielpause den Tisch verlässt?«

»Aber ja, besonders, wenn das Spiel lange dauert. Da will man zwischendurch ja mal die Beine ausstrecken.«

»War vor Viveka schon mal jemand aufgestanden?«

»Nein.«

»Sicher?«

»Absolut.«

»Wer musste am häufigsten die Karten offen hinlegen?«

»Einmal Carl Herman und dreimal Viveka, wenn ich mich recht entsinne.«

»Warum warst du so oft der Alleinspieler?«

Resignation legte sich auf Rutgers Gesicht. Dann riss er sich zusammen und antwortete präzise und ausdruckslos sogar auf Fragen, die in meinen Ohren vollkommen irrelevant klangen.

»Vielleicht, weil die anderen so zurückhaltend gereizt haben? Carl Herman kann eigentlich überhaupt nicht Bridge spielen, und er war für Lil nicht die geringste Hilfe. Und Viveka hat nie selbst die Initiative ergriffen; sie schien mit den Gedanken ganz woanders zu sein.«

»Viveka war draußen, als Puck und Eje um 10.05 Uhr wiederkamen. Wie lange war sie da schon weg?«

»Also, höchstens fünf Minuten.«

»Wie lange war sie insgesamt verschwunden, bis du beschlossen hast, ihr nachzugehen?«

»Vielleicht insgesamt eine Viertelstunde.«

»Findest du nicht, dass das eine ziemlich lange Zeit ist? Hast du dich nicht gefragt, warum sie so lange weggeblieben ist?«

»Nein, ich bin davon ausgegangen, dass sie bei der Gelegenheit auch gleich noch eine andere kleine Notwendigkeit erledigt hat. Wie du weißt, befindet sich das Klo hinter dem Gästehaus.«

»Also warst du nicht überrascht, als sie anbot, in den Keller zu gehen?«

»Nein. Sie wollte ja selbst auch noch etwas trinken, und weil sie ohnehin nicht an der Reihe war, dachte ich...«

»Du musst doch gewusst haben, dass diese Treppe schon im Normalzustand lebensgefährlich ist?«

»Natürlich! Wir wollen sie schon, seit sie existiert, ausbauen lassen. Aber die richtigen Leute dafür anzuheuern ist eine Mammutaufgabe, und so ist es eben nie dazu gekommen. Auch wenn Ann fast schon einen Komplex entwickelt hat, was diesen Keller angeht...«

»Apropos Ann – wo war sie, während ihr Karten gespielt habt?«

»Am Anfang hat sie uns noch zugesehen, aber dann hat sie sich in die Küche zurückgezogen... Verdammt, du willst doch wohl nicht etwa andeuten...«

»Ich will überhaupt nichts andeuten. Ich frage nur. Wenn ich Puck richtig verstanden habe, bist du über die Terrasse rausgegangen – also über die Wiese – und auf demselben Weg wieder zurückgekommen. Warum hast du nicht die Abkürzung durch die Küche genommen?«

»Warum hat man so seine kleinen Angewohnheiten

und Unarten? Ich gehe so gut wie nie durch die Küche.«

»Danke, das war's für heute Nacht. Glaubst du, Ann ist noch wach, damit wir, wenn wir schon dabei sind, auch noch ihre Aussage aufnehmen können?«

Fünfte Szene. Christer und Ann in einem kornblumenblauen, knöchellangen Morgenmantel und kreideweiß im Gesicht. Ihre Augen waren nach dem heftigen Heulkrampf immer noch geschwollen, und sie öffnete und schloss nervös die Fäuste in ihrem Schoß.

»Wir würden gerne wissen, wann du zuletzt im Keller warst.«

Ihre Lippen zitterten, und dann antwortete sie so leise, dass ich mich vorbeugen musste, um sie zu verstehen: »Am Vormittag.«

»Am Nachmittag nicht mehr?«

»Nein, da hat Pyttan das übernommen.«

»Was hast du zwischen halb acht und zehn gemacht?«

»Nach dem Abwasch hab ich mich in den Gemeinschaftsraum gesetzt. Im Radio war ein Stück angekündigt, das ich mir anhören wollte und das um acht Uhr anfangen sollte.«

»Was war das für ein Stück?«

»Ein englischer Einakter mit Olof Widgren. Ich ... den hab ich immer schon gemocht.«

»Und vor acht?«

»Da lief ein bisschen Tanzmusik. Ich saß auf der Couch und habe gestrickt.«

»Und was haben die anderen gemacht?«

»Pyttan war hinunter zum Hafen gelaufen, um die Männer im Motorboot überzusetzen. Rutger und Lil meinten, sie wollten noch ein bisschen spazieren gehen, und Viveka hat sich wohl hingelegt…«

»Hingelegt? Weshalb denn das?«

»Sie hatte eine Art Zusammenbruch, als wir erfahren haben, dass Marianne gefunden worden war. Ich habe mich im Übrigen ganz ähnlich gefühlt. Die letzten Tage waren hart… Aber sie hatte sich bald wieder einigermaßen unter Kontrolle. Wir haben ihr ein bisschen Kognak eingeflößt und sie ins Bett geschickt. In so einer Situation ist man am besten für sich allein.«

»Und Carl Herman?«

»Er kam um kurz vor acht – da sah er aus, als wäre er seekrank. Ich bot ihm einen ordentlichen Schluck zu trinken an, und wir haben uns eine Weile unterhalten. Aber dann fragte er mich, ob es mir etwas ausmachen würde, wenn ich mir das Stück alleine anhörte. Er sah irgendwie so aus, als würde er sich auch am besten hinlegen, also hab ich ihn ebenfalls ins Bett geschickt.«

»Hast du während des gesamten Stücks auf dem Sofa gesessen? Bist du wirklich nicht vor die Tür gegangen? Oder hast du dich woanders hingesetzt?«

»Nein.«

»Das Sofa steht zwischen den beiden Fenstern. Konntest du von deinem Platz aus die Außengebäude sehen?«

»Nein, ich hatte die Fenster im Rücken.«

»Waren sie offen?«

»Ja, das sind sie so gut wie immer.«

»Und du hast nichts gehört?«

»Nur Lil und Rutger, als sie zurückkamen. Da ging das Stück gerade zu Ende.«

»Warst du zwischen neun und zehn noch mal draußen?«

»Nein, ich stand in der Küche und hab ein paar belegte Brote vorbereitet.«

»Hast du gesehen, wie Viveka nach draußen ging?«

»Natürlich, ich hab ihr sogar noch gesagt, sie soll vorsichtig sein...«

Anns Augen füllten sich mit Tränen, und Christer, der offensichtlich einen dritten Nervenzusammenbruch zu dieser späten Stunde fürchtete, stand sofort auf und führte sie zur Tür.

»Schon gut, schon gut. Geh jetzt ins Bett und sag den anderen, dass sie das Gleiche tun sollen. Versuch, ein bisschen zu schlafen!«

Er schob die Tür hinter ihr zu und drehte sich dann seufzend zu uns um.

»Und, was lernen wir daraus? Wer hat denn nun zwischen halb acht und zehn sorgfältig und methodisch die obersten fünf Kellertreppenstufen eingeseift?«

»Wenn Lil und Rutger die Wahrheit sagen...«

»Hast du bemerkt, dass all unsere Vermutungen rein hypothetisch sind, sobald es um diese beiden Herrschaften geht?«, fragte Christer müde. »Nein, ich fürchte, ihrer beider Alibi ist nicht gerade belastbar...«

Auf Leo Berggrens sonst so freundlichem Gesicht zeichneten sich tiefe Denkfalten ab. »Seine Angaben zu dem Motorboot waren korrekt, aber er hätte durchaus zum Aussichtsberg und wieder zurück spazieren und trotzdem die Kellertreppe präparieren können.«

»Viveka können wir wohl ausschließen – und das ist auch gut so«, warf ich ein. »Nur schrecklich, dass diese Gewissheit sie beinahe das Leben gekostet hätte! Und Carl Herman sagt die Wahrheit, das würde selbst ein Kleinkind sehen. Aber Ann...«

Christer nickte bedächtig. »Ja, sie wusste, wie gefährlich die Treppe ist, und hatte die beste Gelegenheit von allen, die Falle vorzubereiten. Sie hat sowohl Viveka als auch Carl Herman einen Kognak angeboten und wusste, dass die Flasche früher oder später leer wäre. Aber eine Sache gefällt mir dabei nicht. Sie wusste schließlich auch, wer solche Dienstgänge abends gewöhnlich verrichtet...«

In der kleinen Bibliothek war es einen Augenblick ganz still, und dann flüsterte ich mit steifen Lippen: »Nein... Das kann doch alles nicht wahr sein! Das ist doch Wahnsinn!«

Polizeihauptmeister Berggren stemmte sich aus seinem Stuhl. »Also?«, fragte er in die Runde. »Vielleicht liegt genau hier die Lösung unseres Problems. Ein normaler Mensch kann schon mal einen Mord begehen – sich getrieben fühlen und seinen brutalen Instinkten freien Lauf lassen. Aber gleich zwei Morde? Oder drei? Nein, ich fürchte, wir suchen nicht nach einem normalen Menschen...«

DREIZEHNTES KAPITEL

Als ich am Dienstagmorgen aufwachte, saß Lil am Frisiertisch und bürstete sich energisch die roten Haare. Sie nickte mir im Spiegel zu und sagte aufmunternd: »Es schüttet. Wie in einem Roman, oder nicht? Die Natur nimmt Anteil an unserem Elend.«

Ich war immer noch sehr müde, und nur widerwillig setzte ich mich in meinem Bett auf.

Lil nahm eine Unzahl Kleider und Röcke zur Hand, entschied sich dann am Ende aber für eine grüne Feincordhose und einen eierschalenweißen Rollkragenpullover. »Ich finde, es ist Zeit für etwas Hochgeschlosseneres. Der Vorhang geht auf für den letzten Akt.«

»Wenn's nur so wäre«, murmelte ich müde und schlecht gelaunt. »Wenn wir nur endlich mit diesem Spiel auf...«

Da klopfte es lautstark an der Wand.

»Das ist Viveka. Kannst du gehen? Du bist schon angezogen.«

Doch zuerst musste Lil noch ihre Regenjacke suchen. Viveka hatte starke Schmerzen im Fuß; wir mussten wirklich dringend einen Arzt rufen. Lil stürzte sich hinaus in den Regen, und ich beeilte mich mit dem Waschen, Anziehen und Bettenmachen. Rote Hose, weiße

Strickjacke, Regenjacke – da klopfte es erneut, diesmal jedoch an der Tür. Es war Christer, der mich bat, mit ihm hinauf ins Haus zu kommen, wo mächtig Arbeit auf mich wartete. Ich erzählte ihm schnell von Viveka, aber er konnte mich beruhigen. Er war gerade eben erst bei ihr gewesen, teils um ihr ein paar Fragen zum Vorabend zu stellen, teils um ihr ein Schmerzmittel vorbeizubringen, das der Polizeihauptmeister im Gepäck gehabt hatte. Einar war inzwischen trotz des Unwetters nach Forshyttan aufgebrochen, um einen Arzt aufzutreiben.

»Und, hast du was Interessantes in Erfahrung gebracht?«, fragte ich, als wir eilig durch den Wind und den starken Regen liefen.

»Nein, sie hat nur das bestätigt, was die anderen bereits zu Protokoll gegeben haben. Aber als sie von der eingeseiften Treppe erfuhr, war sie der Ansicht, dass die Falle für jemand anderen bestimmt gewesen sein müsse. Über die beiden Morde wisse sie nichts, was sie in den Augen des Mörders zu einer Gefahr gemacht hätte, und sie glaube auch nicht, dass sie irgendwelche Feinde hätte.«

»Glaubst du nicht«, fuhr ich skeptisch fort, »dass sie womöglich etwas über Mariannes und... und Rutgers Vergangenheit weiß, was ihr gefährlich geworden sein könnte? Vielleicht kennt sie den Grund, warum sie sich getrennt haben?«

»Ich hab sie gestern Nachmittag genau darauf angesprochen, und es würde mich nicht wundern, wenn sie uns diesbezüglich irgendetwas verschweigen würde. Aber sie sagt eben nichts.«

Tropfnass erreichten wir den Gemeinschaftsraum.

Rutger war gerade dabei, den Kamin anzufeuern, und aus der Küche roch es appetitlich nach Eiern und gebratenem Speck. Christer meinte, ich solle schnell frühstücken und ihm dann hinüber in die Bibliothek folgen; er selbst hatte bereits gegessen.

Ich tat wie geheißen, und kurze Zeit später saß ich bequem in einem der tiefen Bibliothekssessel Christer gegenüber, während Polizeihauptmeister Berggren vor mir auf und ab marschierte. Christer gab mir mit einem verschmitzten Lächeln zu verstehen, dass ich meinen Stenoblock beiseitelegen dürfe. In den nächsten Stunden sei ich nicht mehr Sekretärin, sondern Zeugin.

»Wir waren anfangs ein wenig misstrauisch dir gegenüber, und ich hoffe, dass du uns das verzeihst. Im Übrigen weißt du noch gar nicht, dass die Verletzungen an Mariannes Leiche deutlich darauf hinweisen, dass sie erdrosselt wurde, ehe sie im See gelandet ist. Aber das ist nicht das einzige Detail, das mich letztendlich davon überzeugt hat, dass du eine gute Beobachtungsgabe besitzt. Du bist der wesentlich bessere Psychologe als Eje, und du scheinst ein gutes Gedächtnis zu haben. Daher möchte ich dich bitten, noch einmal alles Revue passieren zu lassen, was vorgefallen ist, seit du hier angekommen bist. Und wenn ich sage, alles, dann meine ich auch alles. Nimm dir Zeit und erzähl uns in allen Einzelheiten, was dir auffällig erschienen ist, besonders, worüber gesprochen wurde – was immer auch nur das geringste Licht auf die Personen wirft, mit denen wir es hier zu tun haben. Ich will dir nicht verschweigen, dass ich mir von einem solch umfassenden Bericht einiges erhoffe.«

Selten hatte ich aufmerksamere Zuhörer. Während draußen der Regen gegen die Fensterscheiben prasselte, sodass man kaum hinaussehen konnte, und Christer drinnen für immer dichtere Tabakwolken sorgte, rekapitulierte ich im Großen und Kleinen sämtliche Ereignisse der vergangenen Woche. Natürlich war Christer am meisten an den Vorkommnissen interessiert, zu denen es gekommen war, bevor er selbst am Samstag die Insel betreten hatte. Ich gab jedes einzelne Wort wieder, das nach Mariannes und Vivekas unerwartetem Auftauchen geäußert worden war, und wurde gebeten, noch einmal ganz genau zu überlegen, was Jojje in welchem Zusammenhang gesagt hatte – wobei mir dämmerte, dass das gar nicht so viel gewesen war. Als ich endlich fertig war, fühlte ich mich, als hätte man mich durch die Mangel gedreht, aber ich konnte guten Gewissens behaupten, dass die beiden Männer jetzt alles wussten, was ich jemals gewusst hatte.

Dann fragte ich, wie es zwölf Stunden zuvor Christer getan hatte: »Und, was lernen wir daraus?«

»Nicht allzu viel«, gab der Polizeihauptmeister bedrückt zurück, »nur dass dieses ganze Drama irgendwann in der Vergangenheit seinen Anfang genommen hat. Es lag offenbar von Beginn an eine gewisse Spannung in der Luft, und das unerwartete Auftauchen von Fräulein Wallman hat lediglich zur zwangsläufigen Entladung geführt.«

Christer runzelte nachdenklich die Augenbrauen. »Ich habe irgendwie das Gefühl, dass die Lösung zum Greifen nah ist und deutlich vor uns liegt. Es gibt noch irgendein Geheimnis – aber ich weiß beim besten Willen nicht, worum es sich dabei handeln könnte und weshalb dieses Geheimnis zu zwei Morden und einem Mordversuch geführt hat...«

Es klopfte leise an der Tür, und Pyttan steckte den Kopf herein und erkundigte sich, ob wir einen Kaffee wollten. Nachdem sich Christer mit mehreren Tassen tiefschwarzem Kaffee gestärkt hatte, läuteten wir die nächste Runde ein. An seinen tiefen Stirnfalten konnte ich ihm ansehen, dass dies die letzte Chance war, die er Lil geben wollte. Mit einer Zigarette zwischen den kunstvoll geschminkten Lippen schwebte sie in die Bibliothek und machte es sich wie ein verschmustes Katzenjunges auf einem Sessel bequem. Doch diesmal fuhr er härtere Geschütze auf.

»Dies ist deine letzte Gelegenheit, eine ehrliche Aussage zu machen, Lil. Was immer du sagst, wird protokolliert und kann vor Gericht gegen dich verwendet werden. Und ich sag nur eins: Wenn du nicht augenblicklich damit aufhörst, die Polizei aufs Glatteis zu führen, gehe ich gleich morgen früh an die Presse und erzähle ihnen alles über deine unerwiderte Liebe zu Rutger Hammar, über das Spielchen, das du mit George Malm getrieben hast und das dazu geführt hat, dass er ums Leben kam, über...«

»Du bist ein Mistkerl, Christer, und ich glaube nur zu gern, dass du zu all dem in der Lage bist!«

Ihre gelben Augen blitzten, aber seine Attacke hatte sie bis ins Mark getroffen, und hinter ihrer spöttischen Fassade machte sich sichtlich Unbehagen breit.

»Wir wissen das meiste ohnehin schon, es lohnt sich

für dich also nicht länger, uns an der Nase herumzuführen. Du hast eine Minute Bedenkzeit...«

»Danke, die brauche ich nicht. Du lässt mir ja keine Wahl. Im Übrigen habe ich nicht halb so viel gelogen, wie du zu glauben scheinst.«

Christer gab mir ein Zeichen, bot Lil eine neue Zigarette an und feuerte dann seine erste Frage ab.

»Wie lange kennt ihr euch schon, du und Rutger?«

»Ungefähr zwei Jahre.«

»Du wurdest oft mit ihm gesehen, nachdem mit Marianne Schluss war. Was weißt du über die Trennung der beiden?«

»Gar nichts... Das ist die Wahrheit, Christer! Er hat mir nicht mehr erzählt als allen anderen auch!«

»Aber du hast eine Vermutung.«

»Natürlich. Ich glaube, dass Marianne ihn betrogen und er Wind davon bekommen hat.«

»Könnte es nicht auch andersherum gewesen sein?«

Der Gedanke schien ihr neu zu sein. Überrascht setzte sie sich in ihrem Sessel auf, und ein verdutzter, misstrauischer Ausdruck lag in ihren goldbraunen Augen. »Nein, das kann ich mir nicht vorstellen...«

»Er hat sie also nicht betrogen – zum Beispiel mit dir?«

Sie starrte Christer eine Weile sprachlos an. Dann brach sie in Gelächter aus. »Christer, *Darling*, du hast wirklich eine blühende Fantasie! Glaubst du wirklich, dass er mich auch nur angesehen hätte, solange er mit Marianne zusammen war?«

»Du meinst, dass er sich dir erst anschließend zugewandt hat?«

Ich hielt die Luft an und wartete darauf, dass Lil einen Wutausbruch bekam. Aber sie zuckte nur ganz leicht mit den Schultern.

»Sehr liebenswert von dir... Aber streng genommen hast du natürlich recht. In Ermangelung der besseren Alternative hat er sich mir *zugewandt*.«

»Hattet ihr eine feste Beziehung?«

»Ach was, er ist nur hin und wieder bei mir vorbeigekommen, das war alles.«

»Und das war im Winter? Nachdem er Ann bereits geheiratet hatte?«

»Wenn du darauf bestehst... Ja. Aber er war nie in mich verliebt.«

»Glaubst du, dass er immer noch in Marianne verliebt war?«

»Natürlich, das hätte selbst ein Blinder gesehen, als sie hier aufgetaucht ist.«

»Sei so gut und erzähl noch mal, was du in den letzten Tagen gemacht hast. Du bist am Mittwochabend angekommen... Wie oft hast du dich unter vier Augen mit Rutger getroffen?«

»Am Mittwochabend, nachdem die anderen ins Bett gegangen waren, sind wir spazieren gegangen. Als wir am Hafen ankamen, schlug Rutger eine kleine Fahrt mit dem Ruderboot vor. Es war ein milder Abend... Aber Rutger war irgendwie reserviert und wirkte leicht nervös. Gegen zwei waren wir wieder zurück... Am Donnerstag kam Marianne an, und kurze Zeit später hat er mich gefragt, ob ich mit ihm hinauf zum Aussichtsberg gehen wolle. Es war das erste Mal, dass wir dort hinaufspazierten. Als ich dort das Thema Marianne aufbrachte, gerieten wir in Streit. Er marschierte davon, und ich war den ganzen Abend schlecht gelaunt.«

»Und wie war das mit den entscheidenden Stunden am Freitag?«

»Das habe ich doch schon erzählt. Rutger ist gleich nach zwölf verschwunden. Ich hab ihm angesehen, dass er angespannt und nervös war, und deshalb beschloss ich, ihm zu folgen. Ich bin fast gerannt zum Hafen, aber dort war er nicht. Sein Ruderboot war weg, also hab ich das andere genommen und bin hinausgerudert.«

»Sicher, dass sein Ruderboot nicht mehr dort lag?«

»Sicher.«

»Wie lange warst du draußen auf dem Wasser?«

»Vielleicht von eins bis zwei?«

»Also genau zu der Zeit, als der Mord verübt worden sein muss. Das würde erklären, warum der Mörder nicht sofort hinausgerudert ist und die Leiche versenkt hat... Und dann bist du zurückgelaufen und hast Carl Herman getroffen?«

»Ja. Er war eifersüchtig auf Rutger, und wir haben uns gestritten. Ich hab ihn stehen lassen und bin hinauf zum Aussichtsberg.«

»Und hast du Rutger unterwegs irgendwo gesehen?«

»Nein.«

»Warst du in dieser Nacht draußen?«

»Nein.«

»Aber in der Sonntagnacht, als Jojje ermordet wurde, warst du draußen und bist herumgewandert?«

»Ja, bis ungefähr halb fünf.«

»Du hast dich auf die Suche nach Rutger gemacht. Weshalb? Weil du geglaubt hast – oder vielmehr immer noch glaubst –, dass er es war, der Marianne umgebracht hat?«

»Muss ich diese Frage wirklich beantworten?«

»In jener Nacht hast du mich unten am Hafen gesehen. Wann war das?«

»Das muss gegen halb eins gewesen sein. Ich hab mich hinter einer Kiefer versteckt.«

»Warum wolltest du nicht, dass ich dich entdecke?«

»Keine Ahnung... aus Angst.«

»Du wolltest, dass ich dir glaube, dass du mit Rutger zusammen warst, ist es nicht so? Was ich allerdings immer noch nicht verstehe, ist, warum du anschließend hinaufgelaufen bist und dich Carl Herman in die Arme geworfen hast. War das wirklich nötig?«

»Ich kenne Carl Herman schon seit Jahren. Er war verliebt in mich – und ich hatte ihn tagelang wirklich abscheulich behandelt. Ich fühlte mich einsam, traurig und verängstigt, und ich war sauer auf Rutger... Herr im Himmel, Christer, sei doch nicht so naiv!«

Sie sah tatsächlich klein und einsam aus in ihrem großen Sessel, und zum ersten Mal verspürte ich einen Anflug von Mitleid mit Lil. Sie schien wirklich schwer in Rutger verliebt zu sein, während er sich ihr immer nur dann zuwandte, wenn es ihm gerade in den Kram passte, und sie ansonsten links liegen ließ. Schon komisch, dass eine Frau wie Lil in eine solche Lage geriet, aber was Rutger anging, schien es von dieser Sorte mehrere zu geben.

Christer errötete leicht, und sein Tonfall schien die

Entschuldigung zu enthalten, die er nicht über die Lippen brachte. »Na ja, die Hauptsache ist doch, dass du bezeugen kannst, dass Jojje um halb vier noch am Leben war. Das kannst du doch?«

»Natürlich. Er kam um die Ecke, als Carl Herman gerade gegangen war. Wahrscheinlich hatte er Stimmen gehört und wollte wissen, um wen es sich dabei handelte. Ich hab ihn natürlich gefragt, warum er dort draußen herumspukte – und noch dazu zu so später Stunde! Da sagte er, er würde auf jemanden warten, und nachdem er schon so lange ausgeharrt habe, könne er jetzt genauso gut noch ein paar Stunden bleiben. Also spazierte ich allein zum Aussichtsberg, wo ich dir zum zweiten Mal entwischt bin...«

»Du kannst mich wirklich nicht leiden, oder?«

»Mhm. Du bist einfach so misstrauisch! Und unmenschlich... Um halb fünf war ich wieder zurück. Da habe ich die Tür hinter mir abgeschlossen. Deine ganze Schnüffelei war mir unsympathisch.«

»Danke, das reicht für den Moment. Deine Zeugenaussage von gestern Nacht entsprach der Wahrheit, nehme ich an?«

»Ja, klar... das heißt...«

Die beiden starrten einander einen Augenblick an. Dann hob sie ihre kleine Hand zu einer hilflosen Geste.

»Christer Wijk, ich glaube, du hypnotisierst mich irgendwie... du hast recht – Rutger und ich waren bis Viertel vor neun spazieren. Aber was er zwischen Viertel vor und neun Uhr gemacht hat, weiß ich nicht. Da saß ich drinnen bei Carl Herman.«

Christer stand auf und half ihr fast schon ehrerbietig aus dem Sessel. Und ich verstand ihn nur zu gut. Das Bild, das wir uns in der vergangenen halben Stunde von Lil Arosander hatten machen dürfen, war aller Ehren wert. Sie hatte bis zuletzt dafür gekämpft, den Mann, den sie liebte, zu retten, auch wenn sie von ihm ganz sicher keine Dankbarkeit zu erwarten hatte. Und sie hatte es zugelassen, dass Christer sie bloßgestellt hatte – ohne auch nur im Geringsten zu offenbaren, wie gedemütigt sie sich fühlen musste. Sie war stärker, als ich gedacht hatte, und ein wenig beschämt erinnerte ich mich daran, wie mir vor gerade erst einer Stunde bescheinigt worden war, was für eine gute Psychologin ich angeblich war.

Christer wirkte ernst und abwesend. Berggren trommelte leise mit den Fingern auf die Tischplatte, und ich vertiefte mich in meine Aufzeichnungen. Mit einem tiefen Seufzer stand Christer schließlich auf.

»Der Kreis schließt sich allmählich«, sagte er bedächtig. »Es sind nicht mehr allzu viele übrig, die verdächtig wären.«

Er machte die Tür auf und wandte sich an Polizeimeister Svensson, der offenbar auf ein Zeichen gewartet hatte. »Bringen Sie Frau Hammar herein.«

Ich hatte bereits gestern Nacht gedacht, dass Ann – wie sie dort in dem Sessel gesessen hatte – regelrecht verstört gewirkt hatte, doch das war nichts im Vergleich zu heute. Im grauen Tageslicht zuckten ihre farblosen Lippen nervös und ließen sie vermutlich umso fahler wirken, weil Ann im Gegensatz zu Lil komplett ungeschminkt war. Sie hatte dunkle Schatten unter den Augen, und selbst ihr blondes Haar sah schlaff und glanzlos aus. Ich hätte schwören können, dass sie in den vergangenen vierundzwanzig Stunden deutlich abgemagert war. Das marineblaue Kleid, das sie am Samstag schon mal angehabt hatte, sah an ihr nicht mehr annähernd so gepflegt und elegant aus wie vorher. Es bedurfte wirklich keines Psychologen, um zu erkennen, dass Ann-Sofi Hammar diejenige von uns war, die einem völligen Zusammenbruch am Nächsten stand. Ob dies daran lag, dass sie empfindlichere Nerven hatte als die anderen, oder an irgendetwas anderem, wagte ich allerdings nicht zu beurteilen. Vielleicht würde die Vernehmung, zu der Christer in diesem Augenblick anhob, die Frage ja beantworten.

»Liebe Ann, das hier wird für uns beide unangenehm werden, aber es führt leider kein Weg daran vorbei. Vielleicht willst du ja selbst dein Herz erleichtern? Dann muss ich nicht fragen...«

»Ich... ich verstehe nicht, was du meinst.«

»Du zwingst mich, darauf hinzuweisen, dass du für keine der drei Taten auch nur den Hauch eines Alibis hast. Und sofern der Mord an Marianne eine Eifersuchtstat war, wovon wir ausgehen, dann hattest du ein schwerwiegendes Motiv. Du wusstest, dass Rutger nach wie vor in sie verliebt war, aber du hast vermutlich gehofft, dass sie nie wieder seinen Weg kreuzen würde. Doch dann ist genau das passiert...«

Anns Augen waren weit aufgerissen, und ihr Blick – oder vielmehr die Leere darin – wirkte so unmenschlich, dass ich es kaum ertragen konnte. Mit einem erstickten Schrei sank sie in sich zusammen und fing an, hemmungslos zu weinen.

Mit zwei langen Schritten war Christer bei ihr, und die Ohrfeige, die er ihr gab, zeigte fast augenblicklich die gewünschte Wirkung. Das hysterische Geheul verstummte, sie schluchzte nur noch leise, und nach einer Weile hob sie den Kopf und flüsterte: »Ich war es nicht. Du musst mir glauben! Ich hab es nicht getan.«

»Du bleibst also bei deiner Aussage, dass du sowohl am Freitag zwischen eins und fünf als auch in der Nacht zum Sonntag tief geschlafen hast.«

»Ja, ich hatte Migräne und hab ein Medikament genommen...«

Christer setzte sich wieder hin, und als er erneut das Wort ergriff, verriet seine Stimme nicht im Geringsten, was er dachte.

»Vielleicht wärst du trotzdem so nett und würdest ein paar Fragen beantworten, die uns ein wenig Klarheit verschaffen könnten. Wusstest du, als Rutger dir den Heiratsantrag machte, dass er immer noch in eine andere Frau verliebt war?«

Ihre Antwort war eher ein Schluchzen.

»Nein.«

»Aber dass er viele Jahre mit Marianne Wallman liiert gewesen war, musst du doch gewusst haben.«

»Ich habe damals in England gelebt – ich wusste nicht, dass er sich erst vor Kurzem von ihr getrennt hatte. Und es hat mir auch niemand gesagt.«

»Hat er dir vorgemacht, dass er in dich verliebt wäre? Dass du die einzige Frau für ihn wärst?«

»Nein. Er erwähnte lediglich, dass er eine schreckliche Enttäuschung hinter sich hätte und seine Gefühle tot wären, aber er hatte die Hoffnung... *wir* hatten die Hoffnung, dass ich ihm darüber würde hinweghelfen können.«

»War es von Anfang an klar, dass du in jenem Jahr nicht mit nach Stockholm ziehen würdest?«

Sie nickte.

»Und als dann Lil hier auftauchte und mit ihm zu flirten begann, wurdest du eifersüchtig. Du hast nicht damit gerechnet, dass seine ›toten‹ Gefühle von jemand anderem wiederbelebt werden könnten. Also hast du dich auf ein kleines Techtelmechtel mit Jojje eingelassen...«

Ann keuchte vor Überraschung und Schreck. »Wie kannst du... Was weißt du darüber?«

»Wir wissen zumindest, dass du dich Mittwochnacht gegen zwei Uhr von Jojje hast küssen lassen.«

»Du Ungeheuer!« Sie hatte wieder Tränen in den Augen, aber es sah nicht mehr so aus, als würde sie erneut hysterisch werden. »Ich habe mich nicht küssen *lassen*. Er hat es einfach so getan! Ich war draußen, weil...« Sie verstummte, aber als sie Christers Blick auffing, fuhr sie nach einer Weile angestrengt fort: »Rutger war nicht ins Bett gekommen. Ich war draußen, weil ich wissen wollte, wohin er gegangen war. Und da bin ich mit Jojje zusammengestoßen. Er sagte nette, schmeichelhafte Dinge, und wir unterhielten uns ein bisschen, aber ich hätte nie damit gerechnet, dass er mich küssen würde! Ich bin augenblicklich reingerannt, sowie er mich wieder losgelassen hat. Ganz ehrlich – was anderes dürft ihr einfach nicht denken!«

Es schien ihr ein riesiges Anliegen zu sein, dass wir nicht glaubten, sie wäre Rutger untreu gewesen. Aber diesbezüglich hatte niemand auch nur den geringsten Zweifel, denke ich.

»Was hast du am Donnerstag gemacht, nachdem Marianne angekommen war?«

»Rutger war mit Lil verschwunden, und Jojje und Marianne waren baden gegangen, also durfte ich mich um Viveka kümmern. Ich habe ihr die Insel gezeigt...«

»Und in der Nacht? In der Nacht auf Freitag?«

»Da habe ich im Bett gelegen.«

»Aber du hast nicht geschlafen. Wo war Rutger?«

»Das... weiß ich nicht.«

»Das weißt du ganz bestimmt. Er war mit Marianne zusammen, nicht wahr?«

»Nein«, stieß Ann zwischen den fahlen Lippen hervor. »Nein.«

Sie stemmte sich aus dem Sessel hoch, doch noch ehe wir eingreifen konnten, sank sie vor unseren Füßen bewusstlos zu Boden.

Während Polizeimeister Svensson sie wegtrug, lief Christer wie ein Raubtier im Käfig leise fluchend auf und ab.

»Ich gebe auf. Hörst du, Leo? Ich gebe auf. Du und dein Ermittlerteam – kümmert ihr euch doch um dieses ganze vermaledeite Durcheinander. Wen immer ich am Ende verhaften darf, es wird einer meiner Freunde sein – und ganz so unmenschlich, wie Fräulein Lil glaubt, bin ich nicht. Das hier ist ein Drecksjob, der mir von Stunde zu Stunde unsympathischer wird... Hast du was gesagt?«

Letzteres war an mich gerichtet. Ich hatte meine jüngsten Aufzeichnungen noch einmal durchgesehen und warf jetzt mit einem lauten Knall den Notizblock auf den Tisch.

»Ja. Ich sagte, ich wundere mich kein bisschen, dass sie Mordgedanken hatte. Ich frage mich nur, warum sie nicht mit Rutger angefangen hat.«

Christer gab mir für den Rest des Nachmittags frei. Zögerlich betrat ich den Aufenthaltsraum; ich wusste nicht, wie ich mich nach allem, was sie in meiner Anwesenheit hatten eingestehen müssen, gegenüber Lil und Ann verhalten sollte. Doch keine der beiden war irgendwo zu sehen, und abgesehen davon wurde ich auch gleich von Einar abgefangen, der sich danach erkundigte, ob meine Locken wasserfest seien oder bloß aufgewickelt. Sie seien durch und durch natürlich, antwortete ich verärgert, und nichts sei besser für ihre Spannkraft als ein kräftiger Regenguss.

»Das dort draußen ist kein Regen, mein Herz, das ist eine Sintflut. Aber wenn du den Mut hast, Noahs Frau zu spielen, dann fahr mit mir nach Uvfallet. Ich muss dort den Arzt abholen.«

Ich war vielleicht nicht besonders mutig, aber sehr, sehr verliebt. »Gehen wir«, antwortete ich.

In der Küche nahmen wir eine schnelle Mahlzeit zu uns, weil Einar nicht wusste, wie lange wir auf den Arzt würden warten müssen. Als die beiden am Morgen miteinander telefoniert hatten, hatte der Arzt ausdrücklich betont, dass er nicht garantieren könne, pünktlich zu sein. Nachdem wir uns auch noch – unter Pyttans begeisterten Rufen – mit Anns und Rutgers Gummistiefeln und Ölzeug ausgerüstet hatten, waren wir bereit, jedwedem Unwetter entgegenzutreten.

Es war von Anfang an eine recht unbehagliche Reise. Der Sturm drückte den Regen in heftigen Böen herab, und über dem Uvlången windete es so stark, dass ich es wirklich mit der Angst zu tun bekam.

»Wie können auf einem so kleinen See so hohe Wellen entstehen?«

»Der See liegt leider in einem Talkessel, und wenn es hier unten erst mal losgeht, dann wird daraus ein regelrechter Hexenkessel.«

Einar schuftete wie ein Tier, bis der Motor ansprang und wir endlich die Landzunge umrunden konnten und der Steven in Sturm und Regen Kurs aufs offene Wasser nahm. Trotz Ölzeug waren wir innerhalb von nur einer Minute bis auf die Knochen nass, und wenn einer von uns dem anderen etwas zurief, war kein Wort davon zu hören. Wie es Einar gelang, Kurs zu halten, ist mir ein Rätsel; die Sicht betrug nicht einmal zehn Meter. Die ganze Welt war nur noch grau, kalt und grässlich nass.

Irgendwann landeten wir trotzdem einigermaßen sicher unterhalb von Uvfallet, und Einar schrie mir zu, dass es noch nicht einmal halb fünf sei und wir noch warten müssten. In der Hoffnung, dass der Wind dort schwächer wäre, sprang ich an Land, und Einar versuchte, mir zu erklären, dass an dem Motor irgendetwas nicht stimme, dass er sich darum kümmern werde, während ich in der

Zwischenzeit hinauf ins Dorf laufen und die Post holen solle. Zumindest glaube ich, dass er das sagte.

Als ich wieder zurück ans Ufer kam, war der Arzt bereits eingetroffen. Er war recht groß, hager und grauhaarig, sein Schnurrbart hing schlaff herab, und seine Augen sahen erschöpft, aber freundlich aus. Er gab mir die Hand, stellte sich aber nicht namentlich vor. Vermutlich war er es gewöhnt, dass man ihn kannte, wenn er seine Krankenbesuche machte.

Er warf einen besorgten Blick über das dunkelgraue, regengepeitschte Wasser und kletterte an Bord. Der Motor röchelte beunruhigend. Trotzdem ging es aufgrund der fauchenden Wellen so schnell vorwärts, dass sogar Einar sich wunderte. Unversehens tauchte nur wenige Meter vor uns der Steilhang auf. Ich schrie, der Arzt lehnte sich nach vorn, und Eje riss das Steuer so schnell herum, dass das Boot für einen Augenblick senkrecht im Wasser stand. Wir schossen so nah am Steilhang vorbei, dass wir den rauen Fels beinahe berühren konnten, und noch ehe wir wussten, wie uns geschah, war die Gefahr auch schon wieder gebannt. Einar grinste mich schief an, und im selben Augenblick verstummte mit einem letzten Surren und Seufzen der Bootsmotor.

In den folgenden Minuten hatten wir alle Hände voll zu tun. Das große Boot trieb in einem Irrsinnstempo auf die Felsen am Fuß des Steilhangs zu. Während Einar sich am Motor abmühte, versuchten der Arzt und ich, mit ein paar altersschwachen Bootshaken das Fahrzeug auf Kurs zu halten.

Als ich mich vorbeugte, um nach gefährlichen Felsbrocken Ausschau zu halten, traf mein Bootshaken plötzlich auf etwas Weiches.

Der Arzt erkannte als Erster, dass ich kurz davor war, ohnmächtig zu werden, und da seine medizinischen Instinkte ihn vermutlich eher dazu trieben, sich um einen kranken Menschen zu kümmern als um ein Motorboot, und sei es noch so kostbar, warf er seinen Bootshaken weg und streckte mir seine Hand entgegen. Mit zitternden Fingern zeigte ich ins Wasser, und dann ließ ich mich auf die Bank fallen und fing an zu weinen.

In diesem Augenblick lief das Boot auf Grund. Nachdem es einigermaßen stabil festzuhängen schien, konnte endlich auch Einar von seiner Arbeit am Motor ablassen und stattdessen an der Seite des Arztes auf das formlose Etwas hinabstarren, auf das ich gedeutet hatte. Er stieß einen erstickten Ausruf aus und sprang dann über Bord.

Der Arzt zog Ann-Sofi Hammars leblosen Körper über den Bootsrand. Wasser troff in Strömen aus ihrem blonden, schweren Haar und ihrem blauen Kleid. Sie hatte zwar keine Strümpfe, dafür aber weiße Schuhe an den Füßen.

Einar presste die Lippen zusammen und legte düster die Stirn in Falten. »Es ist fast dieselbe Stelle, an der wir Jojje gefunden haben... Ist sie tot, Doktor?«

Der Arzt war bereits dabei, sie zu untersuchen, und murmelte vor sich hin, ohne dabei aufzublicken. Der Wind wehte lediglich einzelne Wörter zu mir herüber.

»... keine Spuren von Gewalteinwirkung... nicht lange im Wasser... Mund-zu-Mund-Beatmung...« Und mit einer gewissen Festigkeit in seiner Stimme rief er dann:

»Sie muss so schnell wie möglich ins Warme, vielleicht kann man noch etwas für sie tun...«

Wie Einar es schaffte, sowohl das Boot frei als auch den Motor wieder in Gang zu bekommen, ist selbst für ihn bis heute ein Rätsel, doch nach einigen Minuten schoss er in Höchstgeschwindigkeit am Hafen vorbei und steuerte direkt auf den Badesteg unterhalb des Hauses zu. Es war sogar mir klar, dass es bei diesem Wetter brandgefährlich war, in die flache Bucht einzufahren, und natürlich liefen wir mit einem lauten Krach auf Grund, was für die Zukunft des stolzen Motorboots nichts Gutes verhieß.

Zu unserer Verwunderung kam jedoch kein Rutger herbeigeeilt, der um sein Heiligtum besorgt war, und so marschierten wir schweigend den grasbewachsenen Hang hinauf, an dessen Ende Christer und Polizeihauptmeister Berggren bereits auf uns warteten. Ihr Gesichtsausdruck veränderte sich bei unserem Anblick schlagartig, und auf Christers Gesicht legte sich so etwas wie Entsetzen.

»Das tut mir leid«, murmelte er. »Polizeimeister Svensson hätte sie bewachen sollen, aber sie ist ihm entwischt. Ist sie tot?«

»Vermutlich. Aber ich muss es trotzdem mit Mund-zu-Mund-Beatmung probieren.«

Im Gemeinschaftsraum lag Viveka mit einer Wolldecke über ihrem verletzten Bein auf dem Sofa. Lil, Carl Herman und Pyttan saßen um den abgeräumten Abendbrottisch herum und unterhielten sich leise. Rutger kam aus der Küche herein – und dann trug der Arzt sein Bündel zur Terrassentür herein.

Rutgers Gesicht schien sich vor unseren Augen aufzulösen. Reglos stand er auf der Schwelle, und in ihm kämpften Schock und Entsetzen, Abscheu und Besorgnis. Ohne dass auch nur ein Wort gefallen wäre, ließ sich der Arzt von Christer ins Schlafzimmer führen. Dann wurden Polizeimeister Svensson und Einar dazugerufen, und die Tür ging zu.

Rutger machte auf dem Absatz kehrt und verschwand – doch schneller, als ich es dem korpulenten Mann zugetraut hätte, war der Polizeihauptmeister ihm auf den Fersen.

Im Gemeinschaftsraum war ich es nun, auf die sich alle konzentrierten. Pyttan half mir aus den nassen Gummistiefeln und dem Regenzeug, Lil lief in unser Zimmer, um ein paar trockene Sachen zu holen, und dann konnte ich mich umziehen. In Lils weichen Steppmorgenmantel aus grünem Samt gehüllt musste ich schließlich von unserem grausamen Fund erzählen. Alle redeten durcheinander, doch irgendwann kam Pyttan zu der Erkenntnis, dass sie es gewesen sein musste, die Ann zuletzt gesehen hatte. Um halb fünf war Ann aus der Küche gelaufen, wo sie nach einem ungewöhnlich frühen Abendessen am Spülbecken gestanden und den Abwasch erledigt hatte, doch danach war sie nicht mehr zurückgekommen. Ich meinte, dass wir ungefähr um halb sechs am Steilhang vorübergefahren seien...

»Dann handelt es sich ja nur um eine Stunde!«

»Und wir alle waren die ganze Zeit hier drinnen«, sagte Viveka langsam, »wir alle... außer Rutger.«

Pyttan krallte ihre Finger so fest in meinen Arm, dass

es wehtat. »Sie hat sich selbst ertränkt, nicht wahr? Sie war es, die… die schuld an allem war, und dann hat sie sich das Leben genommen. Puck, bitte, so war es doch?«

Unendlich mitfühlend sah ich in Pyttans graue Augen, die denen von Rutger so schmerzhaft ähnlich waren.

»Ich weiß es nicht, Kleines. Ich weiß wirklich überhaupt nichts mehr.«

VIERZEHNTES KAPITEL

Der Vorhang für den letzten Akt war aufgegangen, und ich glaube, dass alle Anwesenden sich dieser Tatsache bewusst waren. Die vielen entsetzlichen Stunden, die wir in der vergangenen Woche allzu reichlich hatten durchleben müssen, schienen allmählich zu verblassen und abzuflachen; und auch wenn unsere Nerven zum Zerreißen gespannt waren, stählten sie sich gleichsam für die umso stärkere Belastung, die uns in den kommenden Stunden bevorstand. Ich war froh, dass Christer mich nicht noch einmal darum bat, das Protokoll zu führen; ich hätte seiner Bitte nicht nachkommen können. Das Tempo war inzwischen zu hoch, und meine Hände jetzt gegen Ende des Dramas viel zu zittrig.

Der Gemeinschaftsraum sah wie immer wohnlich, freundlich und alltäglich aus. Das Licht, das sich unter der Decke verbreitete, war stärker als der diesig graue Tag vor den Fenstern. Im Kamin glühten leuchtend rot und geheimnisvoll ein paar Holzscheite, die mich an Feuer erinnerten, um die ich in meiner Kindheit Geschichten gesponnen hatte. Alles schien ganz normal zu sein und Gemütlichkeit zu verströmen – nur die anwesenden Personen waren unglücklich und durcheinander.

Christer war mit fest zusammengepressten Lippen aus

dem Schlafzimmer gekommen. Allein sein Kopfschütteln sagte uns, dass der Kampf, den sie dort drinnen führten, immer noch nicht zu Ende war. Er stellte sich vor den Kamin und ließ seinen prüfenden Blick über die Versammlung schweifen. Unbewegt und geduldig saßen wir da wie Statisten, die darauf warteten, dass die Hauptfigur durch ihren Einsatz das Stück eröffnete.

Ich hatte immer noch den Arm um Pyttans Schultern gelegt. Sie schluchzte leise. Neben uns auf der breiten Eckbank saßen Lil und Carl Herman. Lil hatte die Beine untergezogen und lehnte sich nur hin und wieder sachte vor, um an den großen Aschenbecher auf dem Tisch zu kommen. Carl Herman starrte unverwandt zu Boden; es schien, als hielte er es nicht aus, einem von uns in die Augen zu blicken. Viveka hatte sich auf dem Sofa aufgesetzt. Sie war blass im Gesicht. Der Arzt, der ursprünglich ihretwegen gerufen worden war, hatte jetzt keine Zeit mehr für sie, doch sie beschwerte sich nicht.

Wir warteten.

Dann ging die Küchentür auf, und Rutger taumelte herein. Er war bis auf die Knochen nass, und sein weißes Hemd klebte an seiner breiten Brust. Stöhnend ließ er sich auf einen Holzstuhl neben Carl Herman fallen. Der Polizeihauptmeister zog sich einen Stuhl heran und postierte sich vor der Tür.

Christer nahm mit einem abwesenden Gesichtsausdruck die Pfeife aus dem Mund, machte sich aber nicht die Mühe, sie erneut zu stopfen.

»Also?«, fragte er. Und als Rutger nicht antwortete, fragte er wieder: »Also? Findest du nicht, dass es endlich

Zeit wäre zu reden? Du bist uns eine Erklärung schuldig.«

Rutger strich sich mit der Hand über das regennasse Gesicht und stand dann halb auf. »Lebt sie?«

Der Polizeihauptmeister drückte ihn auf seinen Stuhl zurück, und Christers Stimme war frei von jedem Mitgefühl, als er verkündete: »Nein. Der Täter hat sein Ziel erreicht. Du musst dir keine Sorgen mehr machen, dass sie von deiner dunklen Vergangenheit erfährt.«

Rutgers breite Schultern sackten nach unten. Ein paar Minuten lang verbarg er das Gesicht in beiden Händen, und Christer wartete ab, ohne ein Wort zu sagen. Als Rutger schließlich aufblickte, sah es so aus, als hätte er jeglichen Widerstand aufgegeben.

»Was willst du wissen?«

»Das ganze Elend. Es wird für dich wie für uns alle am besten sein, alles zu hören, vor Zeugen ... Rutger, du wirst von vielen geliebt. Und ich würde nun gern aus deinem Mund hören, wen du denn geliebt hast.«

Die Antwort kam wie ein Befreiungsschlag.

»Marianne. Einzig und allein Marianne. Bis zu diesem Augenblick habe ich immer nur Marianne geliebt.«

»Du warst fürchterlich eifersüchtig ...«

»Ja, es war wie eine Krankheit ... wie eine Besessenheit. Ich konnte nichts dagegen tun.«

»Hat sie dich betrogen? Hast du dich deshalb von ihr getrennt?«

Er starrte auf seine Hände und nickte dann stumm.

»Mit wem?«

»Spielt das eine Rolle? Sie hat mich hintergangen. Sie

hat mich auf eine Weise betrogen, die jeden Mann um den Verstand gebracht hätte.«

In der Pause, die entstand, hingen seine Worte in der Luft – schwer, qualvoll und auf unerklärliche Weise unheilvoll. Dann war es also doch Marianne gewesen, die diese Lawine in Gang gesetzt hatte. Marianne, die ebenfalls zu sehr geliebt und für diese Liebe einen hohen Preis gezahlt hatte ...

»Trotzdem hast du Ann geheiratet.«

»Ja – und ich weiß, dass das mein schwerstes Verbrechen war. Aber ich wollte einfach alles vergessen, was mit Marianne zu tun hatte. Ich war davon überzeugt – das waren sowohl Ann als auch ich selbst –, dass es uns gelingen könnte. Aber sie war zu rein und viel zu gut für mich. Ständig hatte ich ein schlechtes Gewissen, weil ich ihr nicht die Liebe geben konnte, die sie verdiente ... weil ich mein eigenes Leid und meine Wut nicht hinter mir lassen konnte ... mit Lil war das einfacher.«

Er warf Lil einen flüchtigen, aber dankbaren Blick zu, und sie quittierte es mit einem tapferen schiefen Lächeln.

»Sie war die ganze Zeit über einfach großartig – und ich bin froh, dass ich jetzt die Gelegenheit habe, das in aller Öffentlichkeit zu sagen. Als sie versuchte, mir für Samstagnacht ein Alibi zu verschaffen – denn natürlich war sie niemals mit mir draußen auf dem Segelboot –, habe ich mich zutiefst geschämt. Ich habe mich ihr gegenüber wirklich nicht so verhalten, dass sie einen Grund gehabt hätte, sich schützend vor mich zu stellen.«

»Hattest du Marianne je wiedergesehen, ehe sie am Donnerstag hier aufgetaucht ist?«

»Nein. Und wie ich die ersten Stunden überhaupt ertragen konnte, ist mir jetzt noch schleierhaft. Ich war mir schließlich im Klaren darüber, dass sie immer noch – trotz allem, was sie mir angetan hatte und was sie war – in jeder Faser meines Körpers lebte. Und ich wusste gleichzeitig, dass ich mich Ann gegenüber nicht würde erklären können. Ihr Leben wäre wie ein Kartenhaus in sich zusammengefallen, wenn sie auch nur für eine Sekunde einen Einblick in meine chaotische Gefühlswelt erhascht hätte... Bei der erstbesten Gelegenheit habe ich Lil gebeten, mit mir spazieren zu gehen; es hätte zu unhöflich gewirkt, allein zu verschwinden, wo doch gerade so viele Gäste angekommen waren. Wir stiegen auf den Aussichtsberg, und leider kam das Thema dort auf Marianne; das hielt ich nicht aus, und deshalb ließ ich sie dort oben stehen.«

»Und dann hast du Marianne in ihrem Zimmer aufgesucht.«

»Nein, das stimmt nicht. Wir trafen außerhalb des Gästehauses aufeinander, als ich vom Berg und sie vom Baden zurückkam, und weil ich nicht wollte, dass Ann uns zusammen sah, gingen wir in ihr Zimmer.«

»Und dort gab es eine kleine Szene, in der sie dir vorwarf, dass du nicht nur dein Leben, sondern auch ihres zerstört hättest...«

Rutger sah ein wenig verdutzt aus. »Tja, da war offenbar jemand in der Nähe. Ich wusste nicht, dass Wände Ohren haben.«

»Du hast sie selbst bauen lassen«, erwiderte Christer trocken. »Es war Puck, die wider Willen ein paar Worte aufgeschnappt hat.«

»Hm. Aber viel mehr haben wir auch gar nicht gesagt. Wir verabredeten uns für den Abend, um uns auszusprechen, nur wollte ich, dass Ann da bereits schlief – also trafen wir uns erst um Mitternacht.«

Er verstummte und schien für einen Moment seinen Gedanken nachzuhängen. Dann blickte er wieder auf, sah, dass Christer noch immer geduldig auf eine Fortsetzung wartete, und erklärte: »Zuerst haben wir uns wirklich nur unterhalten. Aber wir hatten uns beide so sehr nach dem anderen gesehnt, dass ich mich am Ende regelrecht auf sie gestürzt habe. Es war... es war eine sehr merkwürdige Nacht. Einerseits war ich überglücklich, andererseits und überwiegend jedoch angewidert und beschämt und wütend auf mich selbst, weil ich wieder mit ihr geschlafen hatte. Ich ahnte, dass ich Ann nie wieder in die Augen würde blicken können... Immerhin habe ich Marianne dazu überredet, am nächsten Tag abzureisen. Über die Zukunft haben wir nicht gesprochen, aber ich glaube, dass sie für den Augenblick auch vollkommen zufrieden war. Um acht Uhr morgens gingen wir auseinander...«

»Möchtest du uns vielleicht mitteilen, *wo* ihr die Nacht verbracht habt?«

»Ein gutes Stück in den Wald hinein in Richtung Norden der Insel. Ach, du denkst an Pucks Armreif? Ja, den hab ich ihr persönlich abgenommen... ich habe Schmuck an ihr noch nie leiden können. Dann haben wir ihn dort vergessen. Am Freitagabend bin ich noch mal hingegangen, um danach zu suchen, aber da hatte ihn offenbar schon jemand anderes gefunden. Im Übrigen habe ich in jener Nacht auch ihre komische Haarspange bemerkt, mit der du uns später so erschreckt hast...«

»Hast du ihr irgendwann gesagt, du würdest sie ans Festland bringen?«

»Nein, ganz sicher nicht. Wir waren uns einig, dass es am besten wäre, wenn wir so wenig wie möglich zusammen gesehen würden.«

»Warst du am Freitag wirklich auf dem Lillsjö?«

»Ja, ich bin sozusagen geflüchtet... vor Ann und allen anderen. Erst bin ich zum Lillsjö gerudert und habe geangelt. Aber als ich gegen vier zurückkam, hatte ich das Gefühl, ich könnte immer noch nicht hochgehen und den anderen unter die Augen treten, und da habe ich mir das Motorboot genommen und bin noch für ein paar Stunden auf dem See herumgefahren. Das hat mich ein bisschen beruhigt, und am Abend habe ich – hoffentlich – wieder einen ganz normalen Eindruck gemacht... Weißt du, mein Instinkt hat mir in diesen letzten Tagen – und Nächten – gesagt, ich sollte besser nicht mit anderen Menschen zusammen sein... sondern stattdessen allein mit mir selbst auf dem Wasser oder im Wald, um wieder Herr über meine Gefühle zu werden. Leider«, fügte er mit einem traurigen Lächeln hinzu, »waren die Vorkommnisse hier auf der Insel einer stillen Meditation nicht gerade zuträglich.«

»Deshalb warst du also auch in der Samstagnacht mit dem Segelboot unterwegs?«

»Ja. Es ging ein ordentlicher Wind, und... ich weiß, das klingt vielleicht anmaßend, aber wenn du in meiner Haut gesteckt hättest, wärst du auch nicht zurückgegangen und hättest dich zu Ann ins Bett gelegt.«

»Hast du nicht den Schuss gehört, der Jojje umgebracht hat?«

»Nein.«

In diesem Augenblick ging die Schlafzimmertür auf, und Einar kam heraus. Er hatte immer noch Gummistiefel an den Füßen, seine Hemdsärmel waren hochgekrempelt, und sein Haar war schweißnass. Vorsichtig machte er die Tür hinter sich zu und lehnte sich dann erschöpft dagegen.

»Sie... sie atmet wieder.«

Es schien, als wären wir nicht mehr imstande zu reagieren. Unsere Gefühle waren abgestumpft, unsere Gedanken waren ganz woanders gewesen.

Doch dann warf sich Rutger über den Tisch und fing an zu heulen wie ein Schlosshund. Er weinte, heftig und stoßweise, irgendwann dann wieder ruhiger und leiser. Christer hatte seinen Platz verlassen und seine Hand tröstend auf Rutgers Schulter gelegt. Doch abgesehen davon hätte man glauben können, dass der Raum von Wachsfiguren bevölkert wäre; wir alle waren gleichermaßen starr und bleich.

Irgendwann ergriff Christer wieder das Wort; seine Stimme klang sanft und voller Mitgefühl. »Ich habe nur noch eine einzige Frage an dich, Rutger, aber die ist entscheidend. *Warum hast du versucht, den Mörder zu schützen?* Auf diese Frage kann ich mir einfach keinen Reim machen.«

Im Kamin sackte ein Holzscheit zur Seite, und es prasselte laut. Doch abgesehen davon war einzig und allein Rutgers Schluchzen zu hören.

Dann hob er den Kopf.

»Ich wollte Marianne schützen. Marianne – und mich selbst...«

Christer stellte sich wieder neben den Kamin. Sein Blick wanderte von einem zum anderen, ohne dass er jemanden von uns wirklich angesehen hätte. Als er wieder das Wort ergriff, schien es, als wollte er sich selbst über eine Sache klar werden.

»Es gab da ein paar Dinge, die für mich einfach nicht zusammengepasst haben. An denen ich hängen geblieben bin. Nichts Großes, Weltbewegendes... Der Mörder war listig und gerissen, und er hat nichts dem Zufall überlassen. Und trotzdem gab es einige Details, die mich stutzig gemacht haben.«

Erstmals an diesem Abend widmete er sich wieder seiner Pfeife. Alle Augen waren auf die karierte Gestalt gerichtet, die scheinbar geistesabwesend an der Herdkante lehnte.

»Und alle drei Details hatten mit Jojje zu tun. Die bloß oberflächliche Verbindung, die er zu sämtlichen Beteiligten in diesem Drama hatte, schien darauf hinzuweisen, dass er nicht aus persönlichen Gründen ermordet wurde. Und auch der rote Schal in seiner Hand schien ein Indiz dafür zu sein, dass er aus dem Weg geräumt werden musste, weil er zu viel über den ersten Mord wusste. Jojjes Auftreten war die ganze Zeit über völlig normal und wenig geheimnisvoll; erst als er anfing, den Großteil der Samstagnacht draußen herumzuwandern, wurde das Ganze zusehends mysteriös. Er wartete auf jemanden; zumindest hat er das zu allen gesagt, denen er draußen begegnet ist. Und sämtlichen Aussagen zufolge machte er nicht den Eindruck, als wäre er unterwegs zu einem romantischen Stelldichein. Ich glaube, dass man daraus schließen kann, dass er vermutlich auf den Mörder wartete. Vielleicht hatten sie sich verabredet; vielleicht hatte er aber auch nur seine Gründe anzunehmen, dass der Mörder irgendwann im Laufe der Nacht sein Zimmer verlassen würde. Dass die beiden letztlich aufeinandertrafen, wissen wir. Wenn wir jetzt noch wüssten, auf wen Jojje gewartet hat, wüssten wir auch, nach wem wir suchen. Nun gibt es aber aufgrund der unregelmäßigen Schlafgewohnheiten hier auf Lillborgen diverse Personen, die wir ausschließen können. Jojje hat zu unterschiedlichen Zeitpunkten sowohl mit mir, mit Lil und Eje gesprochen, und Eje gegenüber hat er erwähnt, dass er auch Carl Herman gesehen hätte. Und trotzdem blieb er dort auf seinem Posten. Wartete er vielleicht auf Rutgers Rückkehr? Wohl kaum – denn da hätte er wie alle anderen auch einfach zum Hafen gehen und sich dort hinsetzen können. Aber er ist hier oben auf der Wiese geblieben, um den Eingang zum Haus zu bewachen. Nein, meine Schlussfolgerung lautet also, dass *Jojje auf jemanden gewartet haben muss, der sich im Haus befand* – jemanden, den er zu hundert Prozent dort drinnen vermutete und auf den es sich zu warten lohnte...« Er legte eine kurze Pause ein, um ein paarmal an seiner Pfeife zu ziehen, und fuhr dann etwas lauter fort: »Der zweite Umstand, der mich aufmerken ließ, war Mariannes vermeintliche Båstad-Reise. Jojje hatte die Fahrt dorthin ganz offensichtlich von langer Hand geplant, aber auf

Mariannes Namen war in ganz Båstad nirgendwo ein Zimmer reserviert. Ihr Beschluss, Jojje dort wiederzusehen, scheint spontan zustande gekommen zu sein – womöglich während eines freundschaftlichen Plauschs mit Jojje hier auf Lillborgen. Vielleicht war es, wie Puck angedeutet hat, auch gar nicht allzu ernst gemeint, sondern sollte ihn einfach nur über den Abschied hinwegtrösten. Trotzdem hatte dieser Beschluss schwerwiegende Folgen.«

Christers blaue Augen musterten mich für einen Moment.

»Pucks ausführlicher Bericht über die Ereignisse brachte in diesem Zusammenhang ein paar interessante Details zutage. Unmittelbar nachdem Marianne und Viveka hier angekommen waren, erwähnte Viveka, dass ihrer beider Urlaub bald vorüber wäre und sie zurück nach Stockholm fahren und wieder anfangen müssten zu arbeiten – Viveka an ihrer Abschlussarbeit und Marianne an einem Auftrag, den ›irgendein vermögender Konsul‹ ihr erteilt hatte. Erinnert ihr euch noch daran?«

Viveka nickte. »Das ist korrekt.«

»Puck meinte weiterhin, dass Jojje ihr am Samstagabend im Vertrauen von seinem Abschied von Marianne erzählt und dabei einen Satz angefangen habe, den er jedoch nicht zu Ende brachte. Weißt du noch, wie er anfing?«

Fast mechanisch zitierte ich: »›Und als wir uns voneinander verabschiedeten, versprach sie, dass wir uns in …‹«

»Das Ganze beruht nun zwar einzig und allein auf

Pucks Erinnerungsvermögen, aber ich denke, dass wir uns darauf verlassen können. Es ist ganz leicht, den Satz zu ergänzen, nicht wahr? Als Marianne auf dem Waldweg Jojje einen Abschiedskuss gab, versprach sie ihm, ihn in Båstad zu besuchen. Damit gab er sich zufrieden – womöglich war genau das auch die Absicht –, und sie zog los zu ihrem Treffen mit dem Mörder. Wenn unsere Berechnungen stimmen, dann trafen sie sich ein Stück weiter den Weg hinunter in Richtung Hafen – und somit hatte sie keine Gelegenheit mehr, irgendjemandem von ihrem frisch gefassten Entschluss zu berichten. Wenn ihr jetzt aber mal nachdenkt, *wer während der Vernehmung am Samstagmittag angab, dass Marianne nach Båstad habe reisen wollen*, versteht ihr auch, warum ich auf dieses Detail so viel Wert lege.« Sprachlos starrte ich Christer an. Doch umso vehementer fuhr er fort: »Eine weitere von Mariannes vermeintlichen Aussagen hat überdies für Verwirrung gesorgt: nämlich dass Rutger sie nach Forshyttan übersetzen wolle. Beim Essen hatte man sich noch darauf geeinigt, dass Jojje diese Aufgabe übernehmen werde. Nachdem sie anschließend draußen auf der Wiese noch einen Kaffee getrunken hatte, ging sie packen. Eine halbe Stunde später steuerte sie direkt auf Jojje zu, um ihm mitzuteilen, dass Rutger die ehrenvolle Aufgabe übernommen habe, sie ans Festland zu bringen. *Wer hatte in der Zwischenzeit Gelegenheit, ihr diese Lüge einzuflüstern?*« Er ließ uns keine Zeit, darüber nachzudenken, sondern fuhr gleich fort: »*Wer kann auf Reisen ohne Schlaftabletten nicht schlafen, hat sich am Freitag aber trotzdem hingelegt und bis sechs Uhr geschlafen?* Denn es ist doch anzunehmen, dass ein normaler Mensch nicht mitten am Tag Schlaftabletten nimmt?«

Polizeihauptmeister Berggren stand auf, Christer machte ein paar Schritte in die Mitte des Raums und sagte dann leise, aber deutlich hörbar: »Viveka Stensson, ich verhafte dich hiermit unter dem Verdacht, Marianne Wallman und George Malm ermordet zu haben.«

Viveka hatte die Wolldecke zur Seite geworfen und setzte nun den bandagierten Fuß auf den grünen Teppich. Ihre Augen blickten freundlich, wenn auch ein bisschen traurig, und dann nickte sie langsam.

»Ich wusste gleich, dass ich kaum eine Chance haben würde, als du aufgetaucht bist. Weißt du, Christer, du bist einer der wenigen Männer, deren Intelligenz ich wirklich bewundere...«

Pyttan hielt meine Hand so fest umschlossen, dass es wehtat. Unwillkürlich fragte ich mich, ob ich oder die Welt um mich herum verrückt geworden war. Konnte man denn nicht mal mehr den eigenen Instinkten vertrauen, wenn es um andere Menschen ging? Bedeutete ein Paar freundlicher blauer Augen denn überhaupt nichts mehr?

Viveka sah Christer ernst an. Dann streckte sie sich nach einer Zigarette aus. Nachdem sie sie angezündet hatte, huschte kurz ein Lächeln über ihr blasses Gesicht.

»Danke. Du warst wirklich gut... Könntest du jetzt mir und allen anderen die Ehre erweisen und uns erzählen, wie du dir das Ganze vorgestellt hast? Ich nehme an, dass du dir durchaus darüber im Klaren bist, dass deine Theorien als Beweise vor Gericht nur wenig taugen.«

Christer neigte sich leicht nach vorne. »Gerne. Es gibt allerdings noch eine Reihe von Punkten, bei denen ich Hilfe brauche.«

Viveka lehnte sich auf dem Sofa zurück. Es schien ihr in gewisser Weise zu gefallen, im Mittelpunkt zu stehen – doch dann konzentrierte sie sich wie wir alle wieder auf Christer, und ich musste mir insgeheim und mit einer beschämten Verwunderung eingestehen, dass ich der Klarheit seiner Gedanken und der Aussicht, mithilfe eben dieser Gedanken endlich eine umfassende Erklärung zu erhalten, nach wie vor mit einer gewissen intellektuellen Vorfreude entgegensah.

»Es ist noch nicht lange her, als Pyttan sagte, Viveka habe sich seit ihrer Ankunft auf der Insel verdächtig verhalten. In der größten Hitze ganze fünf Kilometer über den See zu rudern zeugt nicht nur von großer körperlicher Stärke, die man einer Frau kaum zutrauen würde, sondern auch von einer ungewöhnlichen Willenskraft. Ich denke mal, sie hat die Wahrheit gesagt, als sie behauptete, es sei Marianne gewesen, die auf den kleinen Besuch auf Lillborgen bestanden hatte; sie selbst muss gewusst haben, dass es für sie die reine Qual werden würde, hier zu sein. Ich gehe nämlich davon aus, dass sie schon lange in Rutger verliebt war.«

Rutger machte ein Gesicht, als traute er seinen Ohren nicht, doch Christer hatte inzwischen wieder seine Lieblingspose eingenommen und blickte hinaus in die Ferne und in die regengrauen Wolken, und es hatte den Anschein, als wäre er sich unserer Anwesenheit überhaupt nicht mehr bewusst.

»Viveka und Marianne waren eng befreundet, aber ich könnte mir vorstellen, dass auf dem Grund dieser Freundschaft auch eine ordentliche Portion Hass schlummerte. Marianne war schön, fast schon anmaßend attraktiv, und ich glaube, dass sie es für selbstverständlich hielt, dass sie selbst bewundert wurde, während die Freundin stets im Schatten stand. Ebenso selbstverständlich war es für sie, dass Viveka herüberrudern und schuften musste, während Marianne sich für ihren großen Auftritt auf der Insel vorbereitete. Ich glaube nicht, dass der Mord von langer Hand geplant war, aber ich bin mir sicher, dass er sich wie ein Befreiungsschlag angefühlt haben muss, ein Loslassen von Gefühlen, die schon seit Jahren in ihr eingesperrt gewesen waren... Was dieses Loslassen ausgelöst hat, war mit ziemlicher Sicherheit Mariannes Abwesenheit in der Donnerstagnacht. Viveka lag schlaflos in ihrem Bett und wartete darauf, dass Marianne von ihrem Tête-à-tête mit Rutger wiederkehrte. Es war ihr sogar so wichtig zu wissen, wie lange es dauerte, dass sie nicht einmal ihre üblichen Schlaftabletten zu sich nahm. Aber Marianne kam überhaupt nicht mehr, und während dieser langen Stunden keimten in Viveka Mord- und Rachegedanken. Als Marianne bei Tisch verkündete, dass sie abzureisen gedachte, sah Viveka ihre Chance gekommen. Sie sorgte dafür, dass sie für einen Augenblick allein in ihrem Zimmer waren, und gab vor, von Rutger auszurichten, er wolle Marianne persönlich übersetzen und habe darum gebeten, sie möge erst Jojje abschütteln und dann ihn am Hafen treffen. Marianne tappte prompt in die Falle. Sie vertröstete Jojje mit dem Versprechen, nach Båstad zu kommen, und machte sich auf den Weg hinunter zum Hafen. Die restliche Geschichte kennen wir. Viveka erdrosselte sie und versteckte sie unter einer Fichte, um dann auf den geeigneten Moment zu warten, um die Leiche in den See zu werfen.«

Viveka war noch blasser geworden, wenn das überhaupt möglich war. Ganz offensichtlich setzte ihr das Ganze mehr zu, als sie nach außen zeigen wollte. Doch Christer machte unerbittlich weiter.

»In der Nacht ruderte sie mit der Leiche hinaus, übersah aber, dass Mariannes Haarspange im Boot liegen blieb, selbst als sie es leer schöpfte – aus welchem Grund, ist mir immer noch nicht ganz klar. Der rote Schal ist ein weiteres Mysterium, das ich mir im Augenblick so erkläre: Viveka ließ ihn fallen, als sie die Leiche hinunter zum Boot trug, und stopfte ihn sich in die Hosentasche. Dann vergaß sie ihn – bis wir am Samstag darauf zu sprechen kamen. Da dämmerte ihr, dass er ihr gefährlich werden könnte, und sie beschloss, ihn in der darauffolgenden Nacht loszuwerden. Doch zuvor hatte sie sich – aufgeschreckt, weil ich hier aufgetaucht war – Rutgers Revolver genommen. Nur hatte sie insofern Pech, als auch diverse andere in jener Nacht draußen unterwegs waren. Sie musste Lil, Carl Herman, Eje und mich bei mehreren Gelegenheiten gehört haben, sodass sie sich vermutlich erst in den frühen Morgenstunden hinaustraute. Da schlich sie hinauf zum Steilhang, um dort den gefährlichen Schal loszuwerden. Aber sie hatte einen Verfolger. Jojje, dessen Liebe zu Marianne entbrannt war, war hinter ihrem Mörder her. Wie er darauf kam, die richtige Person zu verdächtigen, weiß ich nicht; womöglich hatte es mit dieser merkwürdigen Geschichte zu tun, dass in derselben Nacht, als die Leiche fortgeschafft worden war, eine mysteriöse Gestalt vor seinem Fenster gestanden hatte. Er holte Viveka am Steilhang ein, und da war ihr klar, dass sie verloren hatte. Es ist aber auch denkbar, dass er sie bedrohte; er war ziemlich instinktgetrieben, wenn er provoziert wurde. Doch aus irgendeinem Grund wandte er ihr trotzdem irgendwann den Rücken zu – und da erschoss sie ihn. Danach war es leicht, ihm den Schal in die Hand zu drücken und ihn in den Abgrund zu stoßen.«

Bis hierhin hatte Christer flüssig und schnell erzählt, und es war klar, dass er diese Gedankengänge schon mehr als einmal durchdacht und für tragfähig befunden hatte. Jetzt aber wandte er sich von den Wolken ab und sah Viveka nachdenklich an.

»Wie es weiterging, weiß ich nicht genau. Es scheint mir fast unmöglich zu sein, dass irgendjemand vorsätzlich in seine selbst gebaute Falle tritt, so wie du es gestern Nacht getan hast, und trotzdem war mir von Beginn an klar, dass es nur so gewesen sein kann. Du warst von meiner Vernehmung am Nachmittag und von all den Polizisten und Journalisten, die sich hier oben herumtrieben, höchst alarmiert. Also hast du beschlossen, einen kleinen Mordversuch gegen dich selbst zu inszenieren. Du hast gewartet, bis alle glaubten, dass du dich nach deiner Heulattacke am Nachmittag hingelegt hättest, um dich auszuruhen – ich schätze mal, bis Ann sich hinsetzte, um sich das Hörspiel anzuhören, und die anderen aus dem Weg waren. Da bist du hinüber zum Keller geschlichen, hast die Stufen eingeseift und bist wieder in dein Zimmer zurück. Dabei bist du kein großes Risiko eingegangen; wenn jemand dich zwischen den beiden Gebäuden hin- und hergehen gesehen hätte, hätte er bestimmt vermutet, du wärst auf dem Weg zur Toilette. Und dann kam dir das Bridge-Spiel zur Hilfe. Du hast dich beim Reizen zurückgehalten und stattdessen Rutger ans Spiel gelassen, damit du deine Karten hinlegen und verschwinden konntest. Aber du musstest warten, bis der Kognak leer war. Daher warst du gezwungen, dein Manöver gleich dreimal einzuleiten, bis du endlich – ganz unauffällig – losziehen konntest. Du bist hinübergegangen und hast dich dann in voller Absicht die Treppe hinuntergestürzt. Was Polizeihauptmeister Berggren und ich nur nicht verstanden haben, ist, wie du dabei so glimpflich davonkommen konntest; erst allmählich dämmerte es uns, dass du wohl die obersten Stufen ganz vorsichtig hinabgestiegen bist. Du bist nicht eilig und unvorbereitet hingelaufen oder wolltest so schnell wie möglich Kognak holen... und das beantwortete uns auch die schwierigste Frage: Wie konnte der Mörder wissen, dass die richtige Person in seine Falle tappte? Du hast dich schlicht und einfach sofort dazu bereit erklärt, den Botengang zu machen, bevor es jemand anderes tun konnte, der in dieser Hinsicht Ambitionen gehabt hätte... Allerdings muss ich zugeben, dass ich keine Ahnung habe, was in aller Welt Ann am Steilhang zugestoßen ist. Vielleicht hast du sie durch Psychoterror in den Selbstmord getrieben, vielleicht bist du in dieser Hinsicht aber auch völlig unschuldig. Ann war an die Grenzen dessen gekommen, was ein Mensch ertragen kann, und ich vermute, dass sie sich selbst den Steilhang hinuntergestürzt hat… Die moralische Schuld dafür trägst du wohl ebenso wie Rutger.«

Es blieb lange still. Nur das leise Sirren der Petroleumleuchte und das grimmige Trommeln des Regens begleiteten unsere Gedanken. Einar und ich sahen einander über den Raum hinweg an, und wir waren beide dankbar, dass der Albtraum sich endlich dem Ende zuneigte.

Als Vivekas tiefe Stimme ertönte, richteten sich alle Blicke auf die gebrochene Gestalt auf dem Sofa. Sie klang ruhig und fast schon erleichtert.

»Du hast einen bewundernswerten Job gemacht, und das weiß niemand mehr zu schätzen als ich. Aber in einem grundlegenden Punkt hast du dich getäuscht. Es ist wahr, dass ich Marianne in einem Anfall von Eifersucht ermordet habe. *Aber es war nicht Rutger, den ich geliebt habe. Es war Marianne.*«

FÜNFZEHNTES KAPITEL

Ja, ich weiß, was ihr jetzt denkt, aber das ist mir inzwischen gleichgültig. Jahrelang habe ich mich vor meinen Freunden und vor meiner Familie verstellen müssen, aber das kann ich jetzt nicht mehr. Im Übrigen weiß ich auch nicht, was das noch bringen sollte. Ausgerechnet denen, die ich verschonen wollte, habe ich inzwischen ja nur umso größeren Kummer zugefügt. Ich verlange von euch nicht, dass ihr mir verzeiht, nicht einmal, dass ihr mich versteht. Aber wenn es euch interessiert, dass ich Christers Erklärung um die Leerstellen ergänze, kann ich es gern versuchen.

Ein Psychoanalytiker würde wohl sagen, dass ich in meine früheste Kindheit zurückgehen muss, um die Wurzeln des Baumes zu finden, der jetzt so böse Früchte getragen hat. Aber ich bin mir nicht sicher, ob ich je etwas anderes oder Aufsehenerregenderes erlebt habe als beispielsweise meine beiden Brüder, und die haben sich zum Glück zu vollkommen durchschnittlichen Mitbürgern entwickelt. Die sitzen beide jetzt sicher gerade jeder in seinem Pfarrgarten, umgeben von ihren liebevollen Ehefrauen und prächtig gedeihenden Kindern. Die zwei haben mich wie alle anderen zwar immer eher wie einen Jungen als wie ein Mädchen behandelt, und ich glaube überdies, dass ich meinem eigenen Geschlecht insgeheim stets eine gewisse Missachtung entgegengebracht habe, aber ich hatte trotzdem ein glückliches Leben ohne jede Einschränkung, und ich wüsste nicht, dass ich je irgendeinen Komplex entwickelt oder mich dazu hätte zwingen müssen, meine natürlichen Neigungen zu unterdrücken.

Daher bin ich davon überzeugt, dass ich diese Neigung von Geburt an hatte – ihr werdet das wahrscheinlich merkwürdig finden. Weder die Vererbungslehre noch die Theorie, wonach die Sozialisation dafür verantwortlich sei, sind hier sonderlich aufschlussreich, denn meine Eltern sind zwei absolut konventionelle Leute vom Land, deren einziger Fehler ist, dass sie so unerhört direkt und ehrlich sind. Dass mein Vater studiert hat und sogar zum Propst befördert wurde, hat daran nichts geändert. Vielleicht bin ich ganz einfach eines jener Kinder, die in der Wiege vertauscht wurden und bei den falschen Eltern gelandet sind… Der Aberglaube ist bei uns oben in Hälsingland verhältnismäßig weit verbreitet.

Zum ersten Mal dämmerte mir, dass ich nicht wie meine Freundinnen war, als ich einen Oberstufenball in Gävle besuchte. Ich konnte zwischen zwei Einladungen wählen; die Jungs damals waren nicht alle nur auf Äußerlichkeiten fixiert, sondern schätzten mitunter auch Mädchen, die nett und ›cool‹ waren, und das war ich wohl. Ich entschied mich letztlich für einen blond gelockten, sehr beliebten Jungen, der davon überzeugt war, dass er im Augenblick der einzige Mensch in ganz Europa war, der Schopenhauers Werke vollkommen durchdrungen hatte. Nach dem Ball schwadronierte er draußen auf einer Bank im Boulognerwald darüber, wie sehr das Leben nur aus Unlust, Elend und unerwiderten Begierden bestünde. Ich habe bis heute nicht verstanden, wie er in diesem Zusammenhang ganz plötzlich darauf kam, mich küssen zu wollen – aber ich weiß, dass Schopenhauer mit meiner Reaktion auf seinen Annäherungsversuch höchst zufrieden gewesen wäre. *Unlust* wäre noch zu schwach ausgedrückt – ich empfand Ekel und Abscheu, sowohl vor ihm als auch vor mir selbst.

Aufgewühlt rannte ich zurück in mein möbliertes Zimmer, das ich mir mit einer Mitschülerin teilte – einem düsteren, ätherischen Wesen mit russischen Wurzeln und einem überaus exaltierten Charakter. Ich bewunderte sie kolossal – für ihre Schönheit, für ihre Launen, für einfach alles. Als ich also mit einem dicken Kloß im Hals in unser Zimmer rauschte, fand ich sie in Tränen aufgelöst auf ihrer Bettkante vor. Ich wischte meine eigenen Gedanken beiseite und versuchte, sie in ihrem Liebeskummer zu trösten. Und dann passierte es einfach so… Auf ihre übliche impulsive Art schlang sie die Arme um meinen Hals und küsste mich zärtlich auf den Mund. ›Du bist ein Schatz! Was würde ich nur ohne dich tun!‹ Natürlich will ich nicht behaupten, dass ich in diesem Augenblick mein Problem in voller Gänze erfasst hätte. Aber ich begriff, dass ich an jenem Abend etwas völlig Einzigartiges erlebt hatte. Ich hatte einen Kuss bekommen, um den mich die Hälfte meiner Mitschülerinnen beneidet hätte, der mich jedoch rein körperlich abgestoßen hatte, und einen zweiten, der mein Blut regelrecht in Wallung versetzt hatte.

Die folgenden Jahre waren für mich nichts Geringeres als die Hölle. Unzählige lange Nächte und noch längere Schulstunden grübelte ich über mich selber nach. Meiner Mitbewohnerin gegenüber verhielt ich mich mürrisch und kratzbürstig, und je mehr mein Körper und meine Seele sich nach ihr verzehrten, umso mehr zwang ich mich dazu, mich in einen rundlichen Jungen mit Brille zu verlieben – bei dem Philosophen hatte ich verständlicherweise keine Chance mehr. Ich glaube, das Schlimmste war, dass ich mit niemandem darüber reden konnte, dass ich weit abseits von meiner Klassengemeinschaft mit all ihren Vertraulichkeiten und ihrer Geheimniskrämerei und ihren Träumereien stand.

Uppsala war daher in vielerlei Hinsicht eine Befreiung für mich. Ich entdeckte, dass ich nicht annähernd so allein war, wie ich gedacht hatte, sondern dass es sowohl unter den Frauen als auch unter den Männern zahlreiche Gleichgesinnte gab. Ich verliebte mich, und zum ersten Mal im Leben wurde meine Liebe auch erwidert. Ich konnte über meine Schwierigkeiten reden, und meine Freundin, die sich angesichts all meiner Grübelei irgendwann Sorgen machte, schickte mich zu einem Arzt – der lediglich sagte, wenn ich nun mal so sei, dann sei es eben so, und er könne da rein gar nichts ausrichten – und dann auch noch zu einem Psychoanalytiker, der mir tatsächlich helfen konnte. Er riet mir, offen zu meiner Veranlagung zu stehen; ich sei von Kindesbeinen an dazu erzogen worden, aufrichtig zu sein, sodass ich es auf Dauer nicht ertragen würde, ein Leben zu führen, in dem ich mich immerzu verstellte.

Ich wusste, dass er damit recht hatte, aber ich ahnte

auch, dass mein Vater seine Arbeit in seiner Gemeinde würde niederlegen müssen, sobald in meiner Heimat die Wahrheit über mich bekannt würde. Ich weiß nicht, warum religiöse Menschen so viel intoleranter sind als andere; aber die bittere Erfahrung hat mich das gelehrt. Ich war überdies davon überzeugt, dass Ehrlichkeit in diesem Zusammenhang dazu führen würde, dass meine alten Eltern am Boden zerstört wären, und so entschied ich mich auch weiterhin, wenn ich zu Hause war, für Lügen und Halbwahrheiten und für äußerste Vorsicht, wann immer ich unterwegs war.

Die Kleinstadtmentalität und das Geschwätz in Uppsala führten außerdem dazu, dass ich nach Stockholm zog, sowie ich das Examen in der Tasche hatte. Und dort lernte ich Marianne kennen.

Ich muss wohl nicht eigens erwähnen, dass sie die Liebe meines Lebens war. Sie war der Typ, zu dem ich mich zu meinem Unglück leider immer wieder hingezogen fühlte und der nie irgendwo zur Ruhe kam. Der ambivalent war, was das Verhältnis zu einem bestimmten Geschlecht angeht, und der einzelnen Menschen gegenüber einfach nicht treu sein konnte. Obwohl sie bereits jahrelang mit Rutger zusammen war, signalisierte sie mir irgendwann ein gewisses Interesse ...

Ihr habt euch oft darüber unterhalten und euch gefragt, was eigentlich damals im Mai vergangenen Jahres vorgefallen ist; jetzt wisst ihr es. Rutger erfuhr – auf äußerst unangenehme Weise –, dass Marianne ihn betrog, und überdies auch noch, mit wem. Ich war nicht überrascht, als er so heftig reagierte, wie er es dann tat.

Dass aber Marianne die Trennung so schwer mitnehmen würde, damit hatte ich nicht gerechnet.

Ich bin ihr, wie ihr wisst, nach Paris gefolgt und hoffte, dass mein Besuch dort dazu führen würde, dass sie Rutger vergaß. Doch nach nur einem Monat reiste sie wieder zurück. Sie war fest entschlossen, ihn zu einem Treffen zu bewegen. Aber wenn sie in Rutger verliebt war, dann war ich regelrecht besessen von ihr, und die Szenen, die sich zwischen uns abspielten, ehe sie mich dazu brachte, mit ihr hierherzukommen, sind im Grunde die wahre Erklärung für die Ereignisse, die dann folgten.

Und jetzt erzähle ich euch gerne, was genau passiert ist. Es tut gut, es endlich aussprechen zu können.

Oberflächlich betrachtet fing alles damit an, dass Ann mir am Donnerstagnachmittag freundlicherweise die Insel zeigte. Auf diese Weise erhielt ich einen guten Überblick über das Gelände, auch wenn da noch keiner ahnen konnte, dass mir genau das in die Karten spielen würde.

Ich wusste genau, dass Marianne in der Nacht mit Rutger draußen war, aber Christer irrt sich, wenn er meint, dass ich da bereits wach gelegen und über einen Mord nachgedacht habe. Ganz so erbärmlich, wie er mich darstellt, bin ich nämlich nicht, und auch als ich sie tötete, geschah dies nicht aus kalter Berechnung, sondern weil ich für eine Sekunde die Beherrschung verlor und rotsah.

Mariannes plötzlicher Beschluss abzureisen hatte mich getroffen wie ein Blitz aus heiterem Himmel, und als wir in unserem Zimmer allein waren – nicht um zu packen, sondern um uns voneinander zu verabschieden –, brach ich einen handfesten Streit vom Zaun. Ich verlangte, zumindest bis Forshyttan mitkommen zu dürfen, damit wir uns aussprechen konnten, und darauf ließ sie sich schließlich sogar ein. Dass sie Jojje erzählte, Rutger würde sie übersetzen, wusste ich nicht. Allerdings wurde ich Zeugin ihres zärtlichen Abschieds, und der brachte das Fass bei mir zum Überlaufen. Dass sie von Rutger nicht loskam, mit dem sie immerhin jahrelang zusammen gewesen war, konnte ich ja noch verstehen, aber dass sie mit jedem dahergelaufenen Schönling anbandelte, der ihren Weg kreuzte, war zu viel für mich. Ich wartete ein Stück weiter den Weg hinunter auf sie, und als sie dort verkündete – nur um mich zu ärgern und zu quälen –, dass sie von Stockholm aus direkt weiter zu Jojje nach Båstad fahren wolle, packte mich die blinde Wut. Sie drehte mir den Rücken zu und fuhr sich kokett durch die Haare – und ich spürte einen Stein unter meiner Sohle. Ich muss sie mit diesem Stein niedergeschlagen haben, denn im nächsten Augenblick lag sie vor mir am Boden, und ich legte meine Hände um ihren Hals, wie so oft, wenn ich ihr demonstrieren wollte, wie schmal und schön ihr Hals doch war... Ich hielt sie fest, bis sie tot war. Den Schal legte ich ihr nur um den Hals, um die hässlichen Flecke zu verstecken, die ich hinterlassen hatte...

Ich schleppte sie hinauf bis unter eine große Fichte und legte sie darunter ab. Dann ging ich wieder zurück und nahm drei Schlaftabletten. Ich schlief von zwei bis sechs, und noch am Abend war ich zu benebelt, um klar denken zu können. Doch mitten in der Nacht schreckte ich plötzlich auf. Jetzt weiß ich, dass es wohl Puck und Eje waren, die mich geweckt haben. Ich beschloss, Marianne von der Insel weg an einen sichereren Ort zu schaffen – doch erst machte ich einen Kontrollgang, um sicherzustellen, dass auch wirklich alle schliefen. Jojjes Fenster stand weit offen, und ich zog mich eilig zurück, als ich sah, dass er sich regte.

Den roten Schal habe ich mir wirklich in die Tasche gesteckt, um ihn nicht zu verlieren, und dann habe ich Marianne hinunter zum Boot getragen. Dort ist mir ihre Tasche runtergefallen, und alles ist herausgekullert. Darum musste ich das Boot ausschöpfen – um sicherzustellen, dass nicht noch irgendwo ein Lippenstift oder eine Visitenkarte lag. Die Haarspange muss ich übersehen haben, vielleicht ist sie ans andere Ende des Boots gerutscht...

Als Christer kam, wusste ich sofort, was die Stunde geschlagen hatte. Doch ich wollte nicht kampflos aufgeben. Ich hatte nicht das Gefühl, etwas Unrechtes getan zu haben – Marianne hatte mich so lange gequält, dass es sich eher so anfühlte, als wäre mir ein fauler Zahn gezogen worden. Bei der Vernehmung kam mir meine jahrelange Erfahrung zugute, im entscheidenden Augenblick zu lügen und den Menschen dabei trotzdem in die Augen blicken zu können. Doch als ich sagte, Marianne hätte mir von ihrem Plan erzählt, nach Båstad zu reisen, ist mir ein Fehler unterlaufen. Und ich glaube, dass Christer bei seiner brillanten Rekonstruktion der Ereignisse den guten Jojje überdies ein bisschen unterschätzt hat. Wenn Christer nur anhand eines Berichts aus zweiter Hand erkannte, wie schwerwiegend dieser Lapsus war, dann hätte er auch sehen müssen, dass selbst in Jojjes Hirn die Rädchen in Gang gekommen waren. Er hatte erst gegen eins mit Marianne darüber gesprochen – und Christer behauptete kurze Zeit später, dass Marianne danach direkt dem Mörder in die Arme gelaufen sei. Da war es für Jojje nicht allzu schwer zu begreifen, dass ich noch nach ihm mit Marianne gesprochen haben musste. Ich sah das Misstrauen in seinem Blick; und das war auch ein Grund, warum ich mir den Revolver nahm.

Gleichzeitig wurde ich nervös, weil ich ja immer noch den roten Schal in meinem Besitz hatte. Ich wollte ihn noch in derselben Nacht loswerden, aber wie wir alle wissen, war es eine ziemlich unruhige Nacht. Ich lag im Bett und lauschte den Geräuschen, und erst gegen vier wagte ich es, mich auf den Weg zu machen. Es hörte sich so an, als würde mich jemand verfolgen, und ich umklammerte den Revolver, aber erst, als ich wirklich oben über dem Steilhang stand und gerade den Schal hinunterwerfen wollte, trat Jojje auf mich zu. Er schaffte es, mir den Schal zu entreißen, und als ich ihn daraufhin mit dem Revolver bedrohte, rannte er auf die Felskante zu, um in den See zu springen. Ich nehme an, ich habe ihn im selben Moment erschossen, als er zum Sprung ansetzte.

Das alles war ganz fürchterlich – und dann begann auch noch Christer mit seinen Vernehmungen. Außerdem wusste ich ja, dass meine Freiheit in den Händen einer einzigen Person lag; wenn Rutger auch nur angedeutet hätte, was er über mich und Marianne wusste, hätte ich augenblicklich im Scheinwerferlicht gestanden. Ich verstand einfach nicht, warum er trotzdem schwieg.

Ich verstand nicht, dass er so verletzt und angewidert war von Mariannes Beziehung zu mir, dass er nicht einmal dann darüber sprechen wollte, als es darum ging, eine Mörderin dingfest zu machen. Und als ich mich gegen acht am Abend aufmachte, um die Kellertreppe zu präparieren, wusste ich – wenn ich ganz ehrlich bin – noch nicht, ob ich sie wirklich selbst betreten würde, um den Verdacht von mir abzulenken, oder ob ich ihn in die Falle tappen lassen wollte. Sobald wir aber anfingen zu spielen, dämmerte es mir, dass ich nicht noch einen Mord begehen wollte. Aus diesem Grund bin ich bei der ersten sich bietenden Gelegenheit losgegangen – Christers Rekonstruktion der Ereignisse war diesbezüglich äußerst scharfsinnig und zutreffend. Ich wusste, dass ich das letzte Stück kopfüber würde hinabstürzen müssen, um nicht durchschaut zu werden, und in jenem Augenblick wünschte ich mir fast, dass meine Falle tödlich wäre…

Ich weiß nicht, ob ich noch etwas hinzufügen soll. Von Anns Selbstmordversuch – natürlich war es einer – hatte ich keine Ahnung. Natürlich bin ich mir darüber im Klaren, dass ich allein durch meine Anwesenheit all die Ereignisse in Gang gesetzt habe, die letztlich zu Anns Entscheidung geführt haben…

Jetzt, wo das alles vorbei ist und ich bald aus eurem Blickfeld verschwinde, werdet ihr sicher sagen: Eigentlich war das alles ja ganz einfach. Sie war ein Mensch mit einer belastenden Neigung, die sie letztendlich in zwei Morde getrieben hat. Aber ich bin mir nicht sicher, ob es wirklich so einfach ist. Meine Liebe war stark und für mich selbst ganz natürlich, und dass sie mich zu diesen schweren Verbrechen getrieben hat, lag nicht an ihrer Ausrichtung. Aber vielleicht hat dabei eine Rolle gespielt, dass die Gesellschaft und meine unmittelbare Umgebung mich dazu gezwungen haben, ein gewissermaßen unehrliches, unwahres Leben zu führen. Und das kann einfach nicht gut sein für einen Menschen...«

Es dauerte eine Weile, bis wieder jemand das Wort ergriff oder sich rührte. Es war, als hätte sich eine stumme Ruhe über uns gelegt. Rutger hatte sich allmählich gerade aufgerichtet und wieder einen schwachen Glanz in den Augen. Durch ihr aufrichtiges, ehrliches Bekenntnis hatte Viveka gewissermaßen alte Geschwüre aufgeschnitten. Wenn jetzt nur Ann überlebte...

Mein Hirn arbeitete verzweifelt daran, nun auch noch die allerletzten Leerstellen zu füllen, und ich fragte mich erstaunt, warum ich nicht schon früher darauf gekommen war. Sogar Pyttans intuitive Reaktion auf Viveka war gewesen: »In ihrer Nähe fühle ich mich wirklich komisch und irgendwie unwohl.« Dann war da Rutgers Widerwille gewesen, dass Pyttan in Vivekas Zimmer übernachtete; der eigentümliche Blick, den er ihr zugeworfen hatte, als sie sich um die ohnmächtige Ann gekümmert hatte; Lils Kommentar, dass Viveka die einzige Frau sei, die Marianne gern gehabt hatte – »aber die zählt nicht«. Und schließlich und endlich Rutgers düstere Andeutungen über seine schmutzige Trennung von Marianne... Warum neigte man eigentlich dazu, andere anhand der eigenen, einseitigen Kriterien zu beurteilen?

Warum hatte man keine Antennen, kein Gespür für die verborgenen Probleme seiner Mitmenschen?

Ein Aufschrei von Polizeihauptmeister Berggren riss mich aus meinen Gedanken – und schon im nächsten Augenblick war wieder Leben in dem gerade noch so stillen Raum. Viveka war ganz unbemerkt auf dem Sofa in sich zusammengesackt. Christer und der Polizeihauptmeister schüttelten sie heftig, und mit einem schiefen Lächeln auf den Lippen sah sie zu ihnen auf: »Es ist nichts... nur ein paar Tabletten...«

Erst da wurde uns bewusst, dass sie gegen Ende ihres Berichts immer langsamer und schleppender gesprochen hatte; offenbar hatte sie bereits da gegen den Schlaf gekämpft. Wir riefen den Arzt aus dem Schlafzimmer, doch Viveka schüttelte nur leicht den Kopf: »Es nützt nichts mehr, Doktor. Mein Medizinerfreund hat nicht gelogen...«

Verzweifelt konnte der Arzt nur mehr feststellen, dass sie bereits das Bewusstsein verloren hatte; irgendwelche Mittel, die ein Erbrechen verursachen würden, würden nicht mehr wirken. Die einzige Möglichkeit war, sie in ein Krankenhaus zu bringen, wo ihr der Magen ausgepumpt würde. Er drängte darauf, sofort loszufahren; Ann war inzwischen so weit wiederhergestellt, dass er sie in unserer Obhut zurücklassen konnte.

In der Dunkelheit und bei dem Sturm, der draußen tobte, brauchten die Männer eine Ewigkeit, bis sie das Motorboot in Gang gesetzt hatten. Wenigstens hatte es inzwischen aufgehört zu regnen. Zum ersten Mal seit Tagen hatte niemand etwas dagegen, dass Rutger selbst das

Boot nach Uvfallet hinübersteuerte. Mit der bewusstlosen Viveka in den Armen stieg der Polizeihauptmeister an Bord, und wir verabschiedeten uns leise von ihm, von dem Arzt und von Polizeimeister Svensson.

Nachdem wir noch lange dem Motorenstottern gelauscht hatten, flüsterte Pyttan zitternd: »Warum geben sie sich solche Mühe, sie am Leben zu halten? Ich hoffe wirklich, dass der Medizinerfreund seine Sache gut gemacht hat...«

Ich glaube, dass wir alle ein bisschen erleichtert waren, als wir erfuhren, dass sie gestorben war, noch ehe man das Festland erreicht hatte.

*

Trotzdem schlief ich tief und traumlos, und als ich am folgenden Vormittag bei blendendem Sonnenschein erwachte, war ich auf eine gewisse wundersame Weise erst einmal nicht in der Lage, zu begreifen, dass die Ereignisse der letzten Tage und die Lösung des Falls der Wirklichkeit entsprachen. Exakt eine Woche zuvor hatten wir im Zeichen von Sorglosigkeit und Ausgelassenheit unsere gemeinsame Zeit auf Lillborgen angetreten, und in der vergangenen Nacht hatte das Ganze dort drinnen im Gemeinschaftsraum in einer aufwühlenden menschlichen Tragödie geendet. Ich traute mich kaum, in mich hineinzuhorchen, was ich tatsächlich empfand.

In der Küche bekam ich von Pyttan ein Frühstück und erkundigte mich bei ihr nach Anns Zustand.

»Sie hat sich schwer verkühlt, aber ansonsten geht es ihr wieder einigermaßen gut.«

Pyttans Augen waren ruhig und klar. Sie seufzte leise.

»Es klingt bestimmt schrecklich, wenn ich jetzt sage, dass ich hier fast schon ausgelassen auf- und ablaufe. Aber das Ganze hat seit Tagen wie ein Albtraum auf mir gelastet – zwischenzeitlich habe ich insgeheim wirklich befürchtet, dass Rutger der Mörder wäre. Aber jetzt… du weißt, was ich meine, oder?«

Ich nickte.

»Wir sind alle ziemlich erleichtert.«

Sie beugte sich über den Tisch zu mir herüber und fügte ein wenig scheu hinzu: »Ich bin ehrlich froh, dass sie tot ist.«

»Ich frage mich, was sie geschluckt hat.«

»Christer meint, dass er es auch nicht weiß. Und was er absolut nicht versteht, ist, *wann* sie die Tabletten genommen hat. Vielleicht haben sie so langsam gewirkt, dass sie sie schon geschluckt hatte, bevor er mit seiner großen Vernehmung loslegte. Sie wird sicher obduziert werden…«

Ich durchquerte den Gemeinschaftsraum und fand Eje und Rutger in der Bibliothek. Auf dem Schreibtisch zwischen ihnen lagen ein paar beschriebene Briefbogen.

Rutger folgte meinem Blick und erklärte nachdenklich: »Ich versuche gerade, den beiden Alten oben in Hälsingland zu schreiben. Es ist schwerer, als ich dachte.«

Die ernsten grauen Augen fixierten die kleine Eros-Statue, und plötzlich lehnte er sich vor und nahm sie in die Hand.

»Der griechische Eros… für die Griechen war die Art Liebe, die Viveka empfand, die einzig wahre und ehrenwerte. Man verurteilt andere zu voreilig, hab ich recht?«

»Ja«, erwiderte ich, »ich hab darüber auch schon nachgedacht. Aber in welcher Gestalt auch immer er auftritt, bringt er nur Kummer und Leid...«

»Nicht immer. Er kann auch Glück und Leben spenden.« Ein aufrichtiges Lächeln machte sich auf Rutgers markantem Gesicht breit. »Es war für mich eine echte Wohltat, euch beide zusammen zu sehen. Ihr erlaubt doch hoffentlich, dass ich gratuliere?«

Natürlich erlaubten wir es, auch wenn wir nicht begreifen konnten, wie er hinter unser kleines Geheimnis gekommen war, doch er lachte nur und sagte, dass dies wohl das am schlechtesten gehütete Geheimnis der gesamten Woche gewesen sei. Dann wurde er wieder ernst.

»Ich habe mit Ann gesprochen. Sie erinnert sich nur noch daran, dass sie lediglich im Sommerkleid hinaus ins Unwetter gelaufen ist, weil sie auf irgendeine Weise ihrem Grübeln und ihrer Unruhe ein Ende setzen wollte. Sie hat allen Ernstes geglaubt, dass ich der Mörder gewesen und es nur noch eine Frage der Zeit wäre, bis Christer mich am Haken hätte. Also ging sie hinauf zum Steilhang... Sie liebt mich immer noch. Wie das sein kann, begreife ich einfach nicht, aber vielleicht kann ich sie irgendeines Tages doch noch glücklich machen. Ich beginne zu ahnen, dass die Gefühle, die ich für sie habe, ein Vielfaches mehr wert sind als die Leidenschaft, die mich in Mariannes Arme getrieben hat. Trotzdem ist es doch eigenartig, dass für diese Erkenntnis erst Mord und Totschlag nötig waren...«

Eine Weile später kam Christer, um sich zu verabschieden.

Rutger warf einen Blick über den Uvlången, der spiegelglatt und einladend vor uns lag. »Ich verstehe euch ja. Lillborgen hat seinen Reiz als verlockendes Urlaubsdomizil wohl eingebüßt. Reist ihr alle ab?«

»Lil fährt mit mir nach Stockholm, aber Carl Herman bleibt lieber noch so lange, bis die Zeitungen sich etwas Neues gesucht haben, worüber sie berichten können. Für eine Berühmtheit seines Alters hat er erstaunlich wenig Sinn für Publicity.«

Ich sah Einar fragend an, aber er hatte offenbar schon für uns beide eine Entscheidung getroffen.

»Wir wollen heute noch weiter nach Skoga fahren. Aber wir kommen gern wieder, da mach dir mal keine Sorgen.«

Zur Abwechslung war ich mir nicht ganz so sicher, ob ich Einars Ansicht teilte, aber ich erhob keinen Einspruch. Stattdessen schlenderte ich ihm auf die Wiese hinterher, wo wir beinahe über Carl Herman und Pyttan gestolpert wären, die beide höchst konzentriert und beschäftigt aussahen.

»Was macht ihr denn da?«, fragte ich mit einem Blick auf den Stift in Carl Hermans Hand. »Arbeitet der große Lyriker etwa an einer neuen Gedichtsammlung?«

»Aber nein! Er arbeitet an etwas viel Wichtigerem – er schreibt mir mein Referat!«

»Pyttan!«, rief Einar in seinem strengsten Pädagogen-Tonfall.

»Das ist doch superpraktisch! So sind die Angaben doch zumindest verlässlich!«

»Und so wird sie sogar irgendwann auch fertig«, fügte ich hinzu und musste an meine eigene Diplomarbeit denken. »Jetzt weiß ich, dass ich mein Referat über Olle Hedberg statt über Wallin hätte halten sollen – nur dass vielleicht nicht alle zeitgenössischen Dichter so auskunftsfreudig sind wie Carl Herman. Hat er dir denn inzwischen verraten, was er von der freien Liebe hält?«

Pyttans graue Augen strahlten. »Nein, aber er hat mir etwas viel Wichtigeres verraten. Er hat zugegeben...«

»...dass diese bittere Pille ihn von einer schon viel zu lang andauernden Besessenheit in Sachen Lil befreit hat«, brachte Carl Herman ihren Satz zu Ende und fuhr sich mit allen zehn Fingern durch das lockige Haar. »Im Übrigen möchte ich bei der Arbeit nicht gestört werden.«

Doch schon einen Augenblick später warf er den Stift beiseite und stieß etwas hervor, das wie ein Stöhnen klang...

Über die Wiese kam Lil. Lil mit ihren roten Locken, auf halsbrecherisch hohen roten High Heels und in einem grün gemusterten Rock, der sich um ihre Hüften schmiegte. Zärtlich und liebevoll gab sie uns allen einen Kuss, und ihre Augen schimmerten wie klarer Bernstein.

»Lebt wohl, ihr Lieben! Wie schade, dass es so schnell vorbei sein musste. Aber wir sehen uns im Herbst in Stockholm wieder, versprochen?«

Und hinter ihr – schwer beladen mit Reisetaschen und Strohhüten und Hutschachteln und Sonnenschirmen – rackerte sich gehorsam und unterwürfig Kriminalkommissar Christer Wijk ab...

Erschienen im schwedischen Norstedts Verlag, Stockholm,
1949 & 2013

Verlagsgruppe Random House FSC® N001967
Das für dieses Buch verwendete FSC®-zertifizierte Papier
EOS liefert Salzer Papier, St. Pölten, Austria.

1. Auflage
Copyright © Maria Lang und Norstedts 1949 & 2013
Copyright © der deutschsprachigen Ausgabe 2015 by btb Verlag
in der Verlagsgruppe Random House GmbH, München
Umschlaggestaltung: semper smile, München
nach einem Entwurf von Studio E
Umschlagmotiv: © Lucy Davey/The Artworks
Schrift: The Fell Types are digitally reproduced by Igino Marini.
Satz: Uhl + Massopust, Aalen
Druck und Einband: Friedrich Pustet, Regensburg
Printed in Germany
ISBN 978-3-442-75459-5

Besuchen Sie unseren LiteraturBlog www.transatlantik.de!
www.btb-verlag.de
www.facebook.com/btbverlag